Mis Chicos

ANNA GRACIA

Mis Chicos

ANNA GRACIA

YOUNG
KIWI

Publicado en los Estados Unidos bajo el título
BOYS I KNOW de Anna Gracia.
Copyright © 2022 de Anna Gracia
Publicado bajo acuerdo con Peachtree Publishing

YOUNG KIWI, 2023
Publicado por Ediciones Kiwi S.L.

Primera edición, noviembre 2023
IMPRESO EN LA UE
ISBN: 978-84-19939-19-7
Depósito Legal: CS 782-2023
© del texto, Anna Gracia
© de la cubierta, Kelley Brady
© de la ilustración de cubierta, Fevik
Traducción, Tatiana Marco

Código THEMA: YF

Copyright © 2023 Ediciones Kiwi S.L.
www.youngkiwi.com

NOTA DEL EDITOR
Tienes en tus manos una obra de ficción. Los nombres, personajes, lugares y acontecimientos recogidos son producto de la imaginación del autor y ficticios. Cualquier parecido con personas reales, vivas o muertas, negocios, eventos o locales es mera coincidencia.

Para todas aquellas personas que alguna vez han deseado más, pero no estaban seguras de merecerlo. Sí lo mereces.

Nota de la autora

Formar parte de la diáspora asiática (y, además, solo a medias*), siempre ha sido una barrera en mi vida que me impedía acceder a mi cultura de una manera que me resultase completa. En su lugar, arrancaba fragmentos de ella, desesperada por construir algo que me ofreciera seguridad con respecto a mi lugar en el mundo. Durante mi infancia, no había demasiado a lo que aferrarse: Claudia Kishi de *El club de las canguro,* la power ranger amarilla de *Power Rangers* y Michael Chang (el único asiático estadounidense que haya ganado el título del Grand Slam). Entonces, en torno a los diez u once años, vi *El club de la buena estrella*. La historia de Amy Tan sobre cuatro madres chinas y sus hijas nacidas en Estados Unidos, una de las cuales se llamaba June, resonó conmigo a un nivel diferente. Ahí tenía una película en la que asiáticos y asiáticos estadounidenses ocupaban todos los papeles principales, ofreciendo diferentes representaciones del conflicto entre la primera y la segunda generación, así como de lo que significaba ser chino-estadounidense. Al fin me vi representada de una manera que me parecía completa y auténtica, por lo que codifiqué aquella película como una parte fundamental de mi ser, como si fuera un pensamiento central de la película *Del revés.*

7

En un detrás de las cámaras que se escribió décadas más tarde, se reveló que el director, Wayne Wang, comprendía el impacto potencial que una película semejante podría tener en la comunidad de asiáticos estadounidenses de aquel momento, por lo que decidió no limitar el reparto a actores de etnia china. En su lugar, permitió que asiáticos de cualquier procedencia (incluidos aquellos que fueran birraciales) pudieran presentarse a las audiciones, consciente de lo limitadas que eran de por sí sus posibilidades en Hollywood. Hasta entonces, no se me había ocurrido que yo había hecho exactamente lo mismo con mi vida. Nunca me había importado que Claudia Kishi fuera japonesa; que Thuy Trang, la actriz que interpretaba a la power ranger amarilla, fuese vietnamita o que Michael Chang fuese chino. Todos éramos asiáticos estadounidenses y, por lo tanto, estábamos unidos en nuestra lucha por la visibilidad y la aceptación.

Con esto en mente, creé a June Chu, la protagonista estadounidense de origen taiwanés de *Mis chicos*. Al igual que *El club de la buena estrella* o yo misma, June se esfuerza por encontrar el lugar que le corresponde en el continuo entre ser asiática y estadounidense y se enfrenta a la cuestión de lo que significa ser taiwanesa. Y, si bien la historia no trata de forma exclusiva la búsqueda de la identidad étnica de June, me resulta imposible separar la experiencia de formar parte de una minoría en los Estados Unidos con otros aspectos de la vida, sobre todo cuando se trata de las relaciones.

Muy a menudo, se reduce a las adolescentes a estereotipos sexuales y se les enseña a interiorizar dobles raseros misóginos. Con la falta de comunicación y educación con respecto a estos asuntos en nuestra comunidad, las jóvenes asiáticas estadounidenses son especialmente susceptibles a sufrir dichas injusticias. Tengo la esperanza de que leer sobre las experiencias de June sirva para evitarles a algunas de ellas el dolor de tener que aprender estas lecciones de primera mano, incluso aunque no compartan el mismo trasfondo exacto. La aceptación de uno mismo (ya sea a nivel sexual, racial o de otro tipo) es un acto radical, en especial en una sociedad que subestima e infravalora de forma sistemática a las chicas como June. Su viaje para descubrir su valía como chica es igual de importante que el que emprende para desentrañar su herencia cultural.

La identidad puede ser un asunto peliagudo, sobre todo cuando intentas navegar el control inevitable que se produce sobre la «autenticidad», tanto por parte de aquellos que están dentro como fuera de dicha identidad. Sin embargo, la verdadera lucha se encuentra en la cantidad de representación que nos ofrecen desde el principio. La experiencia de todo asiático estadounidense es única y desearía que nos dieran el espacio necesario para poder explorar todos y cada uno de esos matices en lugar de tener que controlarnos para encajar en el material que ya existe. Nuestra presencia en la cultura predominante ha crecido exponencialmente desde el lanzamiento de *El club de la buena estrella*, pero, al mismo tiempo, no es suficiente, se mire como se mire. Espero que cualquier persona que se vea reflejada en este libro tenga cientos de oportunidades de verse reflejada en otros lugares porque, si bien mi June recibe el nombre de aquella June, doy gracias por todos los autores asiáticos estadounidenses que tallaron el espacio suficiente para que yo pudiera compartir mi historia.

Esto lo digo en sentido irónico, ya que es algo que me han dicho en bastantes ocasiones. Por favor, sed conscientes de que no hay un porcentaje mínimo o unos requisitos visuales para que una persona sea considerada asiática y que si tú, al igual que yo, eres birracial, eres válida tal como eres.

ANNA GRACIA

CAPÍTULO UNO

—Aiya... ¿Has ido por el instituto todo el día como si fueras una ji nǚ? Cámbiate.

Tan apenas había dado un paso dentro de la cocina y mi madre ya me estaba llamando prostituta. Abrí la boca para decirle que, hoy en día, el término adecuado era «trabajadora sexual», pero ella aún no había terminado de echarme la bronca.

—Totalmente inapropiado. —Frunció el ceño y la tensión de sus labios hizo que se le formaran unas arrugas diminutas en torno a los ojos que le hacían parecer más cercana a su edad real—. ¿Qué pensará de ti la gente?

Bajé la vista hacia la sencilla camiseta de cuello redondo y los vaqueros, intentando adivinar por qué me estaba mirando como si llevara ropa transparente.

—¿De qué estás hablando? Tengo buen aspecto.

Me pasó un dedo huesudo por el pecho.

—Mira. Se ve mucha piel. Se ve el sujetador.

Le aparté la mano con un manotazo y tiré hacia arriba del escote de la camiseta para cubrirme.

—Se supone que tienes que verlo, mamá. Por eso los tirantes se cruzan en la parte delantera; es la moda.

—Es horrible, como si estuvieras enredada con un cordel. Parece barato. En Taiwán no hay ropa barata como esta. Seguro que se hace pedazos en lavadora.

No me molesté en contestarle que, para empezar, la ropa barata estadounidense probablemente estuviese fabricada en Taiwán. En su lugar, miré el reloj mientras me preguntaba cuánto tiempo pensaba quedarse. Rhys iba a aparecer en diez minutos, y no estaba impaciente por ver la reacción de mi madre cuando descubriera que el compañero de Biología Avanzada con el que había estado «estudiando» el último mes era un chico.

—Pensaba que todavía estarías en el trabajo —le dije mientras, de forma despreocupada, sacaba libros y cuadernos de la mochila y los colocaba en la mesa como si fuese una estudiante diligente preparada para estudiar sola.

—He venido a casa para ver cómo estabas antes de ir de compras. Hoy está el día de descuento para mayores en el mercado de pescado.

Los viernes por la tarde, el único mercado asiático de la zona, que estaba a unos buenos cuarenta y cinco minutos en coche desde nuestra casa, ofrecía un descuento mínimo para personas de sesenta años o más. Mi madre, a pesar de que ni siquiera se acercaba a los sesenta, conducía hasta allí casi todas las semanas con la esperanza de que le tocara la cajera que nunca comprobaba los carnés de identidad.

Nueve minutos.

—Bueno, por aquí todo va bien —contesté con alegría fingida.

—¿Has comido ya? Hay xī fàn en la cocina.

Eché un vistazo a la olla gris, sosa y abollada. Se trataba de un elemento fijo en nuestra casa desde antes de que yo naciera. Un año, cuando éramos pequeñas, mi hermana mayor, Wendy, y yo ahorramos y juntamos nuestro dinero para comprarle una nueva a nuestra madre por el Día de la Madre. Sin embargo, ella siguió usando la vieja. «Dà shǒu dà jiao», nos había explicado. «Mano grande, pie grande». A veces, era más fácil fingir que entendíamos los proverbios chinos que le gustaba decir en lugar de tener que aguantar una larga charla al respecto. «En Taiwán, todo el mundo habla así», señalaba siempre.

Me di una palmadita en el estómago.

—Me guardo el apetito para el pescado de esta noche.

Tal vez, la idea de alimentarme con una comida completa la motivase a ponerse en marcha. Nada podría hacer que una madre asiática se pusiera manos a la obra más rápido que el hecho de que declarases tu posible apetito.

Ocho minutos.

Volvió a fruncir el ceño, como si se le estuviera olvidando regañarme por algo antes de marcharse.

—¿Ya has ensayado hoy?

—Lo haré en cuanto acabe con las tareas, las cuales no puedo empezar si sigues ahí de pie, hablando conmigo.

Prácticamente, estaba conduciéndola hacia la puerta. Tenía las manos nerviosas metidas en los bolsillos para no alcanzarla y sacarla de la habitación a base de empujones.

Siete minutos.

—¿Sabes...? —comenzó a decir—. Wendy...

—Sí, sí, sí... Wendy nunca fue así; Wendy nunca necesitó que le recordarais que tenía que ensayar.

Por un instante, me olvidé de mostrarme alegre y la amargura de nunca estar a la altura de las expectativas de mis padres, que esperaban que fuese idéntica a mi hermana, se me coló en la voz. «Wendy fue la primera de su clase y dio el discurso de graduación», «Wendy recibió diez ofertas de becas completas para violín», «Wendy está haciendo un curso introductorio a medicina para ser médica como papá». Cualquiera que pensara que los hijos pequeños eran los mimados de una familia nunca había conocido a una familia asiática, en la que el mayor era reverenciado y celebrado y todos los que vinieran después eran vigilados con ojo avizor para asegurarse de que estaban a la altura del ejemplo establecido por el primogénito.

Seis minutos.

Mi madre suspiró.

—No sé por qué siempre te pones así. Papi dice que si te esforzaras tanto en ensayar como en discutir...

—No lo llames «papi», es raro.

—Tú lo llamas «papi»; lo hago cuando hablo contigo.

—Yo no lo llamo «papi», no tengo ocho años.

—¿Ves? A esto me refería.

Me muerdo la lengua.

Cinco minutos.

Lograr que saliera por la puerta no era suficiente. Tenía que estar lejos del vecindario o vería cómo Rhys aparcaba frente a nuestra casa y mi plan se iría al traste. A veces, parecía como si mi madre viviese para frustrar mis mejores planes. Como en séptimo curso, cuando se me había escapado que iba a ir al cine con un grupo que incluía chicos y se había negado a dejarme ir, obligándome a inventarme una excusa para no tener que explicar que mis padres eran extrañamente puritanos a pesar de no seguir ninguna religión.

—Ensayaré —le prometí—. Siempre lo hago.

«A veces, en el último momento —añadí en silencio—, pero siempre lo hago».

Siguió mirándome con el ceño fruncido, como si no estuviera del todo segura de si podía creerme o no. Olvidemos por un momento que, en realidad, nunca me había perdido un solo día de ensayo; al parecer, mi mera existencia estaba bajo sospecha. Era como si pudiera notar el simple hecho de que estuviera pensando en hacer algo que no aprobaría.

Le mantuve la mirada, consciente de que, si la apartaba, lo consideraría una admisión de culpabilidad. Al fin, volvió a suspirar y se abrió paso hasta la puerta, donde nuestros zapatos y abrigos estaban apilados con pulcritud. Echó un último vistazo a su alrededor, salió fuera, se dio la vuelta y, con los ojos entrecerrados, añadió:

—Ve a cambiarte. Me duelen los ojos de verte así vestida.

Después, me despachó con un gesto y cerró la puerta tras de sí.

CAPÍTULO DOS

Me desplomé contra la puerta cerrada, aliviada de haber conseguido que saliera de casa. Sin embargo, las dudas volvieron a asaltarme a toda velocidad. Seguro que no tenía tan mal aspecto... ¿no? Mis amigas me habrían dicho que mi conjunto parecía... ¿Qué palabra había usado mi madre? ¿«Barato»? De hecho, mi elegante sujetador no era precisamente barato, aunque, para mí, había sido una ganga, ya que lo había comprado de oferta. Aunque no podía presumir de eso con ella.

El refrán en inglés que más le gustaba usar a mi madre conmigo era una versión confusa de «¿Para qué comprar la vaca si puedes tener la leche gratis?», cuya ironía no se me escapaba, ya que las llamases como las llamases, las trabajadoras sexuales cobraban un salario.

Volví a mirar mi teléfono. Rhys llegaría en cualquier momento. En realidad, no tenía tiempo de cambiarme, pero, de todos modos, subí las escaleras corriendo, de dos en dos, y me puse una sencilla sudadera gris. Solo por si acaso. Empleé otro minuto en colocarme bien cualquier mechón suelto y enjuagarme la boca y volví al piso de abajo justo cuando estaba aparcando en el camino de acceso.

Respiré hondo dos veces, contando hasta ocho con cada exhalación. Cuando llamó a la puerta, volví a contar hasta cuatro para que no pareciera que había estado esperándolo detrás de la puerta.

—Ey, hola —dije, abriendo de par en par.

—Hola.

Como de costumbre, tenía los hombros bien formados encorvados, como si quisiera disculparse por ser mucho más alto que yo. El pelo oscuro y rizado le caía sobre la cabeza en todas las direcciones, como si acabara de despertarse, y, por debajo de la camisa de franela desabrochada, le asomaba una camiseta negra desteñida. Dicho de otro modo: estaba perfecto.

Por un instante, me permití fantasear con que me saludaba con un abrazo y un beso, como si fuese una novia en condiciones, en lugar de tener que esperar hasta que estuviéramos en mitad de la sesión de estudio para que diera el paso. Sin embargo, enseguida me obligué a volver al presente antes de que dijera por error algo que lo asustara. Tal como estaban las cosas, ya le había costado tomar la iniciativa; no necesitaba que adivinase que le había invitado como una manera sutil de establecerme en su vida con mayor firmeza.

—¿Qué grupo desconocido llevas puesto hoy?

Hice un gesto con la cabeza en dirección a su camiseta parcialmente oculta. Debía de tener docenas de ellas, todas retro, cortesía de la obsesión de su padre por los conciertos durante los noventa. Mientras todo el mundo compraba réplicas de segunda mano en Target o Urban Outfitters, Rhys tenía una colección interminable de originales, todas descoloridas y con el estampado descascarillado, como si él mismo se las hubiera puesto miles de veces. De normal, las llevaba escondidas bajo una camisa, una sudadera o cualquier otra prenda inocua, pero los bordes andrajosos le asomaban por el cuello y la cintura y yo, por supuesto, me esforzaba mucho para que no me pillaran mirándolos durante las clases.

Se abrió la camisa de franela y reveló la imagen de una persona sentada en una silla eléctrica con medio cuerpo transformado en un esqueleto.

—Metallica. —Ante mi mirada confusa, se le doblaron las rodillas y echó la cabeza hacia atrás, ahogando una súplica—. ¡Venga ya, June! Es uno de los grupos más famosos de todos los tiempos. Fueron ellos los que inventaron el *trash metal*. ¿Has estado viviendo debajo de una piedra?

No quería admitir en voz alta que no tenía ni idea de quiénes eran, a pesar de que ya resultaba bastante obvio que era así. Era molesto y, a la vez, terriblemente sexy que, de algún modo, además de ser adorable, Rhys fuese culto y también estuviese versado en cultura pop. Se supone que la gente no tiene que ser buena en todo, ya que eso no es justo para los demás. ¿Por qué nunca nadie quería preguntarme por mis conocimientos sobre compositores clásicos?

—Mi piedra está por aquí —le dije, conduciéndolo hacia la cocina, donde ya había colocado todos mis materiales con pulcritud—. No me da mucho el sol, pero, de vez en cuando, me dan de comer.

—Hazme un favor, ¿de acuerdo? Búscalos. Este álbum en concreto es el mejor de todos.

Me encogí de hombros de forma evasiva, a pesar de que, en el bolsillo, ya casi estaba buscándolos en YouTube. Su camiseta y las palabras «trash metal» me transmitían la sensación de una guitarra eléctrica con un sonido chirriante muy desagradable, pero si eso nos ofrecía algo de lo que hablar que no fuese biología, merecería la pena.

—Lo pensaré —concedí. Hice un gesto en dirección a su mochila—. ¿Llevas algún libro ahí dentro o solo es de pega?

—No, estoy seguro de que llevo un libro, aunque no puedo garantizarte que sea el adecuado. —Dejó la mochila sobre la mesa y sacó un libro de texto grueso forrado con papel marrón sencillo—. Oye, figúrate, sí que es el correcto. Y, mira, se abre y todo…

—Ten cuidado, el siguiente paso es leerlo de verdad.

Cerró el libro con un golpe sonoro y se volvió hacia mí con la más leve de las sonrisas dibujándose en las comisuras de sus labios.

—Desde luego, eso no es lo que quiero.

La forma en la que sonrió con esa sonrisita que me indicaba que estábamos compartiendo algún tipo de broma interna hizo que sintiera como si el estómago estuviera a punto de abandonar mi cuerpo. Me aclaré la garganta con nerviosismo y, rápidamente, me senté en la mesa.

—Tan solo estaba bromeando. He esbozado las partes principales que tenemos que estudiar y he marcado con viñetas los términos y conceptos clave que debemos conocer. También los he ordenado según su importancia para que podamos ir trabajando con una lista.

Alisé la página superior de mi cuaderno, eliminando las arrugas invisibles. Rhys soltó un silbidito, pero no me quedó muy claro si fue de agradecimiento o de burla.

—¿Estás segura de que no quieres hacer una hoja de Excell primero para poder ponerlo todo con colores? Tal vez podrías añadir una tabla dinámica.

Entrecerré los ojos ante la mención a Excell a pesar de que era imposible que Rhys conociera la existencia de la hoja secreta con las universidades que mis padres no aprobaban y que, de hecho, estaba ordenada por colores.

—Así no es cómo funcionan las tablas dinámicas.

Él se encogió de hombros.

—Se acerca bastante.

—En realidad, no. En plan... Las tablas dinámicas añaden datos estadísticos y los organizan en grupos. No tendría sentido usarlas para esto.

Rhys se acercó un poco más a mí.

—Qué suerte que me convencieras para que fuese tu compañero de laboratorio para que pudieras explicarme todas estas cosas. Es todo fascinante.

Las mejillas se me encendieron ante su proximidad. Estando tan cerca, podía oler su colonia. A diferencia de otros chicos de nuestra edad, que parecían bañarse en ella, era leve, pero estaba ahí: penetrante y amaderada, como los pinos, pero también dulce, como las caléndulas.

—Me escogiste tú a mí, no al revés.

Ladeó la cabeza. Sus cejas eran como dos rayas oscuras sobre su rostro.

—¿De verdad?

Recordé el primer día de clase, cuando el profesor nos había pedido que escogiéramos un compañero de laboratorio para el resto del semestre. Dejando de lado el hecho de que aquello había sido ponernos demasiada presión, la carrera para no tener que quedarte con quienquiera que se quedase el último había sido tan grande que mucha gente había hecho elecciones precipitadas. Como el año anterior, cuando me había emparejado con un tipo porque había sacado una puntuación de 1500 en sus pruebas PSAT y, al final, se había pasado todo el semestre defendiendo sus teorías personales sobre la relación entre las grandes farmacéuticas y el aumento de los diagnósticos de cáncer. «Te hacen enfermar y, después, te venden la cura», solía decir de forma constante.

Este año, Rhys se había dado la vuelta en medio de la locura, había hecho contacto visual conmigo y había asentido suavemente con una sonrisita torcida (la misma que acababa de usar en aquel momento). Después, cuando nos habían mandado sentarnos junto a nuestros compañeros para que el profesor pudiera tomar nota, había acercado mi banqueta a la suya para que pudiera apoyar la espalda en la pared. Nuestras piernas se habían tocado mientras juzgábamos en silencio las elecciones de los demás. Así que, sí, había sido él el que me había elegido a mí.

Volví a aclararme la garganta, arrastrando a mi cerebro al presente, lejos de la sensación cálida que se estaba apoderando de mi pecho al recordar aquello.

—Como iba diciendo...

—Sí, sí, ya lo pillo. Conceptos clave —me interrumpió él, salvándome de mi estado agitado al levantarme las manos con cuidado para sacar el cuaderno de debajo.

Yo volví a arrebatárselo con un poco más de fuerza de lo que pretendía.

—Oye, si quieres apuntes, tendrías que haberlos tomado tú mismo. En plan... Estos son míos.

Los estreché contra el pecho como si noventa y seis hojas de papel pautado en blanco pudieran protegerme del hecho de que puede que no siempre sea capaz de identificar la delgada línea entre las bromas de coqueteo y la hostilidad absoluta.

Rhys me observó un momento, como si estuviera decidiendo qué hacer. Una de sus cejas oscuras se arqueó más que la otra, pues los rasgos individuales de su rostro anguloso siempre estaban un poco torcidos.

Tal vez aquel fuese el momento. Tal vez por fin se hubiese dado cuenta de lo mucho que le gustaba discutir conmigo (alguien que era tan inteligente como él y capaz de replicarle a toda velocidad) y fuese a pedirme que hiciésemos algo más allá de los confines de nuestras propias casas en lugar de mantenerme oculta como un secreto vergonzoso.

Sin previo aviso, se inclinó hacia mí de forma abrupta y posó sus labios sobre los míos. La fuerza del beso hizo que me cayera hacia atrás sobre el asiento. Él siguió mi movimiento, sin perder nunca el contacto. Ladeó la cabeza un poco hacia la izquierda, separó los labios y su lengua rozó la mía, haciendo que la cabeza empezara a darme vueltas. Daba igual cuántas veces hubiese besado antes a Rhys; cada una de ellas me hacía sentir como si fuera de puntillas por el borde de un edificio alto con el único deseo de arrojarme al vacío, pero con el buen sentido de no hacerlo.

Sus besos se volvieron más profundos y sus manos se enredaron en mi pelo y, de pronto, fui muy consciente de que tenía las mías atrapadas entre nosotros, aferrando el cuaderno con desesperación. «Yuàn dé yì xīn rén, bái shǒu bù xiāng lí», me susurró una vocecita en mi cabeza. «Si atrapas el corazón de alguien, nunca estaréis separados». Las manos se me crisparon, desesperadas por liberarse para agarrar el corazón de Rhys como si fuese algo que pudiera poseer de forma física.

Me pasó las manos por la larga melena hasta la espalda y se detuvo más de lo normal en la parte trasera de mi sujetador. Ese sujetador tan elegante con los tirantes cruzados por la parte delantera en el que estaba segura de que no se había fijado durante las clases. En aquel momento me sentí tonta por haberme cubierto con la sudadera. Nos habíamos enrollado media docena de veces y, cada una de aquellas veces, se había acercado un poquito más a las partes más emocionantes de mi cuerpo, pero aquella era la primera vez que había dado alguna muestra de que tal vez fuésemos a pasar al siguiente nivel. Tal vez le gustase de verdad.

El crujido de la puerta principal al abrirse, seguido del golpe de la mosquitera, hizo que ambos volviéramos a nuestras posiciones originales. El pulso, que ya se me había disparado por la emoción, amenazaba con provocarme un paro cardíaco de puro terror. Había estado esperando al momento perfecto para que Rhys conociera a mi madre y, desde luego, aquel no lo era.

—¿Mamá? ¿Ya has vuelto? —dije en voz alta.

Intenté mantener un tono ligero, como si tan solo tuviera curiosidad en lugar de estar al borde de un ataque de pánico por el hecho de que me fuera a pillar con los labios hinchados y el pelo alborotado.

Un instante después, apareció con las manos vacías. La conmoción de ver a un chico sentado a nuestra mesa estaba reflejada en su rostro, que no era nada sutil.

—¿Quién es este? —exigió saber.

Rhys se me adelantó.

—Hola, señora C. —dijo, levantándose de su silla—. Soy Rhys, el compañero de June de Biología...

—Biología Avanzada —intervine, como si el recordatorio de que era una clase avanzada fuese a hacer que, por arte de magia, se alegrara de conocer al chico que había estado a solas conmigo en casa.

—Eh… Eso es —asintió Rhys, que parecía aturullado ante mi contundente comentario—. Compañero de Biología Avanzada. Es un placer conocerla.

Vaciló entre ofrecerle un apretón de manos o saludarla con un gesto de la mano, por lo que su mano se quedó ahí colgada frente a él durante un instante antes de que volviera a metérsela en los bolsillos.

—Puedes llamarme «señora Chu».

Sonrió, pero la sonrisa no le llegó a los ojos. Yo conocía esa sonrisa: era la misma que usaba cuando los desconocidos se maravillaban de su fluidez con el inglés.

—Oh. Discúlpeme, señora Chu —masculló, dejándose caer de nuevo sobre su silla.

Mientras tanto, en silencio, yo deseaba que me tragara la tierra y que, preferiblemente, acabara en mi propia tumba. Si hubiera sabido que aquel iba a ser el día en el que mi madre iba a conocer a Rhys, al menos le habría dado algunos consejos de antemano. Regla número uno: respeta a tus mayores a toda costa y olvídate de acortar los apellidos. Mi madre se habría muerto si hubiera sabido que la madre de Rhys había insistido en que la llamase «Susan».

—June, no me habías dicho que hoy venía alguien a estudiar —me dijo ella con un gesto inescrutable.

Me aclaré la garganta, nerviosa.

—Ha sido una decisión de última hora. Pronto vamos a tener un examen.

—¿Estudias mucho, Ryan? —le preguntó a Rhys con un suave gesto de la cabeza.

Se me hizo un nudo en las entrañas por la vergüenza.

—Se llama «Rhys», mamá.

—Eso he dicho: Rhys.

En silencio, supliqué a todo aquello que es sagrado en este mundo para que él solo estuviera pensando que mi madre tan solo era una extranjera confundida y no que estaba usando el nombre equivocado a propósito, lo cual estaba haciendo sin duda alguna. La había visto recordar sin problema los nombres de vecinos que había tenido en Taiwán de niña y a los que hacía treinta años que no veía. Aquella era su forma de hacerme saber que Rhys no era importante.

—No mucho —contestó él, encogiéndose de hombros—. Solo cuando June me obliga.

Mierda. Respuesta errónea. Mi madre desconfiaba profundamente de cualquier persona que no estudiara. «Shǒu zhū dài tù», solía decir con desdén. «Permanecer junto a un árbol a la espera de que aparezca una liebre».

Las comisuras de los labios se le curvaron hacia abajo y frunció el ceño.

—Ya veo. Tal vez June tenga que enseñarte mejores hábitos. Es mejor cavar un pozo antes de tener sed. «Wèi yǔ chóumóu».

Ay, Dios, los proverbios no, por favor.

—Oye, mamá, ¿sabes qué? Hoy he sacado un diez en el examen de Cálculo.

Saqué los papeles grapados y los agité frente a ella como si fuera un torero, intentando alejar su atención del interrogatorio al que estaba sometiendo a Rhys. Ella tomó los papeles y examinó cada página, murmurando en voz alta.

—Solo están diez preguntas.

—Pero cada pregunta requiere demostrar varios pasos. Ya puedes ver lo mucho que he escrito —dije, dando golpecitos impacientes con los dedos sobre el examen.

Odiaba Cálculo. Lo odiaba más de lo que odiaba Trigonometría. Me había pasado la mayor parte del año anterior intentando mantenerme a flote. Todavía no sabía qué quería estudiar en la Universidad, pero podía garantizar que no tendría nada que ver con las matemáticas avanzadas.

Pasó las hojas hasta la última página del examen y le dio la vuelta. Después, alzó la vista hacia mí.

—¿Y los puntos extra?

—No había puntos extra. La señora Chamberlain no da esa opción.

Frunció el ceño todavía más y entrecerró los ojos con el mismo nivel de desconfianza que, de normal, reservaba para la gente que ensalzaba los beneficios para la salud de comer alimentos orgánicos.

—¿Eres segura? ¿Le has preguntado?

—Mamá, ¿te estás escuchando? No necesito puntos extra; ya he sacado un sobresaliente.

Me devolvió el examen.

—«Jǐn shàng tiān huā»: «Siempre puedes añadir una flor a un ramo». No hay motivo para sacar un sobresaliente cuando puedes sacar un sobresaliente alto. ¿Verdad, Ray?

Me sentí como un globo desinflándose poco a poco, como si el aire de mi interior me abandonara con un siseo. ¿Por qué había intentado presumir delante de Rhys de esa manera? A él le daban igual mis notas de Cálculo. Desde luego, no iba a hacer que el hecho de que mi madre nos hubiera pillado besándonos fuese menos humillante.

—Bueno, deberíamos volver a estudiar —dije con lo que esperaba que fuese un tono de finalidad en mi voz.

—Yo me voy a sentar aquí a leer periódico —comentó mi madre, acomodándose en uno de los taburetes que había en la isla de la cocina. Abrió el periódico con una sacudida y se aseguró de que ambos estuviésemos en su campo de visión.

Estupendo.

Mi tarde había pasado de una sesión de besuqueo a una reunión supervisada en un abrir y cerrar de ojos. No era de extrañar que Rhys todavía no me hubiese reclamado como su novia.

Al menos, las cosas no podían ir a peor.

—Por cierto, Riley —dijo mi madre—. Hoy vamos a cenar pronto, así que tendrás que marcharte a casa a las cuatro.

CAPÍTULO TRES

Me senté en el suelo del estrecho pasillo que había fuera del auditorio. Mientras algunos acordes musicales se colaban a través de las puertas abiertas que había más adelante, intenté no pensar en los miles de zapatos sucios que, sin duda, habrían recorrido este lugar. Se me escapaba por qué a alguien se le ocurriría instalar moqueta en una zona tan transitada; no había manera de limpiarla del todo jamás.

Me detuve, dejando el violín y el arco suspendidos sobre aquella alfombra de color burdeos turbio que había sido rojo en algún momento, y me pregunté si de verdad quería apoyar en aquel suelo algo de, después, iba a rozarme la cara. Noté un zumbido en el bolsillo y decidí apoyármelos sobre el regazo mientras leía el mensaje de mi madre.

¿Cuánto queda? ¡Asegúrate de calentar!

Una retahíla de emoticonos que no tenían demasiado sentido seguía al texto.

Le contesté, diciéndole que habían cambiado los horarios de las actuaciones, pero que me quedaría entre bastidores. Era más fácil mentirle que admitir que sentarme en un trozo de moqueta cuestionable en un pasillo sucio me resultaba más atractivo que sentarme a su lado en el auditorio los siguientes cuarenta minutos, escuchando sus «consejos» de último minuto. Técnicamente, no se me permitía estar entre bastidores hasta que faltase mucho menos tiempo para mi actuación, lo que significaba que tenía mucho tiempo que matar entre manos, pero, desde luego, no iba a pasarlo todo calentando tal como mi madre pensaba que debería hacer.

Revisé mi teléfono, deseando poder mandarle un mensaje a Rhys, pero, sin ninguna excusa apropiada como las tareas de clase o coordinar una reunión, parecería extraño. ¿Qué iba a decirle, de todos modos? «Estoy en una competición de violín». Eso haría que me respondiera al instante, seguro. ¿Quién no querría hablar sobre eso?

Llamé a la única persona que tal vez sí quisiera hablar de ello.

—Hola.

El rostro redondeado de Wendy inundó la pantalla. Levanté el brazo y lo alejé un poco de mí para conseguir un ángulo más favorecedor. A pesar de lo que la gente solía decir en el instituto, Wendy y yo no nos parecíamos en nada. Para empezar, ella llevaba gafas y la montura con forma de ojos de gato en tono carey le daba un aspecto mucho más moderno de lo que su personalidad merecía. Por otro lado, llevaba un flequillo que, de algún modo, no era lo bastante largo para ser considerado un flequillo de verdad ni lo bastante corto como para que fuese intencional, como en el caso de las chicas que seguían el estilo *pin-up*.

—Estoy en Stephens —contesté, mencionando el auditorio del campus de la Universidad Estatal de Iowa en el que se estaba celebrando la competición—. Estoy aburrida y todavía me quedan como cuarenta minutos antes de salir.

Wendy empujó las gafas para subírselas por la nariz.

—Gracias; me siento muy halagada.

—Ambas sabemos que no estás ocupada.

Hizo una mueca, pero no lo negó.

—¿Alguna novedad? —me preguntó.

Me encogí de hombros.

—Ninguna, en realidad. Ohhh, excepto esto: ha venido la hermana de Britney Lee —añadí, moviendo las cejas—. Este año, compite en mi categoría y, escucha: dice que Britney ha dejado de tocar el violín.

Mi hermana no pudo ocultar la sorpresa en su rostro.

—¿Qué? ¿Cuándo?

Hice una pausa dramática, luchando contra un sentimiento de suficiencia. No ocurría muy a menudo que yo supiera algo que Wendy no sabía y no tenía prisa por regresar a nuestras posiciones habituales.

—Resulta que Britney acabó yendo a UNC...

—Lo sé; nos seguimos en Instagram —dijo ella, haciendo un gesto con la mano para que me apresurara.

—Bien. De acuerdo. De todos modos, ¿no te pareció raro que acabara allí cuando su madre no cerraba el pico sobre las ofertas de becas que había recibido de Indiana, Ohio o lo que sea?

—Sí, pero supuse que le habrían hecho una oferta mejor. Además, UNC es mejor universidad.

—¿Qué significa en realidad que sea mejor universidad? —reflexioné en voz alta—. ¿De verdad hay tanta diferencia entre la vigésima universidad y la quincuagésima? En plan... En realidad, no hay tantas cosas que puedan diferenciar a un centro de otro. Me da la sensación de que esas clasificaciones solo existen para que los padres puedan presumir de que su hijo va a una universidad mejor que los hijos de los demás. ¿Por qué venderían si no esas pegatinas horteras con mensajes como «Orgulloso padre de un estudiante de Yale»? ¿De verdad Yale vale el cuádruple que la Universidad de Texas o cualquier otra gran universidad estatal? ¿Los estudiantes que van allí son realmente lo mejor de lo mejor o es solo que sus padres son ricos y eso es lo que le da credibilidad a la universidad?

Volví a pensar en mi hoja de cálculo secreta que, sin duda, contiene centros que no están en las listas de «mejores universidades» de nadie. El problema era que no había manera de que pudiera solicitar plaza en ellas sin pedirles a mis padres que pagaran las tasas de solicitud, lo cual no harían a menos que les presentase antes una oferta de beca. No solo invertían el proceso normal, sino que me exigían que empujase la carreta antes de dejarme siquiera pedir que me dieran un caballo. Tal vez hubiese algún proverbio chino al respecto.

Una parte de mí se sentía culpable por pasarme el tiempo de calentamiento al teléfono en lugar de calentando, tal como Wendy habría hecho. La otra parte me recordó que ya había ensayado y competido tanto como todos los demás participantes y que cinco minutos adicionales no iban a suponer un factor decisivo.

El éxito no dependía de quién se esforzaba más. Sin duda, Rhys lo demostraba cada vez que clavaba un examen para el que apostaría mi vida a que nunca había estudiado. Era una lástima que yo no hubiese nacido ni con el talento innato de Rhys o la ética del trabajo de Wendy. Tal vez, si hubiese sido así, habría estado destinada a algo más que la existencia común y corriente que estaba viviendo en aquel momento. No es que intentara ser mediocre; sencillamente, no estaba dispuesta a esforzarme más si no estaba segura de que valdría la pena. Lo último que necesitaba era desperdiciar mi vida haciendo un millón de cosas, tal como había hecho Wendy, solo para acabar en el mismo sitio. Al menos, mi manera de hacer las cosas me permitía un poco de diversión. Mi hermana nunca parecía divertirse.

—Céntrate. Céntrate. —En la pantalla, Wendy chasqueó los dedos como si fuera un entrenador intentando llamar la atención de un perro—. No necesito una disertación sobre las clasificaciones de las universidades. ¿Vas a contarme qué ha pasado con Britney o no?

Eché un vistazo fugaz a ambos lados del pasillo para asegurarme de que no había nadie lo bastante cerca como para oír la conversación. Después, me incliné para continuar, bajando el tono de voz hasta un murmullo.

—Su hermana ha dicho que tuvo una enorme discusión con sus padres porque quería dejar el violín y, ahora, ni siquiera le pagan la universidad.

Los ojos grandes de Wendy parecían todavía más grandes a través de las gafas, lo que magnificó su conmoción ante la noticia.

—¿Está pagando los costes universitarios en un estado diferente ella misma? ¿Cómo?

Me encogí de hombros.

—Supongo que con préstamos. Pero su hermana ha dicho que las cosas estaban tan mal que no estaba segura de si sus padres le pagarían el billete para que viniera a casa durante las vacaciones de invierno.

Wendy sacudió la cabeza, incrédula, mientras yo me felicitaba por haber conseguido la primicia. Aquella era la historia más jugosa que había ocurrido en el mundo del violín desde el año en el que Dana Simons cambió de profesor justo antes de los regionales de la MTNA y pidió que eliminasen el nombre de su anterior profesor de su presentación alegando que había incurrido en «conducta inapropiada». La escena de las competiciones musicales en el Medio Oeste era tan pequeña que era un milagro que alguien pudiera ocultar un secreto durante algún tiempo. Sin embargo, de normal, eran los pianistas los que causaban la mayor parte del drama.

—Bueno, eso es todo lo que sé —dije de forma despreocupada.

Mi hermana se tomó otro instante para recuperarse, sacudiendo la cabeza como si, así, pudiera quitarse la idea de que tus padres pudieran dejar de ayudarte a nivel financiero.

—Guau. ¿Me has llamado por eso?

—No sé si te he llamado por ese motivo, pero supuse que te interesaría la información.

Miró el reloj que llevaba en la muñeca.

—¿A qué hora actúas? ¿No tienes que ir a calentar o algo así?

—Ufff. Hablas como mamá. No te preocupes, tengo mucho tiempo.

—Entonces, ¿por qué estás sentada en…? Espera, ¿dónde estás sentada?

Rápidamente, giré el teléfono para mostrarle dónde me encontraba antes de volverlo de nuevo hacia mí.

—En un pasillo. Todavía no me permiten estar entre bastidores.

—¿Dónde está mamá?

—En el auditorio. Le he dicho que me tocaba enseguida. —Wendy frunció el ceño del mismo modo que lo hacía mi madre cada vez que no aprobaba algo que yo estuviera haciendo—. Oye, me estaba molestando, ¿de acuerdo? —añadí, a la defensiva.

—¿Sobre qué?

Le hice un breve resumen del comportamiento atroz de mi madre hacia Rhys y de cómo, desde entonces, no había dejado de darme la lata con mis notas (en concreto con las de Biología) con la siguiente advertencia de que no estuviese «zǔo gù yòu pàn», es decir: «mirando a todas partes». Me sorprendió un poco que no me sugiriera directamente que usase una de esas antiojeras que les ponen a los caballos durante las carreras para que pudiera centrarme solo en los estudios y conseguir más sobresalientes altos.

Wendy estalló en carcajadas y se llevó las manos a la nariz para evitar que se le resbalaran las gafas.

—Es desternillante.

—No, no lo es; fue humillante.

—¿Por qué? ¿Es tu novio o algo así?

Ella lo dijo con sarcasmo, pero de todos modos, noté cómo se me encendían las mejillas.

—No —mentí—, pero eso no hace que sea menos vergonzoso. En plan… Le cambiaba el nombre todo el rato a propósito.

—¿Y? ¿Qué más da? —Me miró con detenimiento—. A menos que sí sea tu novio.

—No lo es —contesté en voz alta—. Somos… —Me devané los sesos buscando la mejor descripción que se me ocurriera sin tener que describir lo que en realidad está ocurriendo entre nosotros—. Somos amigos.

Me habría golpeado a mí misma por titubear. Wendy iba a saber que estaba mintiendo. Olía la debilidad como un tiburón huele la sangre en el agua y no era muy habitual que dejase pasar una oportunidad así. Arqueó una ceja.

—Ah, ya veo: tú quieres que seáis algo más que amigos, pero él no. ¡Ostras! Qué incómodo.

Mi hermana tenía la horrible habilidad de encontrar el comentario exacto que más me dolería y soltarlo como si nada. Me erguí, asegurándome de que mi rostro no reflejaba la tensión que sentía en el pecho.

—Muy bueno —dije con ironía. Incluso me obligué a esbozar una sonrisa como si comprendiera que había sido una broma y no un disparo a tientas que, de algún modo, había dado en el blanco.

—Hablemos de por qué no quiere salir contigo. —Bajó la voz y se acercó más al teléfono, como si fuese a confiarme algo—. ¿Es porque no eres guay?

—¿Y lo dice la presidenta del consejo estudiantil?

—Exacto.

—Sí, exacto —repetí—. ¿Sabes que la gente guay no se une al consejo estudiantil, verdad?

Wendy se encogió de hombros ante mi comentario y se subió las gafas de nuevo por la nariz chata.

—En mi curso, sí.

No estaba de humor para decirle que, desde luego, eso no era cierto. La gente guay practicaba algún deporte, iba a fiestas y tenía novios. Ella no había hecho ninguna de las tres cosas en el instituto. Al menos, yo estaba más o menos cerca de conseguir la tercera. Sin embargo, no podía presumir de ello hasta que estuviera segura de que tenía algo de lo que presumir. Según las palabras chapuceras de mi madre: «Estar cerca de conseguir algo solo sirve en el juego de la herradura o en el caso de...». Aquí siempre hacía un sonido de explosión porque nunca se acordaba de cómo se decía en inglés «granadas de mano».

—Hablemos de ti —dije, poniendo mi mejor voz de presentadora de televisión—. ¿Algún novio?

A ver si le gustaba que le interrogaran sobre su vida amorosa.

—Nadie que me guste lo suficiente como para avergonzarme —contestó con una voz cantarina.

Mierda. No había manera de que fuese a salir victoriosa de esa conversación. Lo mejor que podía hacer era retractarme y llamarla de nuevo otro día; a poder ser, cuando pudiera darle más información sobre qué demonios estaba pasando entre Rhys y yo. En aquel momento, no estaba dispuesta a ofrecerle una crónica de nuestras sesiones de besuqueo. Wendy tenía la costumbre de ofrecerme su «ayuda» y, después, echármelo en cara cuando le resultaba más conveniente. Sin embargo, todavía no estaba dispuesta a ceder.

Fruncí las cejas con el mejor gesto de preocupación que pude esbozar.

—Oh, nunca le has gustado a nadie, así que tienes que fingir que no te interesa salir con chicos. Eso explica por qué en el instituto pasabas tanto tiempo intentando estar ocupada con otras cosas. —Chasqueé la lengua con compasión fingida.

Tenía que haber algún otro motivo por el que nunca había tenido un novio. Era imposible que hubiese alguien a quien solo le apasionase mejorar su currículum escolar, ¿no?

—Buen intento, pero los insultos no te salen tan bien como a mí —dijo, encogiéndose un poco de hombros—. Añádelo a la lista de cosas que se me dan más bien que a ti.

—Las cosas que se te dan «mejor» que a mí —la corregí con tono altivo.

Wendy resopló, burlona.

—Solo tú considerarías que tener mejor gramática es una victoria.

—«Vivir acomodado es como beber vino envenenado» —dije con solemnidad, citando uno de los proverbios favoritos de mi madre—. Tal vez el hecho de que estés conforme con tus habilidades gramaticales presentes sea lo que acabe matándote.

Mi hermana estalló en carcajadas, haciendo que mi fachada de seriedad se desmoronara mientras me reía también, tapándome la boca para evitar que el sonido atravesase el pasillo y llegase hasta el escenario.

—Bueno, ahora sí que tendrías que empezar a prepararte. —Wendy se colocó bien las gafas de color carey y se alisó el flequillo, aunque todavía tenía las mejillas pálidas sonrojadas por la risa—. No quiero que me culpes por no ganar.

—No te preocupes; ambas sabemos que no voy a ganar, pero eso no significa que no pueda culparte de todos modos —contesté, alegremente.

Ella intentó poner su mirada de desaprobación, pero, aun así, se le coló una sonrisita.

—No digas eso; al menos, tienes que intentarlo.

—Nadie ha dicho que no vaya a intentarlo. Tan solo soy una persona realista que sabe que está más o menos al nivel del tercer puesto. —Me llevé la mano a la altura de la barbilla—. Incluso tengo los trofeos para demostrarlo.

La sonrisa desapareció del rostro de mi hermana.

—Todo es cuestión de confianza, June. Si tú crees que deberías ganar, entonces, ganarás.

Cierto. Añade la confianza a la lista de cosas con las que no nací. Me obligué a sonreír un poco.

—Gracias, lo tendré en cuenta.

—¡No te olvides de darme el reconocimiento que merezco cuando ganes! —dijo ella justo antes de que le colgara.

CAPÍTULO CUATRO

Pensé en los comentarios de Wendy a lo largo de toda la semana siguiente en clase, sobre todo mientras Rhys y yo disecccionábamos moluscos en clase, para lo que era necesario que ambos llevásemos unas gafas de plástico rayadas que olían levemente a sudor y vinagre. Si quería que él pensase que era guay, Biología Avanzada no me estaba haciendo ningún favor: las gafas eran demasiado grandes para mi cara, así que la nariz se me quedaba atrapada dentro como si fuese una máscara de buceo, obligándome a respirar por la boca durante toda la clase. El viernes, para cuando sonó el timbre, estaba tan avergonzada por las marcas que las gafas me habían dejado en la cara y por el hecho de que, sin querer, había comido patatas fritas con sabor a gamba que, mientras me marchaba, apenas me despedí de Rhys con un gesto de la mano. Había pensado en invitarlo a venir con Candace y conmigo a ver el partido de vóleibol de Liz aquella noche, pero fui incapaz de hacerlo.

Así pues, pasé a recoger a Candace y conduje de vuelta hasta el instituto. Llevábamos el coche repleto de dedos de espuma gigantes y pompones descomunales. Nosotras íbamos vestidas con unas camisetas que rezaban: «Te acaban de rematar». Habíamos comprado todas aquellas cosas el año anterior para avergonzar a Liz durante su primer partido en el equipo del instituto el año anterior. Sin embargo, se había convertido en una tradición propia llevarlas en cada ocasión, así como gritar a todo pulmón desde las gradas las bromas más terribles que se nos ocurrieran. Daba igual que no conociera la mayor parte de las normas más allá de: «No dejes que el balón toque el suelo». Era divertido y, además, avergonzaba a Liz, así que, en realidad, para nosotras era una victoria doble.

Ahora que las clases habían empezado, tan apenas veía a mis amigas. Entre los horarios del trabajo de Candace, los entrenamientos de vóleibol de Liz y la insistencia de mis padres en que hiciera todos los deberes y ensayara con el violín durante tres horas exactas antes de poder hacer algo medianamente divertido, cada vez pasábamos menos horas juntas fuera del instituto. Tampoco ayudaba el hecho de que, en secreto, yo estaba dedicando todo mi tiempo libre a llevar a cabo la «Operación Novio» en una sesión de incógnito en un explorador en caso de que, de pronto, mi madre se volviese lo bastante diestra con la tecnología como para revisar mi historial de búsquedas. Estoy segura de que daba por sentado que pasaba la mayor parte del tiempo escribiendo ensayos profundos y elocuentes para las solicitudes de acceso a la universidad y tomando notas en mis partituras.

En una ocasión, Candace me preguntó por qué no les mentía a mis padres sobre las horas que ensayaba con el violín. Ambos trabajaban muchas horas (mi padre en el hospital y mi madre en una empresa de contabilidad), así que, de normal, no estaban en casa para controlarlo. Sin embargo, tras años usando un cronómetro que se pausaba cada vez que tenía que ir al baño o a beber agua para que no malgastara ni un solo minuto, ya estaba condicionada para apartar en mi agenda ciento ochenta minutos de cada día para ensayar.

Además, las madres asiáticas parecían tener un sexto sentido para estas cosas; algo similar a cómo siempre eran capaces de adivinar que no habías comido. Por mucho que a veces me molestara, ahora que Wendy ya no estaba en casa, no necesitaba arriesgarme a sufrir un escrutinio mayor por algo tanto tonto como el tiempo de ensayo. Era mejor que me guardara las mentiras para cosas más grandes.

—Parecemos muy guais —dije, bromeando, mientras Candace, que ya lleva la mano cubierta por un dedo de espuma azul gigante, se peleaba con una gorra blanca de camionero que decía: «Recíbeme esta».

—Y que lo digas, maldita sea. Qué lástima que tu novio no haya podido venir para verlo —contestó ella, poniéndose en pie para gritar y agitar los brazos mientras las jugadoras salían a la cancha.

Después, volvimos a dejarnos caer sobre las gradas de madera cercanas.

—Técnicamente, no es mi novio, pero ¿te he contado que incluso Wendy me dijo que tal vez me esté dando largas porque no soy lo bastante guay?

Lo dije de forma despreocupada, como si fuera una sugerencia ridícula, esperando a ver su reacción. Candace siempre se apresuraba a echar por tierra los comentarios burlones de mi hermana, recordándome que, al menos, siempre tenía a alguien de mi parte. El pequeño diamante que llevaba en la nariz se sacudió cuando abrió las fosas nasales, molesta.

—¿A quién le importa lo que piense Wendy? —me dijo. Una sonrisa de satisfacción se me dibujó en la comisura de los labios—. Además —continuó—, tampoco es que Rhys sea el chico más guay. Bueno, sí, tiene algunos amigos populares, pero tampoco es que tenga muchas más opciones. ¡Tiene suerte de estar contigo!

Hice una mueca. Candace siempre se comprometía a decirme la verdad absoluta, sin importar lo brutal que pudiera ser, pero a veces, estaría bien que me dorara un poco la píldora. O, al menos, teniendo en cuenta lo mal que estaba saliendo la «Operación Novio» por el momento, que no me hiciera sentir peor al insinuar que conseguir que Rhys me declarase su novia tendría que haber sido un objetivo fácil de conseguir.

—Pero nunca está de más hacerse la interesante —prosiguió, haciendo caso omiso de mi reacción a su comentario—. Aunque, si a sus amigos les gustas, no tendrá más remedio que verte como el partidazo que eres. Los chicos no dejan de quejarse de que las chicas los presionan para hacer cosas, pero ellos son exactamente iguales. No es más que un juego. Así es como conseguí a Dom al final.

Candace estaba saliendo con su responsable del trabajo, un chico larguirucho de veintitrés años con el pelo de punta teñido de negro y pendientes expansores cuya mejor cualidad, que yo supiera, era que le dejaba elegir los turnos la primera porque se acostaban juntos. Sé que estaba intentando serme de ayuda, pero de algún modo, siempre conseguía hablar de él en todas las conversaciones que teníamos. «A Dom le encantan las patatas gajo, pero no las patatas fritas». «Dom está ahorrando para comprarse un Kia Optima». «Dom odia usar emoticonos en los mensajes». ¿Qué clase de monstruo prefiere las patatas gajo a las patatas fritas?

—Intentaré tenerlo en cuenta —dije.

No quería pensar en «conseguir» a Rhys del mismo modo que Candace lo había hecho con Dom, pero tenía razón al decir que todo esto no era muy diferente a un juego y, en tal caso, tenía que mejorar mucho mis habilidades. Tal vez, en aquel momento, no tuviese ninguna competidora, pero conseguir un tercer puesto no iba a ser suficiente en ese caso. Por una vez en mi vida, estaba decidida a ser la que ocupase el puesto más alto del pódium. Bueno, al menos en sentido metafórico.

Candace siguió parloteando mientras me rodeaba con sus brazos cortos para intentar quitarme el programa que había agarrado mientras entrábamos al gimnasio.

—Todo es cuestión de confianza, Juje. No puedo creer que vaya a decir esto, pero fíjate en Liz: un día decidió que iba a jugar a vóleibol, hizo acopio de toda la confianza que había conseguido jugando a fútbol americano e hizo uso de ella. Y, ahora, ¡mírala! Ha… —Su voz se fue apagando mientras le daba vueltas una y otra vez a la endeble hoja de papel, buscando algo que parecía faltar en el texto.

—¿Ha hecho qué? —le pregunté.

—¡Ha obligado a sus amigas a venir a un partido amistoso! —vociferó Candace mientras seguía mirando el programa con incredulidad—. ¿Es una broma?

No me molesté en corregirla y señalar que, en realidad, Liz no nos había obligado a asistir y que, de hecho, probablemente habría preferido que no lo hiciéramos. En parte, aquel era el motivo por el que habíamos empezado a ir.

—¿Eh?

—¡Esto no cuenta! ¡No es un partido de verdad!

Bajé la vista hacia la cancha donde dos equipos con uniformes de colores diferentes se habían situado a cada lado de la red y estaban golpeando la pelota de un lado a otro.

—¿Estás segura? A mí me parece un partido de verdad.

—Lo que quiero decir es que no es un partido de verdad porque no importa quién gane o pierda. Los resultados no cuentan. Hemos venido a un puñetero amistoso.

—Eso explica por qué somos casi las únicas presentes —digo, escudriñando las gradas casi vacías.

—Y por qué Liz nos ha lanzado una mirada tan rara cuando ha salido.

Ambas estallamos en carcajadas ante lo ridículo de la situación. Con su dedo de espuma gigante, Candace dio manotazos tanto a su muslo como al mío mientras sacudía las extremidades diminutas como esos muñecos inflables de los concesionarios.

—Tanto mejor para que Liz nos oiga —jadeé mientras esquivaba uno de los golpes de mi amiga—. Mira, están en tiempo muerto.

Nos pusimos en pie de un salto, gritamos y sacudimos los brazos como locas, haciendo que nuestras voces resonaran con fuerza en el gimnasio vacío. Desde la cancha, Liz nos lanzó miradas asesinas, aunque me di cuenta de que estaba conteniendo una sonrisa.

—Nos quiere un montón —dije con un suspiro mientras rodeaba los hombros de Candace con un brazo (con el pompón incluido).

—Más le vale. Tuve que pedirle a Dom que me cambiara el turno para poder venir. Al menos podría habernos avisado de que no era un partido de verdad.

—Conociendo a Liz, es posible que ella tampoco lo supiera. —Hice un gesto en dirección a la pista, donde nuestra amiga parecía estar atravesando la red con la mirada—. En plan... Parece capaz de cachear a sus compañeras de equipo en busca de la pelota. Tendría que haberse dedicado al hockey.

Candace resopló, burlona.

—¿Te la imaginas en un uno contra uno con Tommy?

La imagen mental de Liz echándose al hombro a Tommy, uno de los odiosos amigos de Rhys del equipo de hockey, y lanzándolo al otro lado de la pista de hielo como si estuviese practicando lanzamiento de peso hizo que sonriera.

—Si te soy sincera, pagaría por ver eso.

—¿Te acuerdas de aquel año que iniciamos una petición para que el consejo estudiantil financiara una noche de karaoke? —me preguntó Candace—. Podríamos hacer algo similar con esto: «La escuela exige una pelea entre Liz y Tommy, director Blackburn».

Me reí.

—Para empezar, fuiste tú la que empezó la petición y estoy bastante segura de que fue porque querías cantar baladas de los ochenta vestida con pantalones de cuero después de haber visto *La era del rock*. Por cierto, todavía no te he perdonado por obligarme a verla de principio a fin.

—De nada.

Por algún motivo, Candace era la única persona con menos de cincuenta años a la que le gustaba Tom Cruise y se había impuesto la misión de ver todas y cada una de las películas en las que había aparecido. No estaba muy claro por qué también tenía que ser mi misión, pero las había visto todas con ella, observándolo intentar todo desde la coctelería acrobática hasta un acento irlandés muy mal imitado. Habíamos sufrido un pequeño bache en nuestra relación después de que ella dijera que no entendía cuál era el problema de que él fuese el verdadero último samurái en una película repleta de actores japoneses. Habíamos arreglado las cosas gritándonos «Ponyboy, sigue siendo de oro» siempre que habíamos podido, hasta que Liz nos había amenazado con dejar de ser nuestra amiga.

El equipo de Liz ganó el primer set y ambas comenzamos otra ronda de vítores molestos durante el cambio, coreando su nombre hasta que, desde la cancha, nos hizo un gesto de degüello. Nos dejamos caer sobre las gradas con un suspiro de satisfacción.

—Es una lástima que tus cosas de violín tengan que ser siempre tan silenciosas y educadas —dijo Candace—. Sería muy divertido aparecer en uno de tus recitales con toda esta mierda y abuchear a tus contrincantes.

—Conmigo no funcionaría; no soy tan intensa como Liz.

Mi amiga me miró con los ojos entrecerrados.

—Por favor… Te encanta interpretar ese papel de «el violín es solo un pasatiempo sin importancia», pero te olvidas de que te he visto calentando.

Me quedé boquiabierta.

—¿Qué tiene de malo mi calentamiento?

Candace imitó de forma exagerada unos giros alternativos de hombros y unos movimientos cortantes con los brazos. El gesto de su rostro hacía que parecieran más un paso de baile penoso que un calentamiento serio.

—Se supone que no tienes que hacerlos todos a la vez —la corregí—. Además, todo el mundo tiene que calentar. No es que me inventara esos ejercicios yo sola para parecer guay.

—Lo que tú digas, Chica Robot.

Continuó haciendo movimientos cortantes, sacudiendo los brazos en todas las direcciones hasta que el dedo de espuma de su mano derecha pasó volando por delante de mí y cayó debajo de las gradas.

—Sí, bueno, desde luego lo lamentarás cuando necesites que alguien te pinte círculos a dedo de uno en uno, porque eso lo tengo controlado.

Le puse las manos frente a la cara, haciendo que cada uno de mis dedos rotara de forma individual. Otro de esos ejercicios de calentamiento que parecen tan maravillosos.

—Ay, sí, ¿cómo es posible que pienses que a Rhys no le parecería que esto es guay? Tendrías que hacerlo delante de él.

Le di un empujón juguetón, abriendo la boca con estupor fingido.

—¡Qué grosera!

—Lo que sí que sería guay de verdad es que fueras a buscar mi dedo de espuma —dijo Candace, señalando el punto por el que se había caído entre las gradas—. A fin de cuentas, cuando se ha caído, estaba imitando tus movimientos.

Puse un gesto serio.

—Pero ¿y si me pierdo parte del partido? ¿Cómo sabré quién va ganando?

—Te odio.

Me reí, pero, de todos modos, me puse en pie y me dirigí hacia la zona de debajo de las gradas para recogerlo.

CAPÍTULO CINCO

Al día siguiente, estaba sumida en mi rutina habitual de los sábados por la mañana (hacer recados, tocar el violín y recibir un sermón de mi madre sobre cómo debería estar pensando seriamente en asistir a la universidad de Wendy) cuando mi teléfono vibró al recibir el más importante de los mensajes importantes: una invitación para salir con Rhys y sus amigos aquella noche.

Convencí a Liz para que viniera conmigo como apoyo moral y, a las ocho en punto (una hora más tarde de aquella a la que Rhys me había dicho que estarían en casa de Grayson), aparecimos. Fuera lo que fuese que hubiera pensado que íbamos a hacer aquella noche, desde luego no era jugar al póker y beber cerveza barata en un garaje bastante frío. Sin embargo, estaba decidida a actuar como alguien guay. Después de todo, aquello era lo que había deseado. Sin duda, seis personas, cerveza y algo de hierba constituían una fiesta. Además, Rhys estaba allí. Aquella era mi oportunidad para impresionar a sus amigos.

Grayson señaló las sillas plegables sobrantes que había en un rincón y Liz no perdió el tiempo antes de colocar la suya a la derecha de la de Rhys. Me hizo un gesto para que pusiera la mía al otro lado, pero, de aquel modo, la mesa quedaba desequilibrada de

43

un modo que resultaba incómodo. Obligar a todo el mundo a que se moviera solo para que yo pudiera sentarme al lado de Rhys me pareció una mala idea, por muchas regañinas silenciosas que mi amiga me estuviera mandando. Nadie iba a juzgarla a ella por el lugar en el que se había sentado.

En su lugar, fingí que me encantaba la idea de colocar mi silla en el único lugar vacío, que era entre Tommy, el molesto jugador de hockey que Candace y yo intentábamos evitar, y Grayson, un tipo corpulento que parecía haberse alistado en el ejército porque tan solo se vestía con pantalones de camuflaje y llevaba el pelo muy corto. Al menos, desde aquel ángulo, podía mirar a Rhys con disimulo desde detrás de mis cartas.

Los chicos llevaban un buen rato jugando, a juzgar por la cantidad de botellas vacías que había esparcidas por el suelo de cemento y la pila de monedas de veinticinco centavos que había frente a Drew, al que de inmediato reconocí como el chico que le había pedido salir a Candace en octavo solo porque era la única chica más bajita que él. De pronto, me sentí agradecida de que Liz hubiese insistido en que parasemos en una gasolinera para cambiar diez dólares en monedas de veinticinco en lugar de tener que depender de uno de los chicos para tener cambio. Me imaginé teniendo que pedirle prestado a alguien como Tommy y me estremecí.

—Hola, chicos —dije, saludando con la mano a todos los que estaban en la mesa.

Rhys me hizo un gesto con la cabeza, pero no dejó de repartir las cartas para todos.

—¿Sabéis jugar al póker? —nos preguntó Grayson a Liz y a mí.

Mi amiga puso los ojos en blanco.

—Claro que sí.

Yo asentí y me encogí de hombros de un modo poco comprometido que podía pasar por un sí. A diferencia de Liz, no tenía una confianza absoluta en mis habilidades. Cuando Wendy y yo éramos pequeñas, antes de que nuestras vidas estuviesen tan ocupadas con las clases y el violín, solíamos visitar a los padres de mi madre en Taiwán cada dos años. A mi ahkong le encantaban el póker y todos los juegos de cartas occidentales. Un año, nos había enseñado a jugar y nos había dado dinero que, después, había recuperado. Eso había sido antes de que nuestra madre nos descubriera y le pusiera fin al asunto. Aquella había sido la última vez que había pensado siquiera en el póker. Si hubiera sabido que era una habilidad vital que se esperaba que tuviera, me habría puesto al día con ella en algún momento entre aquel momento y este.

Grayson estaba empezando a explicarme lo básico cuando Tommy se inclinó hacia delante, agitando una mano entre nosotros para detenerlo.

—Se supone que es lista. Ya lo irá pillando. —Me sonrió—. ¿Verdad?

Asentí con toda la seguridad que pude reunir. Lo último que quería era hacer que todos dejaran de jugar para que alguien me fuese guiando en cada paso. Aunque eso hubiera estado bien si me hubiese sentado al lado de Rhys, ya que podría haberlo usado como excusa para hablar con él. Me maldije a mí misma por no haber llevado a Candace, que se habría asegurado de que nos sentáramos juntos sin que resultase muy obvio. Ella siempre lo llamaba «coreografía». Mi amiga creía en fuera lo que fuese lo contrario al fatalismo propio de «si está predestinado…».

Superé bien las dos primeras rondas, ya que recordé las reglas lo bastante rápido como para evitar cualquier situación demasiado vergonzosa. Sin embargo, estar sentada frente a Rhys en lugar de a su lado se estaba volviendo cada vez más difícil. No quería mirarlo tanto como para que mi pillara, pero tampoco podía parecer que estaba evitando mirarlo. Así que, la mayor parte del tiempo, me limité a mantener la vista fija en mis cartas mientras intentaba ignorar los comentarios constantes de Tommy, que estaba a mi izquierda, sobre cómo, sin duda, iba a ganar aquella mano.

—Oye, Lara Jean Covey —dijo.

—¿Estás… hablando conmigo? —pregunté mientras reunía las cartas que había en el centro de la mesa para barajarlas.

—¿Te parece que alguien más de esta mesa respondería a ese nombre?

—¿De qué estás hablando, rubito? —le preguntó Rhys.

—¡Venga ya! ¿Ninguno de vosotros ve películas en Netflix?

Tommy miró en torno a la mesa, suplicante ante las miradas confusas. Odié el hecho de ser la única que sabía a qué se estaba refiriendo.

—¿Y qué pasa? —le pregunté mientras se me encogía el estómago por el arrepentimiento.

—¡Sabía que sabrías de qué estoy hablando! —Mientras se inclinaba hacia mí, unos hoyuelos le marcaron ambas mejillas—. ¿Ves? ¡Ya tenemos algo en común!

Le dediqué una sonrisa incierta y el nudo que sentía en la garganta se deshizo. No sabía qué era más sorprendente: que Tommy viese comedias románticas adolescentes o que lo admitiese abiertamente delante de sus amigos. Encajar con ellos podría ser más fácil de lo que había pensado.

—¿No es esa la película sobre la chica que tiene unas cartas de amor que se envían por accidente? —preguntó Liz—. En Netflix, los tráilers se reproducen de forma automática; fue imposible evitar verlo —añadió, haciendo un gesto frente a mi cara de evidente sorpresa.

—Eso puedes cambiarlo en los ajustes —intervino Pip, aunque nadie le hizo caso.

—Sí, eso es —le contestó Tommy a mi amiga. Todavía tenía el cuerpo inclinado hacia mí, pero la cabeza girada en dirección a ella.

—¿Y por qué usas el nombre de esa chica para llamar a June?

El tono de voz de Liz era acusatorio, casi como si supiera tan bien como yo por qué exactamente me estaba llamando de aquel modo. La sonrisa de Tommy no se desvaneció y mostró sus hoyuelos ante mi amiga casi como si fueran un desafío. Si ella había creído que se avergonzaría de que le llamase la atención al respecto, se había equivocado.

—Porque me recuerda a ella —contestó, con toda naturalidad.

Daba igual que Lana Condor, la actriz que interpretaba dicho papel, fuese vietnamita en lugar de taiwanesa; o que, más allá de que ambas teníamos la melena larga y negra y los ojos oscuros, no nos parecíamos en nada. La gente llevaba toda mi vida confundiéndome con otros asiáticos. Al menos Lana Condor era más guapa que yo. Y una chica. En una ocasión, alguien me había dicho que le recordaba a Jet Li.

Liz tenía la boca abierta y los hombros levantados como si estuviera lista para ponerse en pie y volcar la mesa sobre él, pero hablé antes de que pudiera hacerlo.

—Así que dices que me parezco a una estrella del cine —bromeé, sacudiéndome la melena por si acaso.

Todos los chicos se rieron, pero Liz siguió con los hombros tensos, los labios fruncidos y los músculos de la mandíbula crispados.

—June, ¿puedes venir al baño conmigo? —consiguió decir a través de los dientes apretados.

—La última puerta a la izquierda —dijo Grayson mientras salíamos del garaje. Oí cómo se reía—. Cómo son las tías, colega; no saben hacer nada solas.

Liz esperó hasta que estuvimos a salvo en el interior del baño antes de sisear:

—¿Qué crees que estás haciendo?

—¿Jugar al póker?

—No es momento para una de tus bromas. ¿Cómo has podido quedarte ahí sentada y dejar que Tommy te diga que te pareces a una actriz a la que, por cierto, no te pareces en nada? No te ofendas —añadió.

¿Cómo iba a ofenderme ante la sugerencia de que no tenía nada en común con una asiática adorable que se había vuelto famosa cuando a Liz la comparaban con personas como Florence Pugh, a la que se parecía todavía menos?

Me encogí de hombros, incómoda.

—No es para tanto.

El consejo de Candace de que me ganara a los amigos de Rhys seguía dándome vueltas en la cabeza, recordándome que tenía que encajar y centrarme en el objetivo final. Podía ignorar un centenar de comentarios idiotas de Tommy si eso significaba que nunca tendría que contarle a Liz que Candace y yo habíamos ludificado mi relación con Rhys.

Mi amiga abrió los ojos de par en par, sorprendida.

—¿Que no es para tanto? —chilló—. ¿Que no es para tanto? ¿Cómo es que no estás enfadada por este tema?

—Porque, en realidad, no me importa lo que piense Tommy. En plan... No merece la pena enfrentarme a él.

—¿No crees que tienes la responsabilidad de dar tu opinión al respecto? De otro modo, va a seguir diciendo cosas similares. ¿Qué pasa si le hace lo mismo a otra persona?

Alcé las cejas ante la mención de la palabra «responsabilidad». Como si fuera cosa mía hablar en nombre de todos los asiáticos. Aquello me había pasado toda la vida: los profesores me miraban en busca de información adicional cuando daban clases sobre los gobiernos comunistas y mucha gente me preguntaba qué grupo de K-pop deberían escuchar. Como si no entendieran la parte «estadounidense» de «asiática estadounidense».

Además, no era como si, al decirle a Tommy que no todos los asiáticos nos parecíamos, fuese a reflexionar de pronto sobre su comportamiento. Lo único que iba a ocurrir es que quedaría como el tipo de chica que reacciona de forma exagerada con todo. Las chicas populares no sacaban de quicio comentarios insignificantes que se hacían de pasada. Las chicas populares no acaparaban la conversación con temas pesados de los que nadie quería hablar. Incluso aunque Rhys jamás decidiera reconocerme como su novia, iba a asegurarme de que no fuera porque pensase que era un maldito plomo.

—Déjalo estar —le supliqué.

Suspiró, derrotada, pero estuvo murmurando todo el camino de vuelta a la mesa, donde volvimos a sentarnos en medio de una discusión entre Drew y Tommy.

—Una bolsa de plástico ensucia mucho menos —estaba insistiendo Drew.

Tommy levantó las manos, desesperado.

—¿Quién demonios va a usar una bolsa de plástico gigante?

—No me refiero a una bolsa de basura, idiota. Una bolsa para sándwiches, de esas que no llevan cierre. Solo tienes que escupir dentro antes para que esté húmeda y cálida.

Drew extendió la mano e imitó el escupitajo y el gesto subsiguiente en caso de que alguno de nosotros no se hubiera dado cuenta de cómo funcionaba el asunto.

—Pffft. Llegados a ese punto, ¿por qué no usar un condón? —se burló Tommy, subiéndose las mangas y flexionando los antebrazos. Siempre estaba haciendo eso. Algunos chicos confiaban en una sacudida de la melena o en una sonrisa, pero Tommy no. El tipo debía de tener un centenar de camisetas de manga tres cuartos diferentes.

—¡Puaj! ¡Qué asco dais! —exclamó Liz, echando hacia atrás su silla como si parte de la conversación pudiera salpicarla desde el otro lado de mesa.

—No es lo mismo —dijo Drew, ignorando a mi amiga por completo—. Los condones son caros. Además, aprietan demasiado y no te ofrecen el mismo rango de movimiento.

—¿Rango de movimiento? —resopló Tommy, burlón—. ¿Estás de broma, verdad?

—Y lo dice el tipo que se hace una paja con la cáscara de un plátano calentada en el microondas —replicó el otro.

—Me apuesto cien pavos a que la sensación es mejor que la de una maldita bolsa para sándwiches.

—¿Qué problema tenéis? —preguntó Rhys. Su rostro reflejaba el mismo sentimiento de horror que, con toda probabilidad, cubría el mío.

—Como si nunca hubieras intentado masturbarte con cosas... —dijo Tommy.

—¡Desde luego, no lo he hecho con la puñetera cáscara de un plátano!

Liz abrió la boca para decir algo, pero Grayson se le adelantó.

—¡Ya basta! —gritó. Su voz estruendosa llenó todo el espacio vacío del garaje—. Nadie quiere escuchar todas las formas raras que tenéis de haceros una paja. Haced esas mierdas a solas, estáis interrumpiendo la partida. Rubito, te toca. Rhys, ¿cuántas cervezas nos ha conseguido tu hermano? A mí no me quedan.

Alzó su botella vacía y la agitó de forma melodramática. En su mano enorme, parecía una botella de tamaño normal. Si a Grayson le hubiesen interesado los deportes lo más mínimo, habría sido el candidato perfecto para el equipo de fútbol americano. Probablemente, podría haber bloqueado a la mitad del equipo contrario él solito.

Rhys inclinó hacia atrás sobre dos patas la endeble silla plegable, estirándose para alcanzar el frigorífico que tenía detrás de él. Agarró una cerveza y se la pasó a Grayson, que la secó con los pantalones, la abrió y se bebió de un trago la mitad de la botella.

—Oye, ¿por qué llamáis «rubito» a Tommy? —pregunté de pronto, con la esperanza de desviar la conversación del tema anterior—. ¿Es porque no es rubio de verdad?

Tommy, al igual que muchas de las chicas de nuestro instituto, tenía el pelo de un color castaño claro. Sin duda, se hacía mechas y pretendía hacerlo pasar por su color natural.

Los chicos intercambiaron miradas divertidas en torno a la mesa, como si estuvieran compartiendo algún tipo de broma interna graciosísima que, de algún modo, fuese más divertida que el hecho de que el rudo jugador de hockey llevase mechas.

—Joder, June, sí que eres mojigata, ¿eh? —dijo Grayson, riéndose. Su cuerpo sacudió la mesa e hizo que la torre de monedas de veinticinco centavos de Drew se derrumbara.

Me puse tensa ante semejante acusación. No había aguantado toda esa conversación sobre masturbación para que me llamaran «mojigata».

—Es una variedad de marihuana —comentó Rhys, como si eso lo explicara todo.

Miré a Liz, que se encogió de hombros, impotente. Era probable que ella supiera menos sobre la maría que yo y mi conocimiento se limitaba a saber que si en inglés se usaba un término relacionado con las piedras para decir que estaban colocados, era por algo: la gente que conseguía fumar en los baños o en el aparcamiento durante la hora de la comida solía volver a las clases de la tarde como si fueran estatuas moviéndose con lentitud.

—¿Quieres probarla? —me preguntó Grayson, ofreciéndome su vapeador.

Lo rechacé con un gesto de la mano.

—No, gracias, estoy encariñada con mis neuronas.

—¿Estás diciendo que soy idiota, Covey? —preguntó Tommy, dándole una calada al suyo y expulsando una nube de vapor en mi dirección.

Oí a Liz resoplar al otro lado de la mesa.

Tommy se subió las mangas hasta los codos una vez más mientras expulsaba otra bocanada de vapor hacia mí.

—Fumar un poco de esto no te vendría mal. Te relajaría un poco. Ya me entiendes. —Me guiñó un ojo y pareció como si el hoyuelo de su mejilla se burlara de mí.

Podía sentir cómo se me acaloraban las mejillas, así que enterré la cara detrás de las cartas a toda prisa antes de que ninguno de ellos se diera cuenta. ¿Era posible que Rhys se estuviera conteniendo conmigo porque pensase que era una tiesa? ¿Y si se lo había contado a sus amigos? La idea de que Tommy tuviese conocimiento íntimo de lo que su amigo y yo habíamos hecho o no me hizo desear que me tragase la tierra.

—No, Tommy, no te entendemos. ¿Qué quieres decir? —dijo Liz. Su voz resonó con claridad mientras lo atravesaba con los ojos.

Él apartó su atención de mí y se centró en ella, que lo estaba mirando tal como miraba al profesor de Educación Física cada vez que pedía que un par de «chicos fuertes» se presentasen voluntarios para mover el equipamiento deportivo por todo el gimnasio. Pero, como antes, él se negó a sentirse avergonzado. O, ¿quién sabe? Tal vez no fuese lo bastante listo como para darse cuenta de lo que estaba haciendo mi amiga. Ahuecó las manos en torno a la boca como si fuese un megáfono.

—Lo que quiero decir es que Rhys quiere que su novia tenga tensas solo las partes importantes.

Se me hizo un nudo en la garganta y tuve que tragar saliva. Sin embargo, un pensamiento se coló en mi mente, abriéndose paso más allá del desagrado que sentía por aquel comentario.

«¿Acaba de decir que soy la novia de Rhys?».

Después de lo que había dicho Tommy, en el garaje se hizo un silencio sepulcral durante unos segundos. Tanto Grayson como Drew pestañeaban con lentitud, como si no le hubieran escuchado correctamente. Rhys parecía tan avergonzado como yo y, de algún modo, tenía los ojos muy abiertos por la sorpresa y, a la vez, entrecerrados. Mientras tanto, Liz estaba allí sentada, pasando la mirada entre nosotros, implorándonos con los ojos que dijéramos algo. Era una causa perdida; no podría haber abierto la boca ni aunque hubiera querido.

Mi amiga se giró hacia Rhys, que seguía sentado a su lado, con los labios crispados por la conmoción.

—¿De verdad vas a dejar que se quede ahí, hablando de tu novia de ese modo?

Aquello me sacó de mi ensimismamiento. ¿Qué demonios estaba haciendo? Que Tommy hubiese usado la palabra «novia» no era lo mismo que el hecho de que la usara ella. Rhys iba a pensar que me refería a mí misma como su novia. Además, ¿no le había dicho que ignorase a Tommy? Sí, era un capullo, pero eso ya lo habíamos sabido antes de ir allí. La había traído conmigo para que me ofreciese apoyo moral, no para que se saliese por la tangente para embarcarse ella sola en una cruzada para acabar con todo el sexismo. Además, acababa de arrastrar a Rhys al asunto, y todo bajo el pretexto de salvar a la pobre e indefensa June. Me había esforzado mucho para llegar a aquel punto y ella estaba a punto de arruinarlo todo por su egoísmo.

Le estaba dando vueltas a la cabeza a toda velocidad, desesperada por encontrar algo que decir, cualquier cosa, antes de que Rhys se viera obligado a contestarle; cualquier cosa que no tuviese que ver con él, conmigo, con la palabra «novia» o con cualquier tipo de tensión.

—Deberíamos poner algo de música —farfullé.

Todos los ojos se posaron sobre mí. Podía sentir el calor subiéndome por el cuello, pero mantuve la cabeza perfectamente quieta, como si de verdad hubiera pretendido cambiar de tema de una forma tan abrupta y forzada.

Liz me taladró con la mirada desde el otro lado de la mesa por haber interrumpido el interrogatorio que le estaba haciendo a Rhys, que parecía mucho más aliviado que yo. Sus ojos volvieron a ser de un tamaño normal en lugar de los platos enormes en los que se habían convertido cuando mi amiga se había dirigido a él. Sin embargo, mi intento de distracción parecía haber funcionado. Grayson se aclaró la garganta y empezó a buscar canciones en su teléfono móvil mientras Drew se centró rápidamente en barajar y repartir otra mano.

Mientras tanto, Tommy le dedicó una última sonrisita a Liz. Era probable que se sintiera complacido por haberla provocado. Cuando se trataba de los tipos como él, todo giraba en torno al tipo de reacción que pudieran arrancarles a los demás. A veces, me preguntaba si de verdad se creía todas las mierdas que decía o si tan solo quería llamar la atención.

Grayson volvió a aclararse la garganta y empujó su teléfono hacia mí.

—Toma, elige tú. Después de todo eres... Eh... Ya sabes, la invitada o lo que sea.

De acuerdo, los amigos de Rhys todavía no se sentían del todo cómodos conmigo, pero aún tenía tiempo de arreglar la noche. Revisé rápidamente sus elecciones y escogí una canción que sabía que a Rhys le gustaría. Grayson hizo un gesto apreciativo con la cabeza.

—Metallica. Buena elección.

—¿Qué es esto? —preguntó Liz, que me estaba mirando con un gesto de «¿Quién demonios eres?» en el rostro.

Sin embargo, Rhys esbozó una sonrisa y supe que había hecho la elección correcta.

—Es una banda muy poco conocida que June ha descubierto hace poco —dijo, dedicándome una sonrisita torcida.

Toda la ansiedad que me había estado retorciendo las entrañas desde que Liz había estallado había empezado a desaparecer, así que me permití exhalar poco a poco y en silencio en cuatro tiempos. Así era como se suponía que tenía que transcurrir la noche.

Le devolví una sonrisa tímida, haciéndole saber que había entendido su broma. Nos miramos fijamente. De pronto, ya no me importaba lo que estuvieran haciendo sus amigos o incluso la mía; era como si hubiera encontrado un lugar diminuto en el que podíamos existir solo nosotros dos.

A mi izquierda, Tommy dejó escapar un leve gruñido de disgusto.

—Vosotros dos, marchaos a un hotel.

CAPÍTULO SEIS

Después de aquella incómoda noche de póker en casa de Grayson, las cosas parecían haber mejorado entre Rhys y yo. Había sobrevivido a más salidas con sus amigos e incluso había conseguido hacer bromas cada vez que Liz se indignaba con los comentarios ofensivos de Tommy. Por suerte, todavía estábamos en medio de la temporada de fútbol americano, lo que implicaba que, a veces, podíamos disfrutar de un buen rato sin él.

Biología Avanzada seguía siendo un reto gracias a nuestra reciente incursión en las disecciones de cerebros de ovejas, lo que significaba tener más marcas de gafas en la cara, pero al menos sabía que, a partir de entonces, Rhys y yo íbamos a vernos fuera de clase más a menudo. Sin proponérmelo necesariamente, también había pasado las últimas semanas obsesionándome con lo que Tommy había dicho sobre que era una tiesa. Solo podía relajarme hasta cierto punto, dado que tenía que estar pendiente todo el tiempo de asegurarme de que no pareciera que Rhys me gustaba más a mí de lo que yo le gustaba a él. El resultado era que me sentía como si tuviera algún tipo de nudo permanente en la garganta.

Con suerte, podría relajarme pronto. El cumpleaños de Liz estaba a la vuelta de la esquina y, entre Candace y yo, habíamos conseguido convencerla de que una noche de diversión en la cabaña de su padre sería mucho más divertida si no estábamos las tres solas. Y aunque era probable que ninguna de nosotras quisiéramos que Tommy estuviera allí, era imposible invitar solo a Rhys, Drew y Grayson, así que también habíamos conseguido que accediera al prometerle que los chicos se encargarían de traer el alcohol.

Candace, que había prometido guardar en secreto mis motivaciones ocultas detrás de la fiesta de pijamas, también me había ayudado a darles un nombre: «Misión: Mamada». Tras haber visto todas las películas de *Misión: Imposible*, mi amiga había empezado a apodar todas y cada una de nuestras ideas como «Misión: Algo». «Misión: Tacos» cada vez que le apetecía comida mexicana; «Misión: Pringue» la noche que habíamos elaborado nuestra propia mascarilla facial con miel y azúcar moreno, y «Misión: Danger Zone» en un doble guiño a Tom Cruise aquella vez que nos habíamos escabullido durante una fiesta de pijamas para ir a dar una vuelta.

—Me alegro mucho de que estés aquí —le dije, apiñadas como estábamos en la cocina diminuta de la cabaña mientras colocábamos velas en una plancha de tarta de supermercado decorada con unos bultos que se suponía que eran pelotas de fútbol.

Ella agachó la cabeza y se inclinó hacia mí mientras seguía sujetando con una mano el resto de las velas que teníamos que colocar.

—No le has hablado a Liz de «Misión: Mamada», ¿verdad?

—Claro que no. ¿Te imaginas? —replico, fingiendo que me clavo un puñal en el pecho.

No es que Liz se mostrase del todo indiferente hacia mi situación con Rhys. Sencillamente, no parecía tener ni idea de cómo funcionaban las relaciones de instituto o la clase de esfuerzo que se necesitaba para mantenerlas. Había días en los que no contestaba a nuestros mensajes en el grupo, y eso que éramos sus mejores amigas. Las posibilidades de que entendiera mi miedo a que Rhys se aburriera de mí eran inferiores a cero. Parecía tener la misma idea sobre las relaciones que mi madre: que, algún día, te harías mayor y te casarías sin haber tenido nunca ningún tipo de contacto físico con otra persona. Pan comido.

—¿Estás nerviosa? —susurró Candace.

Conseguí hacer un gesto que estaba a medio camino entre encogerme de hombros y sacudir la cabeza.

—Tan solo necesito beber algo antes. Estoy segura de que todo irá bien.

¿Y qué si nunca había hecho nada remotamente similar a esto? Según Candace, tan solo tenía que enfrentarme a ello con confianza. Y con los dientes cubiertos. «Si Savannah pudo hacerlo con aparato dental, cualquiera puede», me había asegurado mi amiga.

Savannah era vecina de Liz. Candace y yo habíamos sido amigas suyas desde secundaria. Cuando Liz se mudó a la casa de al lado, todas nos hicimos amigas íntimas. Al menos hasta que a Savannah le habían quitado el aparato, había conseguido entrar en el grupo de animadoras y se había obsesionado con cosas como los partidos de fútbol americano y el espray bronceador. Siempre había supuesto que Liz había seguido manteniendo la amistad con ella por conveniencia, ya que dependía de ella para que la llevara al instituto en coche, pero a saber por qué funcionaban algunas amistades. Después de todo, por algún motivo, Rhys era amigo de Tommy. El instituto no se dividía en grupitos bien delimitados y centrados en un interés común tal como ocurría en las películas.

Al final, Candace y yo terminamos de colocar todas las velas y las encendimos. Con cuidado, llevamos la tarta hasta la mesa. Drew había servido ocho vasos de licor de manzana ácida de la marca Pucker para que brindáramos con él. Tras una impactante interpretación del «Cumpleaños feliz» y de que Liz se tomara dos minutos enteros para decidir su deseo y soplar las velas, corté la tarta y repartí las porciones entre todos. Era una yuxtaposición rara: tarta de cumpleaños cubierta de glaseado rosa y verde acompañada de alcohol. Como si siguiera siendo una niña pequeña en una fiesta de cumpleaños, pero a la vez, fuese lo bastante mayor como para beber y hacerle una mamada más tarde a mi medio novio.

Después de brindar por Liz, me bebí el vaso de un trago y el brebaje verde neón se derramó sobre mis labios como si fuese azúcar líquido. Estuve a punto de escupirlo cuando aquella dulzura empalagosa hizo que sintiera espasmos en la garganta. Si había creído que la cerveza era un gusto adquirido, aquella bebida que se parecía a los caramelos Jolly Rancher derretidos era mucho peor. Cerré los ojos con fuerza y tragué todo lo que pude sin vomitar. Cuanto antes pudiera acabarme aquella bebida, mejor.

Cuando pasé la vista por la mesa, los rostros de todos dejaban claro que la mayoría se sentían igual.

—Jesús, ¿qué demonios es esto? —preguntó Tommy con una mueca, contemplando su copa como si esperara que en ella pusiera «Desechos radiactivos».

—Gray me dijo que trajese algo dulce —dijo Rhys mientras se servía otro vaso. Después, pasó la botella a los demás.

—Me refería a algo como ron con zumo de naranja —respondió Grayson con cara de «no me eches la culpa a mí».

Rhys se encogió de hombros.

—La culpa es de Paul. Fue él el que la compró. Hay de otros sabores en la cocina. La próxima vez, os invito a que os compréis vosotros lo que queráis.

Después de aquello, nadie se atrevió a quejarse. Rhys era el único que tenía un hermano que era lo bastante mayor y lo bastante imprudente como para comprar alcohol para un grupo de adolescentes. Aunque Wendy hubiese podido hacerlo, algo me decía que no sería el tipo de hermana que haría cosas así.

—A mí me gusta —intervino Savannah con aquella voz chillona y aguda que siempre parecía alegre—. Creo que combina bien con la tarta de cumpleaños.

Tommy dejó su vaso a un lado y juntó las manos con gesto de picardía.

—Hablando de cumpleaños... ¿A qué vamos a jugar en esta fiesta? —Movió las cejas de forma sugestiva—. ¿A la botella? ¿A «verdad o atrevimiento»? ¿A *strip* póker?

Se me revolvió el estómago ante la idea de confesar cualquier tipo de secreto o de quitarme la ropa frente a los amigos de Rhys. Aunque, por otro lado, ya me había bebido dos vasos de aquel asqueroso alcohol dulzón. Podía contar toda esta experiencia como una de las casillas de la tarjeta de Bingo de mi recién remodelada experiencia en el instituto. Al menos, en tal caso, estaría segura de que no era una tiesa.

—Yo me apunto a jugar a lo que sea —dijo Savannah, atravesando a Tommy con la mirada. Lo de ser sutil no iba con ella. Ni el buen gusto.

En el pasado, la había escuchado riéndose junto con algunas de sus compañeras del equipo de animadoras mientras comentaban los mejores rasgos físicos del chico. Era evidente que nunca habían tenido ningún tipo de interacción prolongada con él. Una cara bonita y unos abdominales marcados solo podían compensar lo demás hasta cierto punto.

Liz hizo una mueca.

—¡Puaj! No es ese tipo de fiesta. Y si alguno de vosotros empieza a quitarse la ropa, lo echaré a patadas.

—¡Venga ya! —protestó Tommy—. Os he dado otras opciones. Vamos a animar esto un poco. Tienes dieciocho años. Si no podemos llevarte a un club de estriptis, al menos podrías tener la decencia de dejar que la gente se quite la ropa aquí.

Se frotó las manos mientras flexionaba los antebrazos, que ya quedaban expuestos bajo las mangas verdes de su camiseta de béisbol.

—No seas así —le regañó Rhys—. ¿No podemos quedarnos aquí sentados, bebiendo? ¿Por qué tenemos que jugar a algo?

Estupendo. Así que Rhys tampoco quería verme desnuda.

Vacié otro vaso y fui a buscar otra botella a la cocina. Aquella era de cereza, lo que me dio esperanza de que tuviera mejor sabor.

No fue así. Aun así, bebí de todos modos, haciendo caso omiso del asco que sentía en el fondo de la garganta.

—Podría poner algo de música —se ofreció Drew.

—A nadie le gusta esa mierda de country para vaqueros que escuchas —dijo Tommy. Después, me señaló a mí—. Y tampoco vamos a escuchar la mierda aburrida de violinista que te gusta a ti.

—Tengo curiosidad: ¿eres capaz de nombrar siquiera otro género de música que no sea el que escuchas tú específicamente? —le pregunté desde la cocina mientras me servía otro vaso.

Había ido hasta allí decidida a no permitir que me irritase y arruinara la noche, pero resultaba agotador escucharlo proclamar a los cuatro vientos sus opiniones inútiles. Incluso aunque nunca fuese a admitirlo frente a Liz.

—¿Qué demonios es un «género»? —preguntó.

Sonreí con dulzura.

—A eso me refiero.

—¡Ya basta! —La voz de Liz hizo que incluso Tommy se quedara en silencio—. Es mi cumpleaños. Me alegra que estéis todos aquí, pero vamos a hacer lo que yo quiera. —Respiró hondo—. Vamos a jugar a un juego de mesa y todo el mundo se va a dejar la ropa puesta.

Le dedicó una mirada especialmente penetrante a Savannah, que acababa de quitarse los calcetines y que, o bien había previsto que llegaríamos a ese punto, o siempre llevaba los pies cuidados de forma impecable. Llevaba anillos resplandecientes en dos de los dedos de su pie derecho y una cadena de plata que los unía con su tobillo bronceado de forma poco natural. No entendía cómo era posible que fuese cómodo llevar eso debajo de los calcetines.

Drew se encargó de encender el fuego mientras Liz rebuscaba en el armario de los juegos. Había gritos por todas partes. Tommy y Grayson se estaban burlando de la estatura de Drew y se preguntaban si tendría la capacidad de levantar los troncos hasta la chimenea, que estaba elevada. Por encima de ellos, Candace gritó para prohibir que el juego elegido fuese el *Mille Bornes*. Al final, Liz se decidió por el *Trivial Pursuit*.

Hubo muchos gruñidos y protestas entre el grupo, sobre todo por parte de Grayson y Drew que, de normal, se negaban a jugar a cualquier cosa que no involucrase una baraja, pero, de todos modos, todos nos dispusimos a jugar. Candace intervino y asignó los equipos a toda velocidad, asegurándose de que Rhys y yo estuviésemos juntos antes de que nadie pudiera quejarse de que seríamos una pareja demasiado fuerte. Gracias a Dios por la existencia de Candace.

Conforme avanzaba el juego, Rhys y yo fuimos sumiéndonos en una rutina, tal como hacíamos en Biología Avanzada, resolviendo pistas y respondiendo juntos. Era un poco raro sentirme casi cómoda con él entre sus amigos, sin tener que interpretar el papel de la chica guay. Por otro lado, había perdido la cuenta de cuántos vasos de aquella bebida causante de diabetes me había tomado. Todo resultaba más cómodo cuando las partes más despiertas de mi cerebro estaban embotadas.

Para cuando terminó el juego, todos estaban o colocados o borrachos y yo estaba sentada tan cerca de Rhys que casi estaba sobre su regazo. Nuestros codos y nuestras rodillas chocaban todo el rato y hacían que oleadas diminutas de felicidad me recorrieran el cuerpo. Celebramos nuestra victoria de forma muy casta, chocando los cinco. Mientras tanto, el segundo equipo, formado por Drew y Candace, cuya voz se sobreponía a la de su compañero, nos abucheó bulliciosamente.

Me había equivocado: aquello era mucho mejor que jugar al *strip* póker. Estaban empezando a dolerme las mejillas de tanto sonreír. Casi deseé no haber contestado bien la última pregunta para que hubiéramos podido seguir jugando.

Sin embargo, tan solo disponía de una noche para llevar a cabo mi plan. Y, a diferencia de Liz, Candace entendía la importancia de que pudiera disfrutar de tiempo a solas con Rhys. Se había ofrecido a dormir en el salón con los chicos para que él pudiera dormir conmigo en una de las dos habitaciones, pero no había ninguna manera de que se lo pidiera que no implicase... ya sabéis, tener que pedírselo de verdad y, desde luego, no pensaba hacerlo delante de todos sus amigos. En su lugar, mi amiga y yo habíamos acordado una señal para que ella lo enviara detrás de mí de una forma que pareciese menos orquestada y más... inesperada y romántica. Candace era una coreógrafa experta.

—Estoy cansada —dije, fingiendo un bostezo y apoyando la cabeza en el mullido sofá que tenía detrás con los brazos estirados.

No estaba tan achispada como quería, pero no podía hacerme a la idea de tomarme otro vaso de aquel licor de sabor sintético. Además, tampoco quería estar borracha hasta un nivel de dejadez para evitar hacer algo vergonzoso como vomitar cuando tuviese su pene en la boca o algo así.

—Estás roja —dijo Grayson con un silbidito.

—Aquí dentro hace calor —intervino Savannah, que aprovechó la oportunidad para quitarse a cámara lenta la camisa fina como el papel que llevaba puesta y mostrar la camisola de tirantes finos que llevaba debajo. Dejando a un lado el objetivo de sus desvelos, tenía que aplaudir el enfoque que le estaba dando. Tendría que haberme fijado más en ella antes de decidirme a intentar mis propias maniobras de seducción. Desde luego, parecía tener mucha más práctica.

Por desgracia para ella, Tommy no pareció darse cuenta.

—Parece que te hayas quemado la cara con el sol, Covey.

Pude sentir cómo se me encendían todavía más las mejillas cuando todos volvieron su atención hacia mí. Ya era consciente de que la cara se me ponía roja cuando bebía, pero no necesitaba que Tommy lo señalase delante de todos. Además, ¿quién le había dado permiso para ponerme un mote? Ni siquiera Rhys me llamaba con un apodo.

Me apoyé las manos en la frente, absorbiendo con ellas el calor que irradiaba, como si eso también fuese a lograr que se desvaneciese el color. No iba a tener un aspecto demasiado atractivo o sexy si tenía la cara del color de la remolacha.

Rhys se inclinó hacia mí.

—Es verdad que estás muy roja.

Sus ojos se clavaron en mí como si fuese un médico examinando a un paciente enfermo.

—Como ha dicho Savannah, hace mucho calor aquí dentro —contesté, en voz más alta de lo que había pretendido.

—¿Quieres que te traiga un poco de agua o algo? Tal vez deberías dejar de beber.

Qué bien. Tenía tan mal aspecto que mi propio novio me estaba parando los pies.

—Estoy bien —insistí.

—Deberías ir a tumbarte —sugirió Candace, aunque sus ojos me indicaron que, en realidad, era más una orden que una sugerencia.

No quería hacer mi salida de aquel modo, bajo la nube de la sospecha de que no podía aguantar el alcohol tan bien como los demás, pero no era como si, en aquel momento, estuviese convenciendo a nadie de que no era así. Además, a diferencia del salón, al menos la habitación estaría oscura y fresca. Drew seguía echando leña al fuego como si fuéramos la familia Ingalls Wilder intentando sobrevivir al invierno o algo así.

Jesús. Tal vez estuviese borracha de verdad. Tenía todo el canon literario sobre habitantes de cabañas de madera a mi disposición y, de algún modo, me había decidido por el relato medio ficticio de la vida de alguien que había leído en una ocasión en segundo curso. Abraham Lincoln. Paul Bunyan. Henry David Thoreau. El abuelo de Heidi. Los precognitivos de *Minority Report*. Incluso la casa del personaje de Kathy Bates en *Misery*... ¿Era una cabaña de madera? Era similar a una cabaña. O, al menos, estaba en un lugar remoto.

Esperad, ¿en qué estaba pensando?

—Rhys, tal vez deberías acompañar a June para asegurarte de que está bien —dijo Candace con dulzura mientras no dejaba de enviarme mensajes encubiertos con la mirada. En aquel caso, se trataba de una advertencia: «Contrólate».

Pestañeé con fuerza para reiniciar mi cerebro y agarré las manos expectantes de Rhys, que me levantó del suelo con facilidad.

Era algo, pero nunca había pensado que fuese especialmente fuerte. Supuse que sus largas extremidades le daban ventaja porque... hacían de palanca... o algo así.

—Con cuidado, borrachina. Te tengo.

Rhys me alzó y se dirigió hacia la habitación. Parpadeé de nuevo y volví a mirar el suelo, que temblaba muy por debajo de mí. No estaba teniendo alucinaciones. Rhys me estaba cargando de verdad, con los brazos rodeándome la espalda y la parte trasera de las rodillas.

Mi corazón flotaba y se sacudía como un globo de helio en medio de la brisa. Ahí estaba. De verdad. Tenía que despejar la mente porque había llegado el momento.

«Misión: Mamada». Tom Cruise no tenía nada que hacer contra mí.

Después de entrar, cerré la puerta con una patada, sumiéndonos a ambos en la oscuridad profunda de la habitación sin iluminar. Incluso aunque él me llevaba en brazos, no podía ver nada más allá de mi propia cara.

No perdí el tiempo. Le rodeé el cuello con los brazos y giré el cuerpo de modo que mis piernas le rodearan la cintura mientras me lanzaba sobre él con los labios como un gato intentando atrapar un puntero láser. Solo que, en aquel caso, el gato estaba ebrio y mi intento de acercar su rostro hacia mí en la oscuridad resultó, por el contrario, en que me golpeó la barbilla con la nariz y ambos acabamos en el suelo.

—¡Ay, ay, ay! —grité, frotándome la parte trasera de la cabeza donde me la había golpeado contra lo que parecía la esquina del canapé de la cama.

Podía oír a Rhys intentando ponerse en pie a unos pasos de distancia. Mi visión se había adaptado a la oscuridad lo suficiente como para al menos poder distinguirlo del resto de la oscuridad.

—Eh... ¿estás bien? —me preguntó.

«Humillada y, posiblemente, con una contusión, gracias».

Me puse en pie a duras penas.

—No sabía que no pudieras aguantar el alcohol.

—No sabía que iba a tener que hacer ejercicios gimnásticos aquí dentro.

Mierda. No podía permitirme que nos sumiéramos en nuestra habitual charla amistosa ahora mismo. Necesitaba atacar la primera para ganar ventaja. «Xiān fā zhì rén».

Desde luego, aquellos filósofos chinos tenían proverbios para todo.

Me lancé hacia él de nuevo aunque, en aquella ocasión, con más cuidado. Le pasé los brazos por el cuello. Bueno, en realidad, solo las puntas de los dedos, ya que en aquel momento, no tenía la ventaja de estar suspendida en el aire a cierta distancia del suelo. Sin embargo, fue suficiente para que pudiera agarrarme y balancear mi cuerpo hacia el suyo. Él, por suerte, se aferró a mí sin que nos cayéramos. Movió el brazo para rodearme la cintura y sentí un escalofrío recorriéndome la columna vertebral.

—¿Te encuentras bien? —preguntó.

—Estoy perfectamente —ronroneé.

Era probable que no pudiera ver que estaba batiendo las pestañas de forma coqueta, pero era imposible que confundiera el tono de flirteo que había en mi voz.

—¿Por qué no te llevo a la cama?

—Eso, ¿por qué no?

Rhys no dijo nada, pero me acercó varios pasos hacia la cama. Después, apartó un lado de la colcha de un tirón.

—¿No vas a tumbarte conmigo? —le pregunté con mi tono de voz más inocente mientras me sentaba en la cama sobre las piernas.

Me coloqué toda la melena sobre el hombro derecho y me pasé el pulgar y el índice por los mechones que tenía más cerca de la cara, como si mi pelo, que ya tenía liso de por sí, necesitase un alisado adicional. La habitación seguía estando demasiado oscura como para ver algo más que meras siluetas, pero, al menos, me hacía sentir más atractiva.

Rhys se aclaró la garganta dos veces y el suelo crujió cuando cambió el peso de pie.

—Eh... Probablemente tendría que volver fuera y dejar que descansaras.

—No estoy cansada.

—Has dicho que estabas cansada y por eso hemos venido aquí.

«Santo cielo». No era posible que fuese tan lento, ¿verdad?

—Quería que estuvieras conmigo —dije.

Fue sorprendente la facilidad con la que me salieron las palabras. Resultó que el Pucker había sido una buena elección.

—¿Y eso por qué?

En la oscuridad, su voz sonó temblorosa. Su imponente figura no era más que una silueta frente a mí.

Tomé una bocanada de aire. Era en aquel momento o nunca.

Todavía sentada en la cama, extendí el brazo y me acerqué su mano a los labios. Con cuidado, le mordí la punta del dedo corazón antes de metérmelo en la boca. A Rhys se le escapó un gritito y yo me lo tomé como una señal para continuar. Le dediqué más atención a aquel dedo antes de añadir el anular, regalándoles el más leve roce de mis dientes. La respiración de Rhys se había acelerado hasta convertirse en un jadeo descontrolado y el único indicio de que al otro lado de nuestra puerta seguía habiendo una fiesta era el diminuto haz de luz que había en el suelo.

Lo había atrapado. Podía sentirlo.

No podía verle la cara, pero el hecho de que mantuviera la mano alzada cuando le pasé la lengua una última vez me indicó que por fin había conseguido lo que me había propuesto.

Me deseaba. A mí. Solo a mí.

Ya no era June, la chica inteligente de clase que, de vez en cuando, hacía bromas graciosas. Ya no era la chica que era lo bastante buena como para besarla tras puertas cerradas, pero no lo bastante como para besarla en público. Ahora, tenía ventaja. Me deseaba; y yo era la única persona que podía darle lo que quería. Podía atarlo a mí y atrapar su corazón.

—Joder, June —susurró.

Todavía tenía la mano levantada, a escasos centímetros de mí. Buscando un lugar donde apoyarla, la posó sobre lo alto de mi cabeza y, después, con cuidado, me pasó los dedos por la melena. La adrenalina inundó mi cuerpo, enviando oleadas ardientes hacia abajo, hacia un único punto de interés.

Me encantaba la sensación de tener sus manos entre mi pelo y él lo sabía. Me estaba diciendo, de la mejor manera que sabía hacerlo, que era especial para él, que significaba para él tanto como él significaba para mí.

Con las manos, me masajeó los laterales de la cabeza y con los dedos me agarró mechones de pelo mientras intentaba calmar la respiración. Me incliné hacia delante y pasé una mano por debajo de la cinturilla de sus vaqueros mientras, con la otra, me disponía a desabrochárselos.

Él se apartó de un salto como si lo hubiera electrocutado.

—¡Hala! Oye, espera un momento.

—¿Qué ocurre?

Me incliné hacia delante para tranquilizarlo y acercarlo más a mí, pero estaba fuera de mi alcance. Solo la parte inferior de su cuerpo estaba iluminada por el haz de luz que se colaba por debajo de la puerta, haciendo que tuviese que adivinar qué se le pasaba por la cabeza. No parecía una buena señal que se hubiese apartado de mí físicamente.

Hizo una pausa, dejando que el silencio se posara entre nosotros.

—Deberías irte a dormir. Nos vemos por la mañana.

Antes de que pudiera protestar, se acercó a la puerta y volvió a salir fuera.

CAPÍTULO SIETE

Regresé a casa de la cabaña agotada y humillada. Ni en la peor de las situaciones que había imaginado había considerado la posibilidad de que Rhys, sencillamente, no quisiera acostarse conmigo. Al menos, no de la forma en la que, al parecer, él y sus amigos solían mencionar.

Tras dejar en sus casas a Candace, Liz y Savannah, ofrecí a mis padres un brevísimo saludo, fingiendo estar demasiado cansada como para darles más detalles sobre el fin de semana. Después, me arrastré hasta mi habitación entre los gritos de mi madre para que ensayara la pieza que iba a interpretar en la competición del mes siguiente. Como si tuviera energía para eso…

En su lugar, me derrumbé sobre la silla del escritorio, encendí el ordenador y empecé a buscar archivos en PDF con partituras. Necesitaba algo que me distrajera del desastre en el que se había convertido mi vida; algo que no fuese Paganini, Mendelssohn, Brahms o algún otro señor que llevase muerto más de cien años. Música pop, no. Jazz, desde luego que no. Revisé páginas y páginas de grandes éxitos, música latina y decenas de otro tipo de canciones que eran demasiado alegres para mi amargura.

Necesitaba música en la que esconderme; música que me distrajera del hecho de que mi supuesto novio había salido casi corriendo de una habitación para evitar estar conmigo, de que era tan horrible e intolerable que no había podido hacer que se quedara ni siquiera con la promesa de la única cosa que todos los chicos decían querer.

Me encorvé sobre el ordenador y me golpeé la cabeza sobre el teclado varias veces con la esperanza de que me dejara inconsciente y pudiera despertarme para descubrir que todo había sido un sueño. En su lugar, la música de Metallica empezó a sonar por los altavoces. Levanté la cabeza de golpe, sorprendida.

Magnífico. Había conseguido poner en marcha con mi frente la lista de reproducción que había creado el día después de que Rhys me hubiese contado que eran su banda favorita. El mundo entero se estaba burlando de mí.

A la mierda. Metallica tenía razón: nada más importaba. Mi vida se estaba desmoronando, jamás podría volver a mirar a Rhys a la cara y la única angustia que mis padres podían imaginar era que no ensayara lo suficiente.

Hice una búsqueda rápida de la partitura de la canción que estaba sonando, tensé el arco y empecé a tocar a la vez que la música. No era lo mismo que escucharla a todo volumen con los auriculares puestos, pero añadirle un violín hacía que la canción sonase más melancólica. Un único violín, solitario y fuera de lugar. Igual que yo. Nada más importaba.

Estaba clavando los dedos sobre el diapasón con más fuerza de la necesaria, como si pudiera extinguir mi decepción con la combinación adecuada de cuerdas. La ira emanaba de mí, atando cada uno de los átomos de mis sentimientos a un átomo de música y lanzándolos al aire para que se alejaran de mí a la deriva. Era catártico.

Me sumergí todavía más en la música, dejando de preocuparme por ser precisa con las notas y sintiendo tanto el ritmo como mi conexión con las emociones de la canción. Había pasado mucho tiempo desde la última vez que había tocado algo que me apasionase. En su lugar, tocar se había convertido en algo casi clínico, algo que hacía con una precisión robótica mientras contaba los minutos que faltaban hasta que pudiera parar. Como todo lo demás, no era más que algo que necesitaba atravesar; un obstáculo.

Aquella canción, aquella música, parecía una carretera pintoresca que serpenteaba entre montañas y valles; un viaje por derecho propio. Los *crescendos* y *decrescendos* no eran tanto obstáculos que tuviera que superar como una montaña rusa suave a la que había decidido subirme. Y pensar que si James Hetfield se hubiera quedado anclado en el piano clásico, tal vez jamás hubiera creado aquello...

Justo cuando alcancé el compás en el que entraba la batería, la puerta de mi dormitorio se abrió de par en par. Mi madre entró sin llamar, cargando con una cesta de ropa limpia que era casi tan alta como ella.

—¿Qué estás haciendo? —le pregunté, dejando el violín a un lado y silenciando mi ordenador a toda velocidad. No se merecía formar parte de mis momentos privados.

—Ropa limpia —me contestó, tendiéndome un montón de prendas dobladas.

—¿No podías haber hecho eso en otro momento? ¿Antes de que llegara a casa? ¿O ayer a lo largo de todo el día?

—Había que hacer mucha colada. «Dān qiāng pī mǎ». «Una sola pistola y un solo caballo».

Suspiré, exasperada. Mi paciencia ya se había agotado bastante teniendo que fingir que no pasaba nada durante el camino de vuelta a casa. No tenía tiempo para sus proverbios sin sentido.

—Nadie sabe lo que significa eso.

—«Hay que emprender las tareas difíciles solo».

—Un poco dramático para hablar de hacer la colada, ¿no te parece?

No dijo nada, pero siguió abriendo cajones y colocando dentro montoncitos de ropa doblada. Nunca se molestaba en fijarse que separaba mis camisetas por la largura de la manga y el peso; se limitaba a meterlas todas juntas y, después, yo tenía que separarlas.

—Mamá, déjala en la cama y ya está. La recogeré después.

Me mostró un tanga.

—¿Por qué te pones esta ropa interior? ¡No cubre nada!

Abrí los ojos de par en par al ver el trozo de tela negra que colgaba de sus dedos.

—¡Mamá!

Me levanté de la silla de un salto y se lo arranqué de las manos.

—Solo pregunto. ¿Dónde has conseguido ese tipo de ropa interior? Parece hilo dental. ¿Te gusta sentir que tienes algo metido en la raja?

—¡No es asunto tuyo! ¿Puedes salir de mi habitación? ¡Estás interrumpiendo mi sesión de ensayo!

Lo cierto era que Candace me había regalado el tanga una semana antes para que me lo pusiera en la cabaña, ya que, según ella, me sentiría más segura si llevaba puesta ropa interior sexy. Sin embargo, como era nuevo, lo había echado a lavar y me había olvidado de él hasta el momento en el que mi madre lo había sujetado como si fuese algo que hubiera rescatado del desagüe. La noche ya había sido lo bastante incómoda. No había necesitado llevar un tanga metido «en la raja», tal como había dicho mi madre.

Pasó la vista por la habitación y, después, miró por encima de mi hombro la pantalla abierta del ordenador. Claro que sí. Aquel era el verdadero motivo por el que había venido. Así, podía hacerme preguntas personales con el pretexto de estar preocupada dado que, por casualidad, estaba allí dejando ropa limpia en lugar de ser la madre entrometida que había irrumpido en mi habitación sin ninguna excusa.

—¿Qué tocas? —preguntó, moviendo la cabeza para intentar ver algo más allá de la barricada que había creado con mi cuerpo.

—Música. ¿Has terminado?

Estaba impaciente por volver a quedarme sola antes de que volviera a lanzarse a uno de sus discursos sobre la responsabilidad, algo que Confucio hubiese dicho, o a saber qué más. Quería regodearme en mi situación vital y sus preguntas incesantes me lo estaban impidiendo.

Frunció el ceño.

—No parece tu pieza de ensayo. Ya sabes que Wendy ha dicho que su programa solo tiene un puesto libre para violinista. Buscan a alguien que haya ganado un primer puesto, no un tercero. ¿Quieres que se lo den a otro violinista?

—Sí, mamá, eso es exactamente lo que quiero.

—Entonces, ¿dónde estudiarías, eh? Northwestern está de las mejores universidades para estudiar Medicina. Tú y Wendy iríais juntas. Está mejor teneros a ambas en el mismo lugar.

Lo dijo como si fuese algo que hubiésemos hablado muchas veces en lugar de algo que ella me hubiese dicho a mí. Como si, con sus palabras, pudiera abrirse paso hacia una hija más estudiosa, una que no holgazaneara a la hora de ensayar sus piezas para la competición porque, sin importar lo que hiciera, siempre quedaba en tercer puesto.

Exhalé con fuerza. Mis emociones, que pendían de un hilo, amenazaban con desbordarse y ahogarnos a las dos.

—¿Alguna vez se te ha ocurrido pensar que tal vez no quiera estudiar en la misma universidad que Wendy?

Mi madre resopló.

—¿Crees que todo gira en torno a lo que tú quieres? Irás donde te lleven. Tienes suerte de que Wendy esté allí para que muestren interés en ti. Nadie más te va a ofrecer una beca completa.

No quería rebatirle sus argumentos con las dos ofertas parciales que había recibido de universidades de la Costa Este. No iba a impresionarla con la oferta de una universidad que costaba cuarenta y cinco mil dólares al año en lugar de sesenta mil y que exigía que me especializara en música en lugar de en medicina. Sobre todo si una universidad como Northwestern me ofrecía la oportunidad de hacerlo casi gratis. Literalmente, se ganaba la vida analizando cifras.

El único problema era que mi madre se negaba a considerar la posibilidad de que el hecho de que Northwestern hubiera aceptado a Wendy no quería decir que también fuesen a aceptarme a mí. Había estado retrasando el asunto de la solicitud no solo porque, en realidad, no quería ir allí, sino también porque no podía imaginarme lo humillada que me sentiría si de verdad no me aceptaban. Después de todo, no había pasado los cuatro años del instituto completando mi expediente con el consejo estudiantil o con grupos de voluntariado, tal como había hecho Wendy. Había contado con poder distraer a mis padres de su sueño de que fuera a Northwestern con una carta de admisión en alguna universidad decente de nivel medio (y, a poder ser, lejos de casa). Sin embargo, todavía no había conseguido tentar a ninguna para que me ofreciera una beca completa ni por la ruta académica ni por la musical. Todo era a medias, digno tan solo de alguien que estaba cerca de lo más alto, pero que, en realidad, no era la mejor en nada. Mi legado, que era estar siempre en el tercer puesto, al fin estaba anidando en casa.

Ya lo había intentado sin suerte con la mitad de mi hoja de cálculo. Si no podía conseguir que un sitio como Creighton, que estaba perdido en medio de la nada en Nebraska, me ofreciera una gran cantidad de dinero, ¿qué posibilidades tenía con una universidad como Northwestern? Sencillamente, mis padres se negaban a ver los indicios.

—¿Y si no me ofrecen una beca completa? Entonces, ¿qué?

No había pretendido poner en palabras mi peor miedo: que no solo fuese a quedarme demasiado lejos de las diez ofertas que había recibido mi hermana, sino que, en realidad, no fuese a recibir ninguna, ni siquiera del sitio en el que se suponía que tenía enchufe. Al mismo tiempo, estaba desesperada por obtener una respuesta, por tener un plan alternativo para mi plan alternativo. No quería quedarme sola, abandonada ante al abismo como Britney Lee, contemplando una deuda futura de cien mil dólares y aislada de toda mi familia.

Mi madre asintió, confiada.

—Conseguirás la beca completa. Northwestern te la ofrecerá. —Anunció aquello del mismo modo que anunciaba todas sus expectativas. Solo había un resultado que toleraría y mi trabajo consistía en averiguar cómo lograrlo o sufrir las consecuencias—. Pero no si no presentas la solicitud.

—De acuerdo, de acuerdo, enviaré la solicitud.

Mi habitual enfado cuando manteníamos aquella conversación estaba siendo eclipsado por mis emociones inestables. Había evitado la necesidad de llorar hasta ese momento, pero el estrés de la discusión estaba siendo más de lo que podía soportar. Si no conseguía que saliera de allí en los siguientes cinco segundos, acabaría por romper en llanto y tendría que aguantar algún proverbio sobre cómo las lágrimas son las herramientas de los débiles o algo así. Tomé aire de forma entrecortada y tensé el torso para mantenerlo todo en mi interior.

—Ahora, ¿puedo seguir ensayando?

Volvió a ojear mi ordenador. Tal vez, desde el otro lado de la habitación, no pudiera ver con claridad el logotipo dentado de Metallica que había impreso en la parte superior de la partitura y de verdad creyera que estaba ensayando con diligencia mi pieza para la competición sin necesidad de que volviera a recordármelo. Tal vez me conociese lo bastante bien como para comprender que no había estado dando tumbos de forma aleatoria y que había creado una hoja de cálculo con opciones más viables que confiar en una beca milagrosa de una universidad que rechazaba al 81 % de los solicitantes. O, tal vez, por una vez, se mordería la lengua y confiaría en mí para que resolviera las cosas sin tenerla encima todo el tiempo, criticando cada paso que daba.

Recé en silencio a cualquier deidad posible que, independientemente de su afiliación religiosa, pudiera estar espiándome en aquel momento y prometí enviar mi solicitud a Northwestern aquel mismo día si mi madre se marchaba de mi habitación. En los últimos treinta segundos, incluso se me había ocurrido el título de mi ensayo personal: «"Romper las ollas y hundir los barcos": el proverbio chino que habla de Xiang Yu, el general de la dinastía Qing que eliminó la posibilidad de una retirada durante la batalla al destruir los suministros de sus propias tropas». Yo había hecho lo mismo con eficacia aquel fin de semana en la cabaña y, ahora, tenía que encontrar la manera de seguir adelante o sucumbir a mi humillación.

Era evidente que el ensayo no mencionaría las mamadas de forma explícita, pero podría encontrar con facilidad una forma de ponerme poética sobre las grandes implicaciones de escoger una universidad y cómo eso determinaba de forma irrevocable tu futuro camino. No importaba que no tuviera ni idea de cómo quería que fuese aquel camino; a los administradores de las universidades les encantaban ese tipo de cosas.

Podía sentir la llamada de Metallica arrastrándome de vuelta a la silla, donde podría desaparecer frente a las miradas indiscretas y ahogarme un rato más en la autocompasión antes de tener que enfrentarme a lo inevitable. Una última cena antes de que se destruyera la ilusión de un futuro sin límites. «Déjame terminar la canción y escribiré la puñetera solicitud —supliqué en silencio—. Hoy. Ahora mismo. Lo juro». Cualquier cosa con tal de que mi madre saliera de mi espacio.

Al final, se dio la vuelta para marcharse, murmurando:

—«Gàn huó bú yóu dōng lèi sǐ yě wú gōng». «Trabajar sin obedecer al jefe solo conlleva trabajo duro y ningún mérito».

Cerró la puerta tras de sí.

CAPÍTULO OCHO

Resultó que no tendría que haberme preocupado por tener que ver a Rhys el lunes. Ni el martes. Ni el miércoles. Ni el jueves. Durante cuatro días, no apareció por el instituto. Sí, tal vez estuviese enfermo. Tal vez tuviese la gripe. O la plaga. O se hubiese contagiado de la enfermedad del beso sin besarme. O, lo que era más probable: tal vez me estuviera evitando. No es que sus padres prestaran atención al hecho de que fuese a clase o no. Podría saltarse una o dos semanas de clase sin problemas antes de que algún administrador hiciese sonar las alarmas. Ya tenían bastantes adolescentes que no aprobaban las clases con facilidad de los que preocuparse.

Así que, cuando Candace me extendió una invitación para ir a patinar sobre hielo con Savannah y con ella aquel jueves después de clase, acepté. Todavía conservaba un par de patines blancos casi nuevos de cuando mis padres habían decidido hacer que Wendy y yo intentáramos el patinaje sobre hielo. En un momento dado, mi madre había estado convencida de que una de las dos se acabaría convirtiendo en la siguiente Michelle Kwan, solo que con una medalla de oro de las Olimpiadas. «Qué lástima; tanto entrenamiento para conseguir solo la plata», solía decir, sacudiendo la cabeza, cada vez que el nombre de Michelle Kwan aparecía en una conversación. Al parecer, el oro en los mundiales no valía nada. Cuando ni mi hermana ni yo habíamos mostrado ningún talento particular para aquel deporte y mis padres se habían dado cuenta de lo mucho que costaba reservar la pista durante un tiempo todos los días, habían colgado nuestros patines sin mediar palabra y, en su lugar, nos habían doblado las horas de ensayo con el violín.

—¿Con quién has quedado? —me preguntó mi madre, asomando la cabeza por el cuarto de la colada mientras rebuscaba en la cesta de gorros y manoplas misceláneas que se habían ido acumulando a lo largo de los años.

—Con Savannah y Candace —contesté.

—¿Quién es Savannah? ¿La conozco?

—Mamá, la conozco desde secundaria. Solía venir a casa. Llevaba un aparato morado y tiene la voz chillona y aguda.

Asintió a pesar de que era evidente que seguía sin acordarse de ella.

—¿Cuándo fue la última vez que usaste eso? —dijo, haciendo un gesto con la cabeza en dirección a los patines blancos e impolutos que llevaba atados y colgados del hombro.

—Pensé que te alegraría que les diera más uso. Eras tú la que se quejaba de lo mucho que habían costado.

Mi madre suspiró. El cansancio de mi insolencia le pesaba sobre los hombros caídos.

—¿Por qué siempre me acusas de quejarme? Solo te digo el precio de las cosas para que lo sepas. «Bù dānjiā bù zhī chái mǐ guì». «No se tiene ni idea de cuánto cuestan el arroz y el combustible si no se está el cabeza de familia».

—No creo que los patines para hielo cuenten como una necesidad doméstica.

Mi madre arqueó una ceja.

—¿Sabes cuánto cuesta tu violín?

Ay, Dios. Era capaz de relacionar cualquier cosa con el coste de nuestra dedicación al violín: las clases, el equipamiento, el kilometraje gastado en llevarnos a las clases... Era como si nos viera como un gasto interminable que tan solo drenaba sus ahorros. Yo nunca había pedido tocar el violín. No era como si estuviera suplicándole que me comprara arcos nuevos, carísima colofonia o cualquier otra cosa. Era Wendy la que siempre había asistido a los campamentos exclusivos o las competiciones nacionales a las que mis padres habían considerado que no merecía la pena llevarme porque no era tan buena como ella.

Me sentía como si fuera una prisionera encadenada al instrumento contra mi voluntad a la que después le cobraban por el privilegio de poseerlo. El hecho de que tantísimos otros jóvenes asiáticos aceptasen con alegría sus destinos tan solo hacía que, en comparación, pareciese todavía más desagradecida.

No merecía la pena retrasar mis planes para mantener una discusión que jamás podría ganar.

—Volveré antes del toque de queda —dije mientras pasaba a su lado para recoger mis zapatos del pasillo.

—Aún es por la tarde. Ven a cenar.

—Le he dicho a Candace que cenaría en su casa. Me va a traer en coche.

—¿Me estás pidiendo que vaya a cenar allí?

Me mordí el labio.

—No, pero no sabía que hoy estarías en casa.

Por algún motivo, últimamente mi madre siempre estaba en casa. Como si estuviera rondándome, vigilando todos mis movimientos a la espera de que metiera la pata. Menos mal que no sabía lo mucho que había estropeado ya mi vida amorosa.

Asintió con rotundidad.

—Ven a casa a cenar. Papá trabaja hasta tarde en el hospital, así que seremos solo tú y yo. Prepararé tu plato favorito: mapo tofu. Extra picante.

Torcí mi mueca hasta convertirla en una sonrisa torturada.

—Tú y yo solas. Estupendo.

Me giré para marcharme, pero podía sentir su mirada ceñuda clavada en la espalda, como si estuviera haciendo un agujero en el plumífero sin marca que me había comprado en Sam's Club y que juraba que era tan bueno como el de North Face que le había pedido.

Me di la vuelta.

—¿Qué?

—No he dicho nada.

Golpeé el pie contra el suelo, impaciente.

—Sé que estás pensando algún tipo de crítica. Suéltala ya.

—¿Por qué piensas que lo único que hago es criticar? Te digo las cosas para ayudarte. «Liángyào kǔ kǒu». «La buena medicina está amarga».

Incluso con los proverbios que utilizaba lo bastante a menudo como para que yo los memorizara, seguía repitiendo después la traducción al inglés como si lo estuviera leyendo de un libro de texto. Aquellos eran los roles que teníamos bien arraigados: ella era la sabia profesora y yo la estudiante ignorante cuyo único trabajo era memorizar los proverbios y absorberlos como si fueran un dogma.

—Sí, sí, lo que tú digas. Dilo de una vez. —Se encogió de hombros de forma inocente—. Bien, como quieras. Voy fuera a esperar a Candace.

Me giré para marcharme.

—¿No tienes frío con esos pantalones?

Y ahí estaba. Suspiré con fuerza.

—¿Qué les pasa a mis pantalones?

—No parecen muy cálidos.

—No tienen que ser muy cálidos. Voy a patinar sobre hielo, no a tirarme en trineo. Voy a estar moviendo las piernas.

Frunció los labios.

—Están tan ajustados que puedo verte la forma del trasero.

—Son pantalones de yoga, mamá. Se supone que tienen que ser ajustados.

—Pero no vas a hacer yoga.

—Eso solo es el nombre. No son solo para hacer yoga. Puedes usarlos para cualquier tipo de entrenamiento.

—¿Así que quieres que la gente te vea el trasero mientras entrenas?

Dios bendito, era como si tuviera un don especial para que todo girara en torno a la ropa que me ponía.

—Sí, mamá, me he puesto estos pantalones especialmente para Candace y Savannah, que seguro que quieren mirarme el culo mientras patinamos.

Sacudió la cabeza ante mi insolencia.

—Creo que vas a pasar frío. No tendrás culo que enseñar si se te congela.

—Estaré bien.

—No sabes cuánto frío va a hacer. Cámbiate y ponte unos pantalones más cálidos, solo por si acaso.

Me mantuve firme.

—Estaré bien —insistí.

Entró a toda velocidad en el cuarto de la colada, agarró un par de pantalones impermeables de mi padre y me los puso en las manos.

—Ahí tienes. Llévatelos. Dame las gracias después.

No tenía sentido discutir con ella. Los dejaría en el coche y le diría que me los había puesto, pero eso no significaba que tuviera que darle las gracias por ello.

—Bien —le dije—. Nos vemos más tarde.

Salí por la puerta mientras mi madre me decía:

—Cenaremos a las cinco y media.

Me subí en la parte trasera del viejo Buick de Candace. Savannah ya estaba sentada en el asiento del copiloto.

—El coche está resplandeciente. En plan... ¿Lo has lavado o algo? —pregunté mientras cerraba la puerta a toda velocidad para evitar que se escapara el calor en medio del aire frío de noviembre.

Candace se giró hacia mí. El gorro de invierno rojo y puntiagudo que llevaba le daba el aspecto de un gnomo de jardín.

—Trabajo en un túnel de lavado. ¿Por qué llevas otro par de pantalones?

—Era una broma, querida. Y mejor no preguntes.

Lancé los pantalones al asiento vacío que había a mi lado.

—Hola, June —gorjeó Savannah—. ¿Estás lista para jugar a hockey?

—¿Hockey? Pensaba que íbamos a patinar sobre hielo.

Candace y Savannah intercambiaron una mirada y mi amiga arrugó la nariz, en la que llevaba un pendiente.

—Y vamos a patinar —me dijo, intentando borrar el gesto de culpabilidad de su rostro—. Solo que es posible que llevemos palos de hockey en las manos mientras lo hacemos.

Tiré del cinturón de seguridad para poder inclinarme hacia delante y apoyé las manos en la consola central.

—¿Por qué tengo la sensación de que me estáis ocultando algo?

Intercambiaron más miradas. Al final, Candace habló.

—Vamos a casa de un chico del equipo de hockey. Tiene una pista de hielo en el patio. Puede que haya un par de chicos.

Abrí los ojos de par en par.

—¿Jugadores de hockey? —chillé—. En plan...¿Como Tommy?

Si todavía no estaba lista para ver a Rhys, desde luego no estaba de humor para enfrentarme a Tommy y a su inevitable aluvión de preguntas y comentarios sobre la situación de nuestra relación. Tenía la esperanza de que Rhys no les hubiese contado a sus amigos lo que había ocurrido en la cabaña, pero no me extrañaría que Tommy me lo preguntase de todos modos.

—¡No sabemos si estará! —exclamó Savannah a la defensiva, con un tono de voz agudo—. Puede que no esté.

—¿«Puede que no esté»?

Candace intervino.

—No queríamos decírtelo porque, entonces, tal vez no vinieras y creo que te va a venir bien salir y distraerte de lo que pasó... el último fin de semana —concluyó, juiciosamente.

Savannah asintió, compasiva, lo que hizo que le diera un golpe a Candace en el brazo. Puede que Savannah y yo hubiéramos estado muy unidas en secundaria, pero, en aquel momento, era más bien como una amiga lejana, no alguien a quien quisiera confesarle que mi medio novio había salido huyendo de mí.

—Ay, relájate; no le he contado nada —dijo mi amiga, sacudiendo una mano.

—No ha sido necesario —gorjeó la otra chica—. Estaba presente, ¿te acuerdas? Ningún chico sale de la habitación en la que está su novia a menos que tenga algún problema serio. Podrías conseguir algo muchísimo mejor. —Se inclinó hacia delante para cambiar el canal de la radio. Después, añadió con ligereza—: No es un crimen mantener tus opciones abiertas. Nadie quiere quedarse atrapado en una misma situación mucho tiempo. El instituto es demasiado corto.

Abrí la boca para protestar, pero en realidad, no podía decir nada para refutar lo que acababa de decir sin incriminarme por completo. Me desplomé en el asiento, sin ganas de seguir adelante con los planes de aquella tarde. Se suponía que aquello tenía que ser una distracción divertida. En su lugar, mi mejor amiga me había traicionado solo para que pudiera ponerme en evidencia delante de un puñado de chicos que ni conocía ni me importaban. Como si, tal como estaban las cosas, no me sintiera ya lo bastante fracasada. Me pasé el resto del trayecto enfurruñada mientras Candace y Savannah cantaban con alegría al son de la radio.

Cuando llegamos, nos dio la bienvenida una pista de hielo enorme y de aspecto profesional con tablas, porterías y líneas pintadas que estaba en el patio lateral de una casa que, por lo demás, parecía normal. Incluso había un marcador manual gigante en el extremo opuesto de la pista, con una cubierta estrecha rodeándolo y una escalera que descendía hasta el suelo, que estaba tres metros más abajo. Toda aquella estructura era una monstruosidad, como un volcán que hubiese surgido de la tierra en medio de un barrio normal de las afueras. Resultaba chocante.

—Es la casa de Marcus —susurró Savannah mientras bajábamos del coche y señalaba a uno de los chicos que ya estaba en la pista de hielo—. Solo está en décimo, pero en la cabaña, Tommy dijo que es probable que este año entre en el equipo del instituto.

Impresionante. A juzgar por la cantidad de dinero que debían de haberse gastado en construir aquella pista de hielo privada, tal vez los padres de Marcus fuesen severos y exigentes. Cuando mi madre se había planteado empujarnos hacia un futuro en el patinaje sobre hielo, había hecho que Wendy y yo creáramos una pista de hielo en el patio trasero a base de transportar cubos de agua desde el interior para verterlos sobre la nieve y pisotearla hasta que se congelara. Tan solo puedo imaginarme la suma de dinero que les habríamos «debido» a mis padres en concepto de becas si hubiesen pagado para construir algo así. Tan solo faltaban el palco del locutor y las banderolas del campeonato colgadas del techo inexistente.

—¡Oye, Marcus, tienes una casa increíble! —dijo Savannah, aumentando la agudeza de su voz como hacía siempre que estaba coqueteando—. ¡Estoy impaciente por entrar en la pista y hacer piruetas a tu alrededor!

Le lancé a Candace una mirada que quería decir: «¿De verdad? ¿Con uno de décimo?». No es que en ese momento yo me encontrase en la mejor situación sentimental, pero al menos tenía el sentido común de no bajar el listón por alguien que ni siquiera tenía edad para conducir. Solo podía imaginarme los comentarios que habría hecho Wendy al respecto.

Mi amiga se encogió de hombros.

—No es feo.

Al menos Tommy no estaba allí. Había tres chicos en la pista, acompañados por dos chicas que reconocí como parte del equipo de animadoras de Savannah. Nos pusimos los patines en uno de los dos bancos que había justo en el exterior de la pista y entramos dentro.

Un borrón de color naranja neón pasó patinando a nuestro lado antes de retroceder hacia nosotras. Cuando las cuchillas se detuvieron sobre el hielo, sus patines lanzaron al aire una voluta de nieve.

—Vaya... Hola, señoritas —dijo, como si nuestra aparición repentina fuese la cosa más interesante del mundo. Nos contempló con sus ojos verdosos antes de mirarme fijamente—. Soy Brad —añadió con una sonrisa. En la comisura de sus labios, como si fuese un secreto, asomó un hueco oscuro en el que debería haber habido un diente.

De pronto, me sentí ruborizada, como si me hubieran enviado allí para encontrar al hombre más rudo que pudiera haber en la naturaleza y me hubiera topado con Brad y su gorro de lana naranja fosforito. Incluso tenía la nariz un poco torcida y con una marca roja en el puente, como si se hubiese enzarzado en una pelea con un oso y hubiese salido de ella tan solo con heridas leves.

Otro chorro de nieve salió disparado al aire cuando un segundo cuerpo frenó frente a nosotras.

—Hola, soy Justin —dijo.

Aquel chico no llevaba gorro y el aire helado hacía que las mejillas pálidas y las puntas de las orejas se le pusieran del mismo tono rojizo que el pelo. Al lado de Brad, Justin parecía algo enfermizo, como esos niños pálidos a los que sus padres tenían que perseguir para embadurnarlos con protector solar. No es que Brad tuviese la tez más oscura que Justin; tan solo era más... robusto.

—June —dije, de forma educada, esforzándome mucho por mirarlos a ambos y no solo al que Darwin había escogido para propagar la especie humana en caso de un apocalipsis.

Candace se presentó y, después, añadió:

—No debéis de ir a Pine Grove, porque en ese instituto solo hay dos chicos que puedan llevar ese color naranja tan brillante y no os reconozco a ninguno de los dos.

Mi amiga nunca se andaba con rodeos.

Me pregunté en qué dos chicos de nuestro instituto estaba pensando. Ese gorro era de un color naranja demasiado agresivo. No es que a Brad no le quedase bien: las ondas rubias que se le escapaban por debajo del gorro suavizaban todo su aspecto.

Brad sonrió, mostrando de nuevo el hueco oscuro de su boca.

—Vamos a Cedar High. Ambos estamos en último curso, pero crecimos jugando con Marcus y un puñado de chicos más de Pine Grove, así que nos conocemos todos.

—¿Estudiantes de último curso que se juntan con los de décimo de otros institutos? —preguntó mi amiga, entrecerrando los ojos como si él estuviese mintiendo sobre algo así—. No suena raro en absoluto.

Brad señaló al pelirrojo con un dedo.

—Justin vive a dos casas de aquí. Los bordes del distrito escolar dividen el barrio en dos. Marcus nos ha invitado a entrenar antes de que empiece la temporada. Se suponía que iban a venir más chicos de vuestro equipo, pero no han llegado todavía.

Puaj. El recordatorio de que todavía era posible que Tommy apareciese empañó los cinco segundos de descanso de pensar en el último fin de semana que había tenido.

—Por otra parte —añadió Brad—, parece que vosotras, señoritas, podríais plantarnos cara en condiciones. Cualquiera que se ponga unos pantalones como esos para jugar a hockey sabe cómo crear una distracción.

Me guiñó un ojo.

Ay Dios, mi madre había estado en lo cierto con respecto a los pantalones. Pude sentir cómo se me encendían las mejillas mientras un zumbido me recorría todo el cuerpo. Aunque no era la peor sensación del mundo. Quiero decir... se había dado cuenta y lo había mencionado.

Tragué saliva, incómoda, y fijé la vista en el hielo, decidida a no ser la primera en darles la espalda porque, en tal caso, parecería que lo estaba haciendo para que me miraran el culo.

—¡Chicos! ¡Venga, vamos a empezar!

Desde el otro lado de la pista, Savannah, que había conseguido entrelazar su brazo con el de Marcus, estaba agitando como una loca una mano enfundada en guantes rosa chillón. A juzgar por la mueca que había en su rostro, el chico no parecía muy complacido al respecto.

—Deberíamos separarnos en equipos —dijo Candace mientras nos reuníamos todos, lista para tomar el control como hacía siempre. Daba igual que no fuese más deportista que yo misma; le gustaba llevar la voz cantante y, de normal, la gente solía hacerle caso.

Sin embargo, antes de que pudiera empezar a asignar a la gente a un lado u otro, Brad me pasó un brazo por los hombros y exclamó:

—¡Usemos las reglas tradicionales del All-Star de la NHL! Estados Unidos contra el mundo. ¡Yo elijo China! —Se inclinó hacia mí—. ¿Cuánto me he equivocado? —me susurró con voz ronca.

—No mucho —exclamé.

De normal, explicarle a la gente que era taiwanesa me llevaba a un intercambio en el que tenía que convencerlos de que sí, Taiwán era un país real y no, no me refería a Tailandia. No quería mantener aquella conversación mientras su rostro estaba a cinco centímetros del mío.

—¿De qué parte del mundo eres, Hoffman? —le retó Marcus.

—Mi abuelo es sueco; eso cuenta.

Me volvió a dedicar un guiño y sus ojos verdes resplandecieron bajo la luz.

Aquel tipo era verdaderamente guapo. Y verdaderamente ligón. Sin embargo, también era posible que no fuera más que una de esas personas que coquetea con quienquiera que sea que tenga más cerca y sea capaz de respirar. Como Savannah.

Candace puso los ojos en blanco.

—Sí, y mi tatarabuela era de Estonia. Eso no significa que yo sea internacional.

—Puedes unirte a nuestro equipo —le dijo Brad, sin quitarme el brazo de los hombros.

En aquella posición, tenía las rodillas bloqueadas y los músculos que antes había admirado eran mucho más pesados de lo que había esperado. Sin embargo, no me atrevía a moverme. «Tienes que actuar como una chica guay», me recordé a mí misma con firmeza.

—Chicos contra chicas —dijo Marcus con decisión.

—¡No es justo! Eso os deja a todos en el mismo equipo —comentó Savannah, haciendo un puchero.

—Por no hablar de que sois tres y nosotras somos cinco —añadí.

No es que estuviera abogando por el plan de Brad de que estuviera en su equipo; si las cosas salían así y tenía que mantener la mirada fija en él de forma constante por si me pasaba el disco, que así fuera. No era yo la que ponía las reglas.

—¡Además, todos jugáis a hockey! —protestó Savannah—. No podemos competir contra eso. —Con cada palabra, su voz se volvió más aguda.

Marcus se encogió de hombros.

—Entonces, supongo que perderéis. Mi pista, mis reglas.

Todos murmuraron su asentimiento a regañadientes. Era evidente que nadie quería jugar así excepto Marcus, pero era cierto que aquella era su pista. Estaba muy seguro de sí mismo para estar tan solo en décimo curso.

El brazo de Brad permaneció sobre mí un momento más antes de que se apartara y comenzara a patinar hacia atrás, mirándome todavía.

—Supongo que tendrás que hacer todo lo posible para cubrirme —dijo con un brillo en los ojos mientras volvía a meterse en el gorro un mechón de pelo rubio.

Ay, Dios mío. Se suponía que tenía que tomarme un descanso de los problemas con los chicos, no crearme nuevos. Pero Brad era adorable. Y la forma en que no dejaba de sonreírme causaba que unas pequeñas descargas de electricidad me recorrieran la columna. Nunca nadie había flirteado conmigo de una manera tan evidente. Resultaba agradable.

Me uní al grupo con Candace, Savannah y las otras animadoras. Mi amiga se puso a ladrar instrucciones sobre los pases y los tiros a puerta. No es que fuese una experta en el deporte, pero estaba claro que Savannah solo había venido para coquetear con Marcus y las otras dos chicas estaban más que dispuestas a dejarla liderarnos.

Nos separamos y nos dispersamos. En su mayor parte, estuvimos persiguiendo a los chicos por la pista mientras se pasaban el disco de un lado a otro un millón de veces, haciendo uso de cada truco vistoso que se les ocurría antes de marcar para que pareciera que teníamos alguna posibilidad. Cada vez que Brad tenía el disco, patinaba cerca de mí, pasándolo entre mis piernas antes de pasar a mi lado con una sonrisa coqueta. Estaba empezando a entender por qué a la gente le gustaban los deportes.

Al final, Candace consiguió apoderarse del disco.

—Jujubee —gritó, golpeándolo en mi dirección.

Vi a Brad patinando hacia mí con los hombros cuadrados, listo para bloquearme. No iba a ser capaz de esquivarlo, pero no me importaba la idea de que tuviera que acercarse lo bastante a mí como para detenerme. Sin embargo, antes de que me alcanzara, Savannah gritó:

—¡June, cuidado!

Justo después, sentí cómo un cuerpo golpeaba mi hombro derecho con toda su fuerza. Choqué contra las tablas con un ruido sordo y me derrumbé sobre el hielo con una explosión de dolor recorriéndome el cuerpo. Mi garganta emitió un sonido que estaba a medio camino entre un gruñido y un gemido.

—¡Marcus! ¿Qué demonios te pasa, colega? —Brad parecía enfadado—. Le has hecho un bloqueo.

—Tenía el disco.

—¡No es un partido de verdad!

—Eran ellas las que querían venir a jugar con nosotros, así que estoy jugando.

Brad se acercó patinando hasta mí y se agachó a mi lado.

—Oye, muñequita china, ¿te has roto? —me preguntó con suavidad, quitándose el guante de la mano antes de apartarme el pelo de la cara.

Las mejillas se me sonrojaron ante aquel apodo cariñoso incluso aunque estaba notando cómo empezaban a salirme moraduras tanto en la cadera como en el hombro derecho. Y gracias a mis pantalones, que no eran lo bastante cálidos, sentía como si el hielo me estuviera quemando la piel directamente. Pensar en los pantalones impermeables que había dejado en el coche era como echarme sal en la herida.

—Estoy bien, de verdad —contesté tosiendo pero intentando sonar despreocupada y tranquila.

—Ven, déjame que te ayude a levantarte. —Brad me agarró las manos y tiró de mí hasta ponerme en pie—. Marcus es un idiota —gruñó mientras extendía el brazo y me sacudía con energía la nieve de la parte delantera y trasera de los pantalones—. Ya sé que tan solo está en décimo curso, pero joder, pensaba que tendría al menos una idea de cómo actuar frente a las chicas guapas.

O bien era el tipo más habilidoso del universo a la hora de soltar elogios mientras me manoseaba con disimulo, o bien no se había dado cuenta de que acababa de tocarme todo el culo. En ese momento fui muy consciente de lo finos que eran los pantalones de yoga.

—¿Vamos a jugar o no? —preguntó Marcus desde el centro de la pista, sujetando el disco.

Savannah soltó una risita.

—Yo me enfrentaré a ti.

Jesús. No podía creerme que todavía siguiera gustándole después de ver lo imbécil que era.

Brad me miró, preocupado, con la mano colocada sobre mi hombro, que era un lugar mucho más apropiado.

—¿Estás segura de que estás bien? Podría sentarme un rato contigo.

Negué con la cabeza. No quería parecer el tipo de chica que no podía participar en un partidillo amistoso de hockey en un patio. Bueno, medio amistoso.

—Mierda, ¿estabais aquí? —resonó la voz inconfundible de Tommy.

—¡Doerr! —exclamó Brad a modo de respuesta, sorprendido—. ¡Cuánto tiempo!

Tommy se abrió paso hasta nosotros.

—¿Desde cuándo juegas a hockey, Covey? Pensaba que tenías esos brazos delgaduchos como palos cansados de sostener el violín.

Se rio de su propia broma. Brad me miró.

—¿Conoces a este perdedor?

—Tenemos un pasado en común —contestó él—. Es la novia de un amigo mío. ¿No te lo ha dicho?

Tommy dijo aquello de forma despreocupada, como si fuera una ocurrencia repentina y no un comentario intencionado; como si, de algún modo, supiera que seguía sintiendo un cosquilleo en toda la parte inferior del cuerpo después de que Brad me hubiese sacudido la nieve.

Giré la cabeza. Estaba empezando a sonrojarme. No quería ver la reacción de Brad a la información tan útil de Tommy.

«Ha sido él el que ha coqueteado conmigo —me recordé a mí misma—. No hay ninguna ley que diga que no puedo disfrutarlo».

—Menos mal que es lo bastante lista para mantenerse lejos de ti —bromeó Brad. Sin embargo, retrocedió un par de pasos, poniendo más distancia entre nosotros.

—Eso dímelo en la pista, nenaza —replicó Tommy.

—Yo ya estoy dentro, ¿a qué demonios estás esperando?

Los dos siguieron intercambiando insultos mientras yo me escabullía. Fui directa hacia Candace para suplicarle apasionadamente que nos marcháramos. No hizo ninguna pregunta. Savannah, por otro lado, hizo un millón.

—¿Por qué tenemos que irnos justo ahora? Estaba a punto de convencer a Marcus de que se enfrentara conmigo en un cara a cara —gimoteó.

No estaba captando el hecho de que Marcus preferiría patinar por encima de ella para marcar un tanto antes que participar en el tipo de hockey coqueto que se estaba imaginando. Estaba claro que había estado en un mundo diferente al resto de nosotros durante la última hora y media.

—Entonces vuelve a casa con otra persona —dijo Candace con desdén—. Yo tengo que marcharme.

—Pero ¿por quéeeeeeee? —Extendió la palabra hasta convertirla en un largo gemido, como si fuera una rueda chirriante exigiendo grasa para cubrir sus necesidades.

—Savannah, no soy tu madre. O te subes al coche, o que te lleve otra persona. No es tan difícil.

Savannah volvió a la pista, enfurruñada, probablemente para buscar una manera de quedarse y poder intentarlo de nuevo con Marcus. Desde luego, era persistente. En octavo, se pasó seis meses seguidos pidiéndole a su madre un pendiente en la lengua hasta que ella cedió.

—Gracias —le dije a Candace cuando la otra chica ya no podía oírnos.

—Te espero en el coche —contestó ella, haciendo un gesto a mis espaldas.

Me di la vuelta y vi que Brad se dirigía hacia nosotras.

—¡China! ¿Ya estás dejando tirado al equipo? ¿Y te llevas a Estonia?

Eché un vistazo rápido para ver si Tommy estaba en las inmediaciones, pero estaba al otro lado de la pista con un grupo de chicos del equipo de hockey. Tampoco es que no se me permitiera hablar con otras personas.

—Candace tiene que marcharse —dije, repitiendo la misma mentira que Candace le había contado a Savannah.

Candace estaba contigo en las buenas y en las malas, y yo la quería por ello. No le importaba si el hecho de marcharnos antes la hacía parecer una perdedora; asumía las consecuencias sin que tuviera que pedírselo.

—Podría haberte llevado a casa —dijo él.

Tragué saliva.

—No sabes dónde vivo.

—Supongo que podrías indicarme la dirección adecuada. —Colocó el brazo sobre las tablas, apoyándose en ellas de forma despreocupada—. A menos que a tu novio no le guste que estés a solas con otro chico.

Se me hizo un nudo en la garganta al oír la palabra «novio».

—No es mi novio en realidad —dije.

Sentí una punzada en las entrañas en cuanto lo dije, pero no había manera de retirarlo. Había renegado de Rhys; había hecho exactamente lo mismo que había estado intentando evitar que hiciera él los últimos dos meses. Aun así, no era del todo mentira. Nunca habíamos usado los términos «novio» y «novia». Tan solo estaba siendo… literal.

El rostro de Brad se animó mientras se inclinaba hacia mí.

—¿De verdad? —Se quitó el gorro, dejando a la vista una mata de pelo rubio por la que se pasó los dedos a toda velocidad. Dios todopoderoso, estaba incluso más bueno sin el gorro. Unas ondas suaves de cabello rubio claro le enmarcaban los ojos verdes como la hierba y aquella encantadora nariz torcida—. ¿Significa eso que vas a darme tu número de teléfono?

Me tendió su móvil con una sonrisa lo bastante grande como para revelar el espacio en el que le faltaba un diente.

Mierda.

La situación se me había ido de las manos muy rápido. Ya no estábamos hablando de coqueteos tontos en la pista o de choques fortuitos mientras nos peleábamos por el disco. Aquella era una evidente línea roja.

¿O no?

Después de todo, ¿qué era un número de teléfono? Mucha gente tenía el mío. Incluso Tommy. No es que lo mantuviese en secreto. ¿Acaso importaba tanto que un chico quisiera mandarme un mensaje de vez en cuando? No es como si fuese a engañar a Rhys. Si es que eso era posible, dado que nunca habíamos formalizado nuestra relación...

Rhys y yo éramos como un río sin fuente o un árbol sin raíces. «Wú yuán zhī shuǐ, wú běn zhī mù». Existíamos en tierra de nadie; no había ninguna relación que traicionar porque, para empezar, nunca había existido. Besarse no era un contrato, y él no tenía ninguna razón para tomarme en serio porque no había ninguna amenaza que indicara que fuese a perderme jamás. Tal vez, en el fondo, que Tommy hubiese venido resultase ser una suerte.

—Claro —dije con tanta indiferencia como fui capaz. Escribí mi nombre en su teléfono varias veces dado que tenía problemas para pulsar las teclas correctas con los dedos. Volví a tendérselo y saqué el mío—. Supongo que eso significa que me debes el tuyo.

—Voy a darte algo mejor —dijo, lanzándome su gorro.

Fruncí las cejas, confusa.

—¿En qué sentido es esto mejor?

—Te lo presto. Así, sé que volveré a verte.

El corazón me dio un vuelco en el pecho. Así que no solo estaba pensando en mandarme mensajes. También quería que nos viéramos.

En mi mente, todo era un caos confuso, pero un pensamiento destacaba sobre todos: «Ojalá Wendy pudiera ver esto». Wendy, que estaba muy segura de que era una empollona introvertida como ella, probablemente se moriría si viera a alguien como Brad pidiéndome mi número de teléfono.

Sentí cómo se disparaba mi confianza en mí misma.

—No sé si se me permite fraternizar con el enemigo —dije con una mirada de desinterés—. En plan... Tengo entendido que Cedar High es nuestro mayor rival.

Me sonrió. Unos mechones rubios le caían de forma estudiada sobre un ojo.

—Siempre puedes cambiar de equipo.

Tal vez estuviéramos usando eufemismos o tal vez no. Miré a Tommy, que estaba parado, contemplándonos a ambos como si estuviera grabando en su mente toda aquella interacción.

—Lo pensaré —le dije—. Gracias por el gorro.

Me hizo un saludo militar, con un brazo apoyado en el saliente y el cuerpo atlético inclinado con una arrogancia inimaginable.

—Nos vemos en el próximo partido, China. O antes.

Me guiñó uno de sus ojos verdes, eclipsando incluso su sonrisa.

Vaya... Apenas había conseguido salir de aquella con vida.

CAPÍTULO NUEVE

Al día siguiente, Rhys estaba en el instituto. No hubo ninguna explicación de dónde había estado, ninguna mención al hecho de que no me había escrito ni ninguna disculpa por haberme hecho terminar sola la disección del ojo de un gato. Se pasó la clase sentado, con un auricular puesto, escuchando música y bloqueando al resto del mundo como si no existiéramos.

Puede que me hubiese reprimido mucho al no contactarle tras el incidente de la cabaña (aunque, en más de una ocasión, me había planteado culpar al alcohol de todo y fingir que no me acordaba), pero mi determinación se estaba resquebrajando. Solo quería que me dijese algo, lo que fuera.

—No me has dicho nada de mi gorro —dije, buscando un lapicero en mi mochila.

—¿Eh? —Rhys se quitó el auricular como si acabara de darse cuenta de que estaba sentada a su lado.

—Que no me has dicho nada de mi gorro —repetí.

Había llevado el gorro naranja de Brad al instituto y me lo había dejado puesto todo el día, como si fuese una hipster, retando a Rhys a que hiciera algún comentario al respecto. Ni siquiera se había dado cuenta. Dejé la mochila en el suelo con un golpe fuerte.

—¿Qué hay que decir? —preguntó él.

—En plan... Qué tal me queda o algo así.

Se encogió de hombros. Su rostro no daba muestras de tener interés en mantener una conversación conmigo.

—Es un gorro para ir a cazar ciervos. Tú no cazas.

—Entonces, ¿no te gusta?

Mantuve el lapicero colocado sobre el papel, como si estuviera dispuesta a documentar la respuesta que me diera en lugar de responder las preguntas sobre las conclusiones de las disecciones en las que se suponía que teníamos que estar trabajando.

Sus ojos parecían cansados.

—No sé, ¿qué quieres que te diga? Es un gorro.

—¿No tienes curiosidad por saber cómo lo conseguí?

Por un instante, quise preguntarle qué pensaba del hecho de que, mientras se había estado escondiendo de mí, otro chico había estado coqueteando conmigo y me había pedido mi número de teléfono. Quería preguntarle por qué un tipo cualquiera al que acababa de conocer se había sentido cómodo hablando conmigo a pesar de que sus amigos habían estado presentes cuando él, claramente, pensaba que aquello era comprometerse demasiado. Quería preguntarle si le importaba siquiera que otro chico quisiera verme o si le daba igual porque, tras dos meses de enrollarnos y de que me manoseara por encima del sujetador, seguía sin ser capaz de usar la palabra «novia».

Rhys soltó un suspiro profundo. El pecho le subió y le bajó y, después, el cuerpo se le quedó flojo, como una cuerda de violín que se hubiese soltado. Cerró los ojos mientras sacudía la cabeza de un lado a otro y los rizos se le agitaban con la misma sensación de cansancio.

—No, June, no quiero saber cómo lo conseguiste.

Toda la energía que había acumulado pensando en cómo se iba a desarrollar mi discusión con él desapareció como un globo desinflado. Ni siquiera le importaba. Probablemente, Tommy le habría contado todo y ni siquiera podía molestarse en fingir que le importaba.

Solía pensar que mi madre se había ganado el título al suspiro más pasivo agresivo. Lo soltaba después de todas y cada una de las veces que terminaba en tercer lugar, cada vez que sacaba un 9,9 en un examen o cada vez que intentaba compararme de una forma favorable con Wendy. Yo era una decepción constante y aquel suspiro era la forma más rápida de recordármelo.

Sin embargo, incluso el dolor persistente de aquellos golpes no podía compararse con el sufrimiento abrasador que se abrió paso como un filo a través de todos y cada uno de mis órganos en aquel momento. Tenía los pulmones a media capacidad y se estaban llenando con la sangre que manaba de mi corazón. El suspiro de Rhys había sido mucho más profundo y había transmitido una derrota mayor que nada que hubiera experimentado antes. Fue como si estuviera cansado, cansado de que yo siempre quisiera más, cansado de mí.

Me clavé los dientes en el labio inferior, dispuesta a no llorar. Llorar solo hubiera hecho que todo aquello resultase todavía más vergonzoso.

—Vuelve a tu música —dije con la voz desprovista de cualquier emoción mientras le arrebataba su copia de la hoja de los ejercicios—. Ya lo hago todo yo, como siempre.

No me lo discutió.

Al final del día, había aclarado mis pensamientos. Rhys no me quería. O, si lo hacía, no era lo suficiente como para intentar prevenir siquiera mi agónica muerte causada por la vergüenza tras el desastre de la cabaña. Si al menos hubiera fingido que todo era normal, podría haberme convencido a mí misma de que mis sentimientos le importaban lo suficiente como para fingir que no había ocurrido. En su lugar, estaba actuando como si tan apenas apareciera en su radar.

Respiré hondo y enderecé la columna mientras me dirigía hacia él. Ya había roto las ollas, así que bien podía prepararme para hundir los barcos también. Era gracioso cómo un ensayo para la universidad que ni siquiera quería escribir me servía de inspiración para aquella situación con la que no tenía nada que ver. Maldita sea, aquellos filósofos chinos sí que me habían afectado: estaba dispuesta a provocar a Rhys para que reaccionara de un modo u otro.

Plantándome junto a la puerta abierta de su taquilla, lo miré a los ojos, retándolo a decir lo que no me había dicho antes. Su mirada se desvió hacia mí un instante, pero rápidamente rebuscó entre los libros que tenía en la taquilla y metió algunos de ellos en la mochila. No sabía para qué se molestaba; no era como si tuviera pensado abrirlos en casa. Me aclaré la garganta y él volvió a mirarme, aunque no dijo nada.

—No puedes ignorarme para siempre —dije. Odié lo llorona que sonó mi voz. Había intentado parecer fría y distante.

Sus ojos tenían la misma mirada irritada que cada vez que un profesor le llamaba la atención en clase.

—¿Quién te está ignorando?

La ira ardió en mi interior. ¿Cómo se atrevía a quedarse ahí de pie, fingiendo ignorancia cuando yo ya había hecho la mayor parte del esfuerzo para que mantuviéramos aquella conversación?

—¡Tú! —exploté—. No me dices nada.

—Eres tú la que has venido hasta aquí y te has plantado ahí delante.

—Tan apenas me has hablado en clase. Y no he sabido nada de ti en cinco días. Hasta donde sabía, podrías haber estado muerto. —Mentalmente, conté hacia atrás los días hasta llegar a la noche que habíamos pasado en la cabaña. Parecía que hubiese pasado una eternidad—. ¡Seis días en realidad!

—Nadie te impedía mandarme mensajes. Sueles hacerlo.

No lo dijo de una manera que me hiciera entender que, de algún modo, había tenido la esperanza de que le escribiera en cualquier momento de esos últimos seis días.

Sus palabras fueron como una bofetada en la cara y me tambaleé por el golpe, derrumbándome sobre las taquillas. Era una completa idiota. ¿Cómo no me había dado cuenta? Rhys no solo no quería salir conmigo, ni siquiera le gustaba. ¿Por qué si no actuaría así después de que hubiera intentado seducirlo? Era evidente que le había repugnado hasta el punto de que no era capaz de hablarme con ningún tipo de civismo. No había ninguna conversación posible; tan solo quedaba la huida.

Con las mejillas esforzándose por contener la vergüenza que ardía en su interior, solté:

—Esto no funciona.

Rhys siguió rebuscando en su taquilla y el único sonido que se escuchaba entre nosotros era el de sus libros mientras los ordenaba de nuevo. A nuestro alrededor, otros estudiantes hablaban y se reían, las taquillas repiqueteaban y la gente pasaba andando a nuestro lado.

—Creo que deberíamos romper —dije, un poco más alto en aquella ocasión para asegurarme de que me oía.

Él pestañeó dos veces, cerró la cremallera de su mochila y cerró de golpe la puerta de su taquilla con un ruido metálico.

Contuve la respiración, esperando a su respuesta. Una parte diminuta de mí misma se aferraba a la esperanza de que se enfadara, incluso de que se mostrara confuso; cualquier cosa que me dejara ver que sentía una única y solitaria emoción por mí y por el hecho de que estuviera acabando la relación. Sin embargo, fiel a su costumbre, su rostro no mostró nada. Era como si acabara de sugerirle que escribiéramos nuestros informes del laboratorio en bolígrafo azul en lugar de negro.

—Si así es como te sientes, entonces supongo que hemos roto —dijo.

Me tensé, consciente de pronto del metal frío que se me estaba clavando en la espalda. ¿Qué quería decir con «si así es como te sientes»? Para empezar, si él se hubiera molestado en tener algún sentimiento de verdad, no habríamos estado en aquella situación. No iba a disculparme por no querer que mi novio me ignorara durante una semana después de que me hubiera humillado a mí misma por intentar estar más unida a él.

Enderecé los hombros, tal vez como contrapunto evidente a su postura siempre encorvada. No iba a permitir que pensara que me marchaba sintiendo algo que no fuera alivio por haber acabado con aquello. Me pasé el pelo por encima del hombro y alcé la barbilla, como una princesa altiva.

—Entonces, supongo que nos veremos en otro momento.

Él no contestó y yo me dirigí a la salida, convencida de que ya había apartado los ojos de mí.

Al día siguiente, le mandé un mensaje a Brad y, así de fácil, fue como tuve mi primer novio oficial.

CAPÍTULO DIEZ

Moví las piernas hasta que las tuve colocadas frente a mí. El trasero me palpitaba por culpa de la moqueta dura de la habitación de Candace. En cierta ocasión, sus padres habían instalado una moqueta azul gruesa y mullida (exactamente del mismo tipo que yo les había pedido a mis padres), pero, al cabo de unos años, tal como mi madre había predicho, se había apelmazado y aplanado. Me quedé donde estaba, haciendo caso omiso de las quejas de mi coxis mientras me pasaba las manos por la larga melena. Candace, que todavía sujetaba con firmeza el teléfono con una mano, me pasó un cubo de basura con la mano libre para que pudiera tirar la mata de pelo negro que acababa de arrancarme.

—Otra fotografía de las vistas desde el final de la ruta... Oh, y otra de nosotros dos juntos —prosiguió mi amiga, pasando las imágenes en su móvil y revelando varias selfis casi idénticas de ella y Dom al aire libre. Tenían las caras sobredimensionadas y brillantes por la exposición tan de cerca—. En realidad, fue Liz la que nos habló de este sendero. Nos dijo que su equipo de fútbol había hecho una excursión allí para un entrenamiento.

—¿Desde cuándo te gusta ir de caminata? —le pregunté.

Cuando estábamos en secundaria, me había costado hacer que caminara ochocientos metros para ir al Dairy Queen solo porque estaba un poco cuesta arriba.

Se encogió de hombros.

—A Dom le gusta. Además, sigue viviendo con sus padres, así que es uno de los pocos momentos en los que podemos estar a solas. Ya sabes a qué me refiero —añadió, agitando las cejas de forma sugerente.

Pensar en la logística necesaria para lo que estaba sugiriendo hizo que tuviera una imagen mental de ambos.

—Cielos santos, mujer, ¿nunca has pensado en hacerlo en el coche como la gente normal? —Arrugué la nariz, asqueada.

Candace abrió los ojos de par en par.

—¿Significa eso que Brad y tú...?

—No —la interrumpí rápidamente—. Hasta ahora... Eh... Solo lo otro.

Soltó un gritito y fingió lanzar un puñado de confeti al aire.

—¿De verdad? ¡Oh, entonces es oficial! Jujube, estoy muy emocionada por ti.

La cara se me sonrojó de vergüenza. Por un lado, yo también estaba orgullosa de mí misma. Por otro lado, que te felicitaran por ello era algo del todo diferente.

Candace soltó su teléfono, dejando de lado el resto de las fotografías de la caminata con Dom.

—¡Cuéntamelo todo! ¿Cuándo? ¿Cuántas veces? ¿Por qué has esperado tanto para contármelo? ¿Cómo ha ido?

Me encogí de hombros, vergonzosa.

—No quería darle demasiada importancia.

En parte, era cierto. Después de lo que había pasado en la cabaña con «Misión: Mamada», no había querido arriesgarme a tener que revivir la humillación de tener que explicarle lo que había ocurrido si las cosas volvían a torcerse. Además, estaba ocupada con Dom la mayor parte de los días y la cafetería del instituto no era el mejor lugar para hablar de cosas así.

—¡Pero es algo importante! ¡Es un gran paso para ambos! —insistió.

—Cierto, para ambos —repetí.

Me resultaba extraño pensar en ello en esos términos. Como era obvio, él había estado presente cada una de las veces que había pasado. Incluso había sido un participante clave. Pero estaba siempre tan centrada en mi parte del asunto que no me había parado a pensar en que era algo que hacíamos juntos. ¿Contaba como actividad conjunta si solo uno de nosotros hacía todo el trabajo?

Sin embargo, no podía negar el efecto que había tenido en nuestra relación. Si Brad ya se había mostrado abiertamente cariñoso antes de eso, ahora estaba embelesado por completo. Durante los pocos minutos que lo tenía a mi merced cada vez, parecía como si yo fuera la persona más poderosa del mundo. No tenía muy claro por qué los hombres pensaban que dominaban el mundo cuando parecía que lo regalarían en un abrir y cerrar de ojos solo por la posibilidad de que les hicieran una mamada. De todos modos, era muy satisfactorio hacérsela a alguien que lo apreciaba tanto. Ahora, me resultaba extraño pensar en ello como una treta para hacer que alguien se comprometiera en lugar de como premio para alguien que ya lo había hecho.

Mi teléfono vibró, devolviéndome al presente. Comprobé la pantalla.

—Es Wendy. Dame un segundo.

Deslicé el dedo por la pantalla de la llamada entrante y el rostro redondo de mi hermana apareció en la pantalla. Llevaba el flequillo retirado de la cara y las gafas oscuras de carey le flotaban sobre la piel blanca como el marfil como si fuera un filtro de Snapchat.

—Hola. No puedo hablar, estoy en casa de Candace —dije.

Ella arrugó la nariz.

—Qué maleducada. Entonces, ¿por qué has contestado?

—¿No hubiera sido más maleducado colgarte?

—De todos modos, solo tengo unos pocos minutos para hablar. Tengo clase de *spinning* dentro de poco.

Se recogió el pelo en una coleta como para reforzar su afirmación.

Intenté imaginarme a Wendy en una bicicleta.

—¿Desde cuándo haces *spinning*?

—Empecé hace un par de meses. Va muy bien para aliviar el estrés.

Si mi hermana había estado estresada alguna vez, su fachada perfecta jamás lo había dejado ver.

—¿Vas muy a menudo?

—Solía ir solo un par de veces a la semana, pero entonces me pidieron que diera algunas de las clases de introducción, así que, ahora, más bien voy cuatro o cinco días mientras me preparo el certificado.

Jesús. Era tan buena con todo que ni siquiera podía asistir a una clase de ejercicio sin que le pidieran que la dirigiera.

Candace se inclinó, colándose en la imagen.

—Hola, Wen —dijo con un arrullo.

—Hola, Can —respondió mi hermana, mostrando su disgusto.

—¿Qué tal la universidad? June me ha dicho que estás en el paraíso de los empollones.

Fuera de pantalla, le di un codazo en las costillas mientras intentaba mantener un gesto lo más inocente posible. Una cosa era que yo comentara cosas sobre Wendy y otra muy diferente que ella fuese contándolo.

Los labios de mi hermana se curvaron en una sonrisa de suficiencia.

—Probablemente, June tenga que ser más empollona si quiere entrar en una escuela como la mía.

—¡Venga ya! Solo tengo una clase avanzada menos que tú —exclamé.

Una sonrisa de satisfacción se apoderó del rostro de Wendy, contenta por haberme sacado de quicio.

—Sigo pensando que fue un error que no te apuntaras a Teoría de la Música Avanzada. El señor Hartsough me adora. Habría sido un sobresaliente sencillo. No vas a ser la primera de la promoción sin ese extra en las notas.

—De todos modos, me da igual ser la primera de la promoción —contesté.

Ella me lanzó una mirada dubitativa y se rio.

—¿No me digas, doña Introducción a la Cerámica?

Una risa intentó escaparse de mis labios, pero la reprimí a la fuerza, clavándome los dientes en la lengua con tanto ímpetu que me salió sangre. Me había dado cuenta de que había sido un error escoger aquella clase a la tercera semana, cuando todavía estaba intentando centrar el cuenco de forma adecuada (algo que todavía no había conseguido hacer a pesar de que el final del semestre se acercaba a toda velocidad) mientras que el diminuto estudiante de primer año que se sentaba a mi lado producía en masa ollas que abultaban la mitad que él. Para colmo de males, parecían retener la sensación de sequedad y de tener tiza en las manos sin importar cuántas veces me las lavase y las hidratara. Sin embargo, Wendy no tenía por qué saber eso.

—Al menos estoy intentando hacer algo nuevo —dije con toda la dignidad que pude aunar.

—Tal vez June esté pensando en hacer algo para Brad y para ella para celebrar su aniversario de seis semanas.

—Eso no existe —dijimos Wendy y yo al mismo tiempo.

Mi amiga estalló en carcajadas, golpeándonos con las manos tanto a mí como a mi teléfono mientras las agitaba en el aire con su habitual dramatismo.

—Os juro que, a veces, sois la misma persona.

—De eso nada —volvimos a contestar al unísono.

Era difícil que aquello no te hiciera al menos un poco de gracia.

—Bueno —dijo Wendy, una vez que todas nos hubimos calmado, subiéndose las gafas por la nariz—. Así que sigues saliendo con el jugador de hockey, ¿eh?

Me di cuenta de que había dejado de hacer una mueca cada vez que decía las palabras «jugador de hockey», pero su rostro todavía no había conseguido dibujar una sonrisa convincente cuando hablaba de él.

Me enderecé un poco ante la mención de Brad.

—Ajá.

—Creía que ya te lo habrías ventilado como...

Los ojos de Candace se abrieron mucho antes de que se derrumbara a mi lado con un ataque de risa, agitando los brazos desde el suelo mientras intentaba amortiguar el sonido de sus carcajadas con ayuda de la moqueta azul. Wendy le lanzó una mirada de confusión. Su voz seguía anclada en la última sílaba y, al fin, decidió terminar lo que estaba diciendo.

—Como hiciste con el anterior.

Estaba contemplando el espacio que antes había ocupado Candace, pero ella estaba en el suelo, jadeando ruidosamente, intentando tomar aire con unos tosidos irregulares. Le di una patada rápida con uno de mis pies cubiertos solo por los calcetines.

—¿Qué le pasa exactamente? —preguntó mi hermana. Apreté los labios, intentando que mi rostro no desvelara nada mientras me encogía de hombros con impotencia. Wendy no pareció muy convencida—. Bueno, suena como si se hubiese metido algo en la boca y se estuviese atragantado, así que tal vez quieras ayudarla.

Al oír las palabras «como si se hubiese metido algo en la boca y se estuviese atragantando», Candace volvió a estallar y yo me vi en peligro de ser incapaz de seguir manteniendo la cara de póker.

—Deberíamos irnos —grazné con los labios fruncidos para evitar que se me escapara una carcajada.

Wendy nos dedicó una última mirada exasperada.

—Bien, de acuerdo. De todos modos, tengo esa clase de spinning. Hablamos más tarde.

—¡Rápido! —dijo mi amiga desde el suelo con un jadeo—. Cuelga antes de que se vaya de la lengua como tú.

Colgué tan rápido como pude, sin despedirme de mi hermana, mientras Candace y yo nos deshacíamos en carcajadas histéricas.

CAPÍTULO ONCE

Wendy volvió a llamarme al día siguiente mientras estaba de camino a casa de Brad.

—Hola —dije.

El rostro de mi hermana me sonrió desde donde mi teléfono estaba anclado al salpicadero.

—¿Vas conduciendo ahora mismo?

—No; estoy sentada en el coche, haciéndome fotos con el cinturón puesto porque así parezco más guay.

Incluso sin mirar, sabía que Wendy estaba poniendo los ojos en blanco.

—No deberías contestar al teléfono mientras vas conduciendo, de verdad. Sobre todo si es una videollamada. No es seguro.

—Está bien, mamá —contesté.

Se empujó las gafas por la nariz.

—Te llamaba otra vez porque ayer no tenía tiempo para hablar de verdad y tenía que marcharme rápido.

Me arriesgué a echar un vistazo rápido al teléfono para ver si aquella era una de sus bromas extrañamente sarcásticas que, en realidad, no eran graciosas; pero su rostro no dejaba entrever nada. ¿Tan acostumbrada estaba a tener el control en todas las situaciones que había asumido sin más que había sido ella la que había terminado la conversación?

—En realidad, hoy no tengo mucho tiempo —dije con ligereza—. En plan... Voy de camino a casa de Brad.

Wendy frunció el ceño.

—Por eso quería llamarte, para hablar de eso. No creas que no entendí por qué Candace y tú os estabais riendo.

«Te costó bastante».

—No sé a qué te refieres —dije, sin más.

—No creo que eso sea cierto, pero voy a... Voy a decir aquello para lo que te he llamado de todos modos.

Volví a dirigir los ojos a la pantalla de nuevo, esperando expectante a escuchar aquella cosa tan importante que se le había ocurrido en las últimas veinticuatro horas.

—¿Y bien? —pregunté, dándole pie—. El suspense me está matando.

Me fulminó con la mirada, pero, al final, habló.

—Sé que mamá y papá no saben lo de Brad, así que siento que es responsabilidad mía decir algo.

Suspiré para mis adentros. Cada vez que Wendy se ungía como mi tutora de sustitución, era como el final de *Qué bello es vivir*, pero al revés, así que, en algún lugar, un ángel perdía sus alas.

—Eh... Bueno... Eh... Creo que estás yendo demasiado rápido —soltó a toda prisa.

Me quedé en silencio, esperando a que continuara, pero no dijo nada.

—¿Eso es todo? —le pregunté.

—¿Qué quieres decir con «¿eso es todo?»? ¡June, esto es serio!

—Ajá —asentí con un gesto de seriedad muy poco sincero en el rostro.

—¡Lo digo en serio! Apenas acabas de empezar a salir con este chico y ya... ¿y ya estás haciéndole... cosas?

Estuve a punto de estallar en carcajadas al ver a mi hermana con la cara roja, tartamudeando e intentando con desesperación evitar decir la palabra «mamada».

—¿No escuchaste ayer a Candace? Se acerca nuestro aniversario de las seis semanas.

—¡June, esto no es gracioso! —A estas alturas, Wendy estaba prácticamente gritándole al teléfono—. No puedes ir por ahí... ¡Ya sabes! ¡Tienes que tener cuidado! ¿Te está presionando?

La gracia que residía en la novedad de ver a mi hermana intentando con torpeza hablar de sexo estaba desapareciendo a toda velocidad. Como si no fuera un ser humano autónomo y capaz de tomar mis propias decisiones...

—No voy «por ahí» haciendo nada, aunque tampoco es asunto tuyo —espeté—. Pero, sea lo que sea que sí esté haciendo, es algo que estoy escogiendo hacer, muchas gracias.

—Sí que es asunto mío —insistió ella—. Estoy intentando ayudarte a que tomes buenas decisiones. No quiero que, después, te arrepientas de esto.

«Ja. "Buenas decisiones"». Como si las únicas decisiones que valieran la pena fueran las que había tomado ella.

Entré en el camino de acceso a casa de Brad con el coche y apagué el motor.

—Tengo que dejarte. He llegado. Voy a tomar más malas decisiones.

—June...

No llegué a escuchar el final de su frase porque ya había colgado.

Dios, Wendy podía ser irritante. Cada vez que parecía que, tal vez, estuviese empezando a ser algo similar a una hermana normal, regresaba de inmediato a adoptar el papel de «hermana mayor» que ella misma se había confeccionado. En realidad, jamás había esperado poder hablar de ella sobre lo que estaba pasando entre Brad y yo, pero al menos, para empezar, podría haber tenido la decencia de no sacar el tema; especialmente si lo único que iba a hacer era decirme lo equivocada que estaba con todo.

—Tienes que poner de tu parte —me susurró Brad al oído.

Estábamos tumbados juntos en su cama y él estaba recorriendo a besos el lateral de mi cuello.

Furiosa, seguía dándole tantas vueltas a la cabeza que tan apenas había notado el hecho de que sus manos se habían estado abriendo paso hacia la cinturilla de mis vaqueros hasta que noté cómo tiraba del botón. Puse una mano sobre la suya para detenerlo.

—Ahora no —susurré.

A pesar de que la puerta estaba cerrada y de que su padre estaba un piso por debajo de nosotros, siempre me sentía intranquila ante la posibilidad de que pudiera entrar y pillarnos haciendo algo. Estoy segura de que si a su padre le importase en realidad, no nos dejaría estar allí a solas. En mi casa, mi madre ni siquiera dejaba que las amigas que le caían mal subieran al piso de arriba. De todos modos, tener a su padre tan cerca no ayudaba exactamente a crear un escenario en el que sentirse sexy.

—Venga —insistió—. Hace días que no te veo; has estado tan ocupada...

Una punzada de culpabilidad me atravesó el estómago. Entre el instituto, el violín y una madre que insistía en que cenáramos juntas todas las noches a pesar de que mi padre casi nunca estaba en casa, encontrar el tiempo necesario para quedar con él era una tarea monumental. Hablábamos todos los días, pero no era lo mismo que estar juntos de verdad.

—Tu padre está en casa —susurré.

—Entendería lo mucho que necesito esto —murmuró mientras me mordisqueaba el lóbulo de la oreja.

110

Una oleada de calor me recorrió el cuerpo tal como ocurría siempre que su aliento rozaba alguno de los puntos sensibles que tenía en el cuello y las orejas. A veces, cedía porque no podía controlarme, pero seguía estando molesta por la conversación que había mantenido con Wendy y quería desahogarme al respecto antes de hacer nada más.

—Oye, espera; es que estoy enfadada por algo —protesté, a pesar de que me estaba recorriendo con la lengua la parte inferior de la mandíbula, arrancándome una risita.

—Eso es terrible —dijo entre besos—. Probablemente, tendría que intentar animarte; hacer que te distraigas...

Escurrió la mano hacia mi espalda y comenzó a meterla dentro de mis pantalones. La tosquedad de sus manos le otorgaba a su agarre una sensación primitiva y, poco a poco, se me empezó a contagiar su deseo. La pelea que había tenido con Wendy quedó relegada y ahogada por el cosquilleo que sentía entre las piernas.

—Tu padre está abajo —siseé mientras empezaba a tirar de mis pantalones para quitármelos a pesar de que seguían abotonados y con la cremallera subida.

Me ignoró. Sus manos y sus labios fueron derritiendo mi resistencia centímetro a centímetro.

—Mmmm me encanta sentir tu cuerpo —murmuró junto a mi nuca—. Me encanta lo suave que eres. Me encanta cómo hueles.

Sentí un hormigueo cálido cuando me estrechó con sus voluminosos brazos, apretándome todavía más contra su cuerpo sólido. Sus manos estaban por todas partes y sentía cómo los puntos donde me tocaba ardían, sensibles. Decidí ceder. Era mi decisión e iba a tomarla. Además, tenía mejores cosas que hacer que quedarme pensando en algo molesto que me había dicho mi hermana.

—Muy bien; vamos a hacerlo —susurré con fiereza—. Estoy lista.

—¿Lista para qué?

—En plan... Lista de verdad —repetí, insinuándome todo lo que pude.

Brad alzó la cabeza de golpe, con los ojos encendidos como un semáforo.

—¿De verdad? ¿Estás segura?

Parecía como si acabara de decirle que había ganado unas entradas para un partido All-Star de la NHL.

—Sí, pero no aquí.

Miró en torno a su habitación como si fuese a encontrar un portal secreto que pudiéramos atravesar para escapar de su padre.

—Muy bien, vámonos —dijo mientras se levantaba de un salto de la cama, arrastrándome con él.

—¿A dónde?

—Ya se nos ocurrirá algo.

Bajamos las escaleras a toda velocidad, nos pusimos las botas y los abrigos y salimos corriendo al exterior antes de que las hormonas desaparecieran.

Alcé la vista hacia los copos diminutos que caían desde el cielo a la deriva.

—Está nevando.

—Casi nada. Vamos.

Tiró de mi mano mientras se dirigía hacia un parque infantil pequeño que había al final de la calle, junto a un campo de fútbol vacío y alejado de cualquiera de las casas.

—¿No deberíamos haber tomado tu coche o algo así? —le pregunté con timidez. Mi valentía se estaba esfumando bajo la luz brillante del exterior.

—Esto será más divertido —contestó. Su sonrisa familiar se ensanchó tanto como para revelar el lugar en el que le faltaba un diente.

Me enderecé, intentando emocionarme más por la decisión que había tomado. Había llegado hasta allí y, tal como estaban marchando las cosas, íbamos a acostarnos juntos tarde o temprano. Bien podía ser en aquel momento. Lo único que le faltaba era un nombre adecuado para que transmitiera la sensación de logro que se merecía. «Misión: Risky Business», pensé. Candace se habría sentido orgullosa.

Me adelanté a Brad y corrí directa hacia los columpios, donde empecé a mover las piernas adelante y atrás para tomar impulso. Él llegó unos instantes después, detrás de mí y ambos nos enzarzamos en una competición para ver quién podía llegar más alto. Al final, a la de tres, saltamos los dos.

Brad aterrizó de pie, pero yo caí al suelo, riendo y sin un solo rasguño.

—Tú ganas —le concedí mientras tiraba de mí para ponerme de pie.

—¿Estás preparada para esto? —me preguntó.

Recorrí con los ojos todos los elementos de plástico del parque, que estaban cubiertos de agua por la nieve que se había derretido bajo el sol.

—¿En qué lugar has pensado exactamente?

Señaló el túnel verde brillante que había en el centro de la estructura.

—¿No resultará un poco...? —Hice una pausa para abrazarme a mí misma—. ¿Frío? —pregunté mientras los copos de nieve diminutos seguían cayendo a nuestro alrededor.

Esbozó una sonrisa coqueta y el pequeño hueco entre sus labios me deslumbró.

—Puedo hacer que entres en calor.

Me guio por el mullido suelo de goma acolchada y por las escaleras de plástico recicladas hasta que llegamos al túnel. Parecía incluso más alegre que de normal, pues el sol resplandeciente rebotaba en su exterior brillante como si fuera un faro de diversión. Probablemente, las personas que habían construido aquel parque infantil lo habían hecho con otro tipo de diversión en mente, pero, de todos modos, dado que estábamos en invierno, nadie lo estaba usando. Además, escondernos dentro era mejor que hacerlo al aire libre.

Me arrastré al interior la primera y, con torpeza, me coloqué de espaldas para que Brad cupiera encima de mí. Las piernas nos sobresalían por el extremo, pero, al menos, teníamos las cabezas y los cuerpos cubiertos.

Él no perdió ni un instante.

En cuanto estuvo en posición, se inclinó hacia abajo y me besó con ímpetu, como si estuviera listo para que las cosas se pusieran en marcha.

Estiré los brazos para bajarme la cremallera de los vaqueros y, en el proceso, choqué contra su bulto. Jesús. ¿De verdad ya estaba preparado? ¿Se le había puesto así en los últimos cuatro segundos o había estado así desde que le había sugerido que lo hiciéramos? Tal vez la afirmación de que los chicos adolescentes iban por ahí empalmados a todas horas no fuese una exageración.

Alcé las caderas y me bajé los pantalones de un tirón hasta las rodillas antes de volver a apoyar el trasero sobre el plástico frío. Un dolor helador y punzante me recorrió la columna vertebral y me obligó a morderme el labio para evitar que le gritara en el oído. La sensación fue tal como me imaginaba que sería la de una epidural, solo que sin el beneficio de que me anestesiara la mitad inferior del cuerpo a tiempo. El túnel congelado no mostraba indicios de ir a calentarse bajo mi piel desnuda.

«Tendría que haberme ofrecido a ponerme encima».

Brad comenzó a colocarse en posición sobre mí, pero lo detuve.

—Espera. ¿Tienes… un condón?

Casi susurré aquella palabra; como si fuese algo de lo que se suponía que no teníamos que hablar. Sin embargo, la primera vez que Candace se había acostado con su novio en décimo, él la había convencido de que no lo necesitaban porque tenían una relación y ella había acabado con gonorrea. Daba igual lo vergonzoso que fuese preguntar por los condones, era infinitamente mejor que acabar con una enfermedad de transmisión sexual. Incluso aunque fuera una de las que se curaban.

Soportando su peso con la mano izquierda, Brad usó la derecha para sacarse la cartera del bolsillo trasero de los pantalones y sacó un condón. Sin detenerse, volvió a dejar en su sitio la cartera, abrió el envoltorio del condón con los dientes y se lo puso. Todo pareció estar muy coordinado, como si hubiera repetido aquella rutina un centenar de veces antes. Cerré los ojos con fuerza y me obligué a no pensar en ello.

El túnel resultaba al mismo tiempo caluroso por el calor que irradiaban nuestros cuerpos y helador por el viento frío que entraba a la altura de nuestras cabezas. Me pregunté si era posible congelarse y sufrir un golpe de calor al mismo tiempo.

—¿Estás segura de que estás lista para esto, China? —susurró.

La bocanada de aire cálido, que resultó visible, se quedó pendiendo del aire y, después, se disolvió entre nuestros rostros. Asentí.

Daba igual que el peso de su cuerpo me estuviese apretando contra el plástico todavía helado, cuyas formas implacables me presionaban la columna y se me pegaban a la piel como si fueran una lengua pegada a un poste congelado. Solo necesitaba sobreponerme a aquello.

—Me alegro mucho de que vayamos a hacer esto —me susurró al oído, apoyándose sobre mí.

—Yo también —conseguí contestar con un susurro.

No sabía qué esperar. Candace me había advertido de que podía doler si no estaba lo bastante excitada, pero los libros y las películas siempre lograban que pareciera que no requería ningún esfuerzo, como si todo encajara sin más. Ese no fue el caso. Sentía cómo Brad intentaba abrirse paso diligentemente en mi interior. Parecía que estuviera intentando empujar un muro de ladrillo con la cabeza de su pene, embistiéndome. No era más que un fino trozo de piel. Seguro que no podía costar tanto esfuerzo atravesarlo. ¿Acaso no había hecho aquello antes?

Mi madre había insistido en que Wendy y yo no usáramos tampones por miedo a que nos rompieran el himen. Bastante exasperada, mi hermana había intentado explicarle que el himen no tenía nada que ver con la virginidad, pero mi madre no había querido escucharla y mi padre se había negado a involucrarse. Con el tiempo, Wendy había acabado escondiendo cajas de tampones de contrabando en su armario para que los usáramos ambas. Los habíamos ido comprando con los pocos fondos que habíamos podido reunir. Aquella fue la única vez que recuerdo a mi hermana rebelándose contra nuestros padres. Para cuando había empezado el instituto, mi madre se había dado por vencida en aquella lucha, por lo que habíamos dejado de tener que esconder los productos menstruales como si fueran drogas, pero solo nos compraba los tampones más finos, «por si acaso».

Abrí un ojo y alcé la vista hacia Brad, que, mientras movía las caderas adelante y atrás, tenía los ojos fijos al frente con una mirada de determinación. La presión sobre mi himen que, estaba absolutamente intacto, empezaba a dolerme y justo cuando estaba empezando a pensar en pedirle que parara, su pene se introdujo en mi interior con una sacudida brusca.

Chillé de dolor mientras me mordía el labio con tanta fuerza que casi me hice sangre.

Brad no pareció darse cuenta de mi gesto de dolor y, en su lugar, emocionado, aumentó la velocidad de sus embestidas llenas de fricción. La suave lubricación del condón había desaparecido hacía rato. Sentí como si me estuvieran puliendo desde el interior con una lima de uñas. Cerré los ojos aún más fuerte, con la esperanza de que se acabara pronto.

«He sido yo la que ha pedido esto. Ha sido mi decisión». No dejaba de repetirme esas frases una y otra vez, como si fueran a lograr que todo aquel calvario resultase menos incómodo.

Por algún motivo, me acordé de unos zapatos de plataforma alta y de un color negro brillante que le había suplicado a mi madre que me comprara para una actuación. Ella había insistido en que no eran prácticos, pero al final, después de que me pasara días rogándole, me los compró. Sin embargo, me advirtió de que no me compraría otros si me hacían daño. Al llegar a la competición, habíamos descubierto que no disponían de sillas para los músicos, así que había tenido que sufrir durante los diez minutos de mi presentación mientras sentía como si hubiera tenido los pies en llamas.

—¿No te gusta? —jadeó Brad, con la respiración agitada y los brazos temblando por el esfuerzo de mantener su cuerpo por encima del mío.

Mi mente vagó de nuevo a la sensación de ardor que sentía por debajo de la cintura e intenté dibujar una sonrisa entusiasta y pronunciar un «mmmm» que pudiera servir tanto de respuesta afirmativa como de algún tipo de sonido de placer. Si fingía estar disfrutando, tal vez terminase pronto.

Por suerte, fue así al cabo de unos minutos. Brad hizo un gesto de dolor y, mientras terminaba, todo el cuerpo le convulsionó. Después, se limpió el sudor de la frente, me besó con suavidad en los labios y volvió a salir del túnel con los vaqueros por los tobillos.

El frío entró de golpe y me apresuré a subirme los pantalones. No quería que me viera medio desnuda, incluso a pesar de que acabásemos de hacer algo mucho más íntimo.

Solo que no me había parecido demasiado íntimo. De acuerdo, las circunstancias no habían sido las ideales, pero había imaginado que mi primera vez me resultaría al menos un poco más romántica; algo que hacíamos juntos, tal como Candace había señalado, no algo que él me hacía a mí, que era exactamente lo que me había parecido.

Tal vez lo había hecho mal. O tal vez se tratase del hecho de que habíamos estado apretados en el interior del túnel frío como el hielo de un parque infantil. Pero, sin duda, no se le daría tanto bombo al sexo si fuese así para todo el mundo.

Salí del túnel y me puse en pie. Busqué a Brad para ver si él tenía los mismos sentimientos encontrados sobre lo que acababa de pasar. Estaba deshaciéndose del condón en una papelera, pero me miró a los ojos mientras se limpiaba las manos en los vaqueros y sonreía.

—Dios, te quiero —dijo. El hueco de su boca resultaba visible incluso desde la distancia.

«Te quiero». Las palabras resonaron en mis oídos mientras se me doblaban las rodillas y me agarraba a la barandilla para recuperar el equilibrio. Nunca antes me habían dicho aquellas palabras. Ni mis padres, ni Wendy y, desde luego, Rhys tampoco. Tal vez Candace, pero no de aquel modo.

—¿Sabes? Tú también puedes decírmelo —insistió él, todavía sonriente, mientras caminaba hacia mí, rebotando sobre el suelo elástico.

—Sí; lo sé. Yo también —balbuceé.

La decepción que había sentido apenas unos minutos atrás había desaparecido de mi mente.

Volvió a subir las escaleras hasta mí y con sus manos callosas y familiares me apartó con suavidad el pelo que me caía sobre la cara.

—Así está mejor.

Se inclinó hacia delante y me dio un beso, que se convirtió en otro beso. Su lengua volvió a abrirse paso en mi boca.

—Dios, China —susurró—. Las cosas que me haces...

Me sonrojé, orgullosa, y el escozor del aire frío que nos rodeaba disminuyó un poco. Su frente permaneció unida a la mía. Tenía la cabeza ladeada y suspendida justo por encima de la mía.

—¿Quieres que volvamos ahí dentro para un segundo asalto? —me preguntó con un tono de voz grave y sugerente.

A pesar de toda la satisfacción que me brindó el hecho de saber que me deseaba tan pronto tras haberse corrido, también me sentí como si me hubiera tragado una de esas toallas expansivas que se empaquetaban encogidas y la tela se estuviera desplegando a toda velocidad en mi estómago, soportando el peso de mis entrañas.

—Creo que, primero, tal vez necesite un... descanso —repliqué, asegurándome de mantener un gesto lo más placentero posible.

Brad sonrió y de pronto, a aquella distancia, el hueco de su boca me pareció un abismo enorme. Nunca me había fijado en lo grande que era en realidad. ¿Por qué nunca se había puesto un diente de repuesto? ¿De verdad era posible acostumbrarse a tener un vacío allí donde debería haber habido algo?

Volvió a besarme, esta vez en la frente, y me rodeó con un brazo mientras salíamos del parque infantil y volvíamos a casa de su padre. Me acurruqué contra el hueco de su hombro con la esperanza de que su calidez fuera suficiente para apaciguar el frío que se me había vuelto a colar bajo la piel. Si lo abrazaba con la fuerza suficiente, tal vez fuese capaz de recuperar lo que había sentido cuando estábamos a salvo en su cama, antes de que hubiera descubierto que sus besos eran mucho menos románticos y cálidos cuando me los daba en medio del proceso de otras actividades.

Me apretó el hombro.

—¿Estás bien?

—Ajá.

—Bien. Porque tengo que asegurarme de que mi chica esté bien cuidada; que tu primera vez haya sido especial.

«Mi chica». Ahora, era la chica de alguien; había sido reclamada.

Aquellas palabras resonaron en mi cabeza durante todo el trayecto de vuelta a su casa.

CAPÍTULO DOCE

Estaba sentada en la mesa de la cocina, engullendo un cuenco de xī fàn y ròusōng para comer (la sal del cerdo seco hacía que me escocieran las zonas de la boca que ya me habían escaldado las gachas calientes) mientras repasaba mis mensajes para evaluar qué opciones tenía para el primer día oficial de las vacaciones de invierno. No eran demasiado buenas. Brad se había marchado con sus amigos de Cedar High la noche anterior para hacer pesca en hielo y no regresaría hasta por la tarde; Candace y Dom iban a ir al cine y Liz y Savannah iban a ir a la bolera con Rhys, Grayson y Drew. No sabía qué era peor: ser la sujetavelas de Candace y Dom con sus interminables bromas internas sobre el trabajo o ir a practicar un deporte mientras fingía que la situación entre Rhys y yo no era incómoda. Habíamos llegado a alcanzar una sensación de normalidad durante las horas de laboratorio, pero de normal, eso se acababa en cuanto salíamos de clase. Era como si solo pudiéramos funcionar dentro de nuestra pequeña burbuja, donde no tenía que fingir que no existía porque todavía me odiaba por haberle dejado por Brad. O, quién sabe, tal vez me odiase de verdad. Con él, siempre era imposible saberlo.

Me serví un segundo cuenco, preguntándome si era posible acabar con el aburrimiento a base de comer. Había pasado menos de medio día desde que habían comenzado las vacaciones y, aun así, me sentía como si ya me hubiese leído toda la información existente en internet. Incluso Wendy tenía cosas interesantes que hacer desde que había vuelto a casa a pasar el fin de semana: tenía recados que hacer para prepararse para su viaje a América Central, donde iba a ser voluntaria en una misión médica para una ONG que ofrecía operaciones ortopédicas gratis para los niños. No es que yo tuviera un deseo especial por ir a Nicaragua en aquel momento, pero, al menos, era algo.

¿Así serían mis vacaciones cuando volviese a casa de la universidad? ¿Todos mis amigos estarían ocupados con sus vidas mientras yo me quedaba atrapada en casa con mi madre porque ya no encajaba? Probablemente, todos ellos asistirían a Northern Iowa y, después de pasar un año entero viviendo juntos y saliendo sin mí, ¿cómo sabría que seguirían aceptándome en el redil? Tan apenas encajaba ahora. Lo cual era irónico, ya que Liz ni siquiera era amiga de Rhys y los otros chicos antes de que yo se los presentara. Sin embargo, ahora iba a jugar a los bolos con ellos como si, apenas unos meses atrás, no los hubiera acusado a todos de ser unos misóginos sin remedio. Daba igual que Liz jamás nos hubiera guardado rencor a Candace o a mí cuando habíamos discutido; al menos, podría habérselo guardado al chico que casi me había obligado a romper con él. Incluso aunque yo hubiese actuado como si me diera igual. Jamás tendría que haberle explicado algo así a Candace.

Aparté el dedo con rabia de las fotografías que Savannah había subido de mi amiga y Rhys posando con las bolas. Con la mano derecha, seguía agarrando los palillos como si su felicidad fuese a atravesar la pantalla flotando y yo pudiera hacerla estallar como un globo. De todos modos, ¿cuándo me habían reemplazado por gente como Savannah? De acuerdo, últimamente, había estado pasando más tiempo con Brad, pero eso no significaba que no pudieran invitarme. Le había mandado un mensaje a Liz para ver si quería hacer algo y ella me había contestado que ya estaba de camino a la bolera con Savannah, pero que, si quería, podía unirme a ellas.

Oí los pasos ligeros de mi madre entrando en la cocina, seguidos por un chasquido de desaprobación de la lengua.

—Vas a destrozarte la vista; siempre estás con la mirada pegada a ese teléfono.

Dos segundos demasiado tarde, se me ocurrió una respuesta ingeniosa sobre la suerte que teníamos de tener un seguro excelente para la vista. Tampoco importaba. Wendy no estaba allí para reírse y, a mi madre, mis bromas nunca le parecían graciosas.

Miró por encima de la mesa en dirección a mi cuenco y frunció el ceño.

—Eso no te va a llenar.

—Es la segunda ración; estoy bien —le aseguré.

—Voy a hacerte unos huevos —dijo mientras se dirigía al frigorífico y sacaba un cartón de huevos.

—Deberías guardárselos a Wendy; volverá pronto. ¡Ah! ¡Eso me recuerda algo! —exclamé. Mi ánimo mejoró gracias a la historia que estaba a punto de contarle—. Me ha dicho que ha estado hablando con algunos de los anteriores voluntarios y que le han dicho que, dado que es una misión voluntaria y todo se financia a través de los donantes, intentan gastar lo menos posible en lo básico, así que solo comen arroz y judías todo el tiempo.

Sonreí a mi madre, expectante. La única comida que mi hermana odiaba de verdad eran las judías. Sin embargo, ella tan solo frunció el ceño todavía más. Me mostró un huevo.

—¿Lo quieres frito o revuelto?

—¡Mamá! ¿Me estás escuchando siquiera? Te he contado una historia y ni has reaccionado a ella.

—¿Qué historia? ¿La del arroz y las judías? ¿Cómo quieres que reaccione? Ja, ja, muy gracioso. Disfrutas viendo a tu hermana ser infeliz. ¿Cómo quieres el huevo?

—Ni siquiera quiero huevos.

Se volvió hacia el fuego. Ya había sacado y puesto a la espera una sartén.

—De acuerdo. Voy a hacerlo frito.

Volví a encorvarme sobre mi cuenco, amargada de nuevo. Sin duda, aquel iba a ser mi futuro. Estaba destinada a recorrer la vida sola e incomprendida. Ni siquiera mi madre disfrutaba de mi compañía.

—¿Qué vas a hacer hoy? —me preguntó.

—Contemplar mi aburrida existencia y compadecerme de mí misma —mascullé. Algunas palabras resultaron confusas por culpa del hecho de que tenía la mitad de la cara aplastada contra la mano que la sostenía.

Mi madre me miró con detenimiento durante un instante y, después, se volvió con energía hacia los fogones, probablemente para cocinar algo más que me obligaría a comerme.

—Papá y yo hemos trabajado duro toda nuestra vida. Estudiar, trabajar, estudiar, trabajar. Sin tiempo para pensar. Nada de tiempo. Ahora tenemos suerte. Papá sigue trabajando mucho, pero yo tengo tiempo. Tiempo para pensar. Te ofrezco ese tiempo. «Cháng jiāng yǒu rì sī wú rì, mò jiāng wú shí xiǎng yǒu shì». «Cuando uno estar rico, tiene tiempo para pensar todo el día. Cuando uno estar pobre, no tiene tiempo para pensar».

Aparté la cabeza apenas unos milímetros del puño; solo lo bastante como para que pudiera oírme en caso de que el gesto de superioridad que estaba poniendo no terminara de transmitir mi reacción.

—¿Qué?

Sacudió la cabeza, mirándome, y me apuntó con una cuchara de madera como si quisiera golpearme con ella desde el otro lado de la cocina.

—Siempre me acusas de no escucharte. ¿Cuándo vas a escucharme tú a mí?

—Te estoy escuchando; solo que no tengo ni idea de lo que intentas decirme.

Soltó un suspiro exasperado y se volvió hacia la cocina, aunque la cosa no se quedó así. Tras golpear la olla gris dentada con la cuchara de madera con más fuerza de lo normal, se giró hacia mí para mirarme a la cara. Aparté los ojos del teléfono, pero no lo dejé en la mesa.

—¡Tiempo! —exclamó—. ¡Tienes mucho tiempo! ¿Qué haces con él?

—Caray, relájate. Cuando me has preguntado qué iba a hacer hoy no pensaba que tenía que tener preparado todo un horario. En plan... Es el primer día de las vacaciones.

Volvió a chasquear la lengua como si estuviese irritándola a propósito.

—Dices que tenemos que confiar en ti. Dices que resolverás tu propio futuro. ¿Dónde te ha llevado eso? ¡No tienes ni universidad, ni beca, ni nada! Sin embargo, tienes mucho tiempo para tus amigos. Siempre eres yendo de un sitio a otro con este o aquel amigo. —Agitó la cuchara de madera de un lado a otro, dibujando grandes arcos, y del extremo salieron volando trocitos de arroz sin que ella se diera cuenta—. Ahora, no tienes amigos, pero sigues sin hacer nada. Solo te quedas ahí sentada.

Mientras me ponía en pie, indignada, solté el teléfono e hice que los palillos se cayeran del cuenco por accidente. ¿Sin amigos? ¿Que no hago nada? ¿Cómo se le ocurría acusarme de ser una vaga cuando solo había disfrutado de medio día libre?

—Para tu información, ya he recibido la carta de admisión de Northern Iowa.

Mi madre resopló con una medio carcajada atrapada entre la nariz y la garganta.

—Vas al instituto en Iowa, ¡claro que te han admitido! Admiten a todo el mundo. ¿Crees que alguien entra en Northwestern y escoge Iowa en su lugar? Te dije que no presentaras solicitud allí para no malgastar dinero.

Como en ese dicho sobre Roma, todos los caminos de mi madre llevaban a Northwestern. Era como si fuese una comercial avasalladora que se ganase el sueldo a base de convencer a la gente para que se matriculasen allí o algo así. Sin embargo, me negaba a darme por vencida con tanta facilidad. No había comprado el rímel de la madre de Jenny Lipinski y no pensaba aceptar las estupideces de mi madre diciendo que Northwestern era la única opción viable para mi futuro.

—Estoy segura de que Northern Iowa me ofrecería una beca —repliqué—. Puede que ni siquiera necesitase tocar el violín y pudiese ser una estudiante más. Papá y tú siempre decís que la universidad debería ser lo primero.

Me felicité mentalmente por haberle echado en cara uno de sus consejos. Además, la idea de que tal vez no tuviera que hacer que mi vida girara en torno a las horas de ensayo me causó un pequeño estremecimiento a pesar de que, en realidad, no tenía ni idea de si mi sugerencia era plausible o no. Siempre podía investigarlo más tarde.

Mi madre me estaba mirando fijamente y su boca tan apenas estaba reprimiendo una sonrisa burlona.

—¿Quieres quedarte en Iowa y tirar a la basura años de esfuerzo para ser como todos los demás? Adelante. «Shǔ mù cùn guāng». «La visión del ratón solo abarca dos centímetros».

Se llevó el pulgar y el índice frente a los ojos, como si quisiera ilustrar el insulto. Estaba tan pagada de sí misma... Como si pudiera provocarme para que me echara atrás.

Bueno, que le den. No había planeado cada uno de los pasos de mi futuro para los próximos diez años, tal como había hecho Wendy, pero eso no me convertía en una perdedora corta de miras. Actuaba como si no tuviera otro futuro que aquel que la música me ofrecía; como si no valiera nada sin el violín.

Nunca había ocultado en secreto el hecho de que estaba resentida con mis padres por haberme obligado a tocar el violín desde tan joven. Tal vez, si me hubieran permitido escogerlo, hubiera acabado tocándolo de todos modos. Pero la cuestión seguía siendo que no se me había permitido elegir. Aunque a ellos no les importaba.

Wendy era su ojito derecho, así que no había motivo para que yo siguiera torturándome para mantenerme en segunda posición. A aquellas alturas, tampoco podía caer más bajo. Si, de todos modos, iban a rechazarme por ser la perdedora de la familia, bien podría ir a un sitio donde al menos pudiera decidir mi propio horario.

Mi madre dejó frente a mí un cuenco de xī fàn con un huevo frito y un poco de furikake por encima. Odié la buena pinta que tenía y lo bien que olía.

—Ya lo verás. Esto estará lo mejor para ti —dijo con seguridad.

—No tienes ni idea de qué es lo mejor para mí. Nunca te has molestado en preguntarme. —Me puse en pie de un salto y aparté de mí el cuenco sin tocar como si aceptarlo fuese concederle la victoria. No quería aceptar nada que viniese de ella nunca más—. Esta familia es una mierda —siseé.

Esperaba su habitual reprimenda por mi forma de hablar y por atreverme a afirmar que ella era de todo menos altruista. Sin embargo, mientras salía de la cocina, oí que decía con alegría:

—«Jiāng bù zhǐ shì zhòng yào de dōngxi, èr shì suǒyǒu de yíqiè». «La familia no es algo importante. La familia lo es todo».

CAPÍTULO TRECE

Me quedé sentada en el coche al final del camino de acceso a casa de la madre de Brad durante más de una hora, esperando a que regresara de la excursión para pescar. Me resultó difícil quedarme quieta, pues la sangre me hervía después de la confrontación que había tenido con mi madre. Tuve que ajustar el asiento una y otra vez, deslizándolo adelante y atrás mientras intentaba encontrar una posición cómoda en la que acurrucarme.

Antes de aquello, no había pensado en serio lo de matricularme en Northern Iowa, pero eso no significaba que no pudiera hacerlo. Después de todo, se suponía que las universidades que eran una opción segura estaban precisamente para eso: ofrecer seguridad. En aquel momento, tenía una buena vida. Tenía a alguien que se preocupaba por mí y por mis sentimientos, que era más de lo que podía decir de la gente con la que vivía. Y si bien no estaba del todo contenta con lo amistosa que Liz se había mostrado con Rhys y los otros chicos en los últimos tiempos, no era como si me hubieran dejado de lado por completo, lo cual era probable que ocurriera si me marchaba. Al menos, si me quedaba allí, no tendría que volver a empezar mi vida de cero. Northern Iowa no tenía por qué ser la universidad de mis sueños, tan solo tenía que ser lo bastante buena.

En realidad, en eso consistía toda mi marca personal. Resultados lo bastante buenos en los exámenes como para sacar un sobresaliente, pero no un sobresaliente alto. Habilidades lo bastante buenas para conseguir un trofeo, pero no el primer puesto. Lo bastante buena para ser la novia de alguien, pero no para ser la primera persona a la que elegirían para tener compañía. «Lo bastante buena», marca registrada.

El resto de mis pensamientos se vieron interrumpidos por el regreso de Brad. Su rostro se iluminó con una amplia sonrisa en el momento en el que me vio dentro del coche, hecha un ovillo con los dedos extendidos hacia el calor que emanaba de las rejillas del salpicadero. No sé lo bien que podía ver en realidad a través de las ventanillas empañadas, pero tras el día que había tenido, me resultó increíblemente reconfortante que alguien reaccionara así a mi mera presencia.

Salí del coche de un salto mientras él aparcaba y, en cuanto se bajó, le lancé los brazos en torno al cuello y, tal como había esperado que hiciera, me rodeó con los suyos y me llevó al interior de la casa, creando aquella sensación de seguridad que estaba anhelando. Le hablé de la pelea con mi madre, de cómo a efectos prácticos me había retado a que fuera a Northern Iowa y cómo me había acusado de no estar haciendo nada con mi vida.

—Sí que estás haciendo algo con tu vida: te estás acostando conmigo. O, al menos, estás a punto de hacerlo —murmuró junto a mi cuello mientras sus manos ya se dirigían directas hacia la cinturilla de mis pantalones.

Solté una carcajada.

—La próxima vez, me aseguraré de decírselo.

Su rostro permaneció enterrado en la base de mi cuello y, mientras intentaba desenredarme el pelo, preguntó:

—¿Podemos dejar de hablar de tu madre ahora? Está haciendo que mi pene se sienta incómodo y confundido.

Volví a reírme y aparté mi melena de él mientras nos tambaleábamos por el pasillo hacia su dormitorio, unidos el uno al otro como dos mitades de un sándwich de galletas.

—¿No deberíamos hablar de tu madre y de dónde está ahora mismo?

—No está —contestó él mientras me quitaba la camiseta por la cabeza antes de continuar con su asalto a la zona de mis clavículas—. Y, ahora, te juro por Dios que, si vuelves a mencionar a cualquiera de nuestras madres una vez que entremos en mi habitación, voy a... Bueno, no lo sé, pero estoy seguro de que se me ocurrirá algo.

Después de que termináramos, me invadió una agradable somnolencia. Entre el brillo de sudor que tenía sobre la piel y el calor del sol de media tarde que se colaba a través de las persianas como si fuera junio en vez de diciembre, me alegré mucho de volver a meterme bajo las cálidas sábanas de Brad para hacerme un ovillo y echarme una siesta. Sabía que se suponía que tenía que levantarme e ir al baño después de hacerlo, pero el desgaste emocional del día y el sexo me habían dado sueño. Tal vez durmiera un poquito primero y fuera a hacer pis después. ¿Tenía un límite de tiempo para expulsar las bacterias antes de desarrollar una infección urinaria? Estuve a punto de soltar una carcajada al pensar en la reacción de mi padre si le preguntara.

—¿Se me permite hablar de mi madre ahora? —le pregunté a la espalda desnuda de Brad mientras atravesaba la habitación para tirar el condón usado—. Si es así, deberías saber que me dijo de forma explícita que ella es más importante que tú, así que, técnicamente, debería poder hablar de ella en cualquier momento. —Brad soltó un grito ahogado—. No puede sorprenderte demasiado, ¿no? —le pregunté—. Después de todo, fueron los chinos los que inventaron el concepto de piedad filial. En plan... Incluso tiene su propio carácter, que combina los de «viejo» e «hijo». Porque, ya sabes, las chicas no importan nada.

Durante un instante, hice una pausa y me pregunté (no por primera vez) si el comportamiento de mis padres hubiera sido mucho más insufrible si Wendy hubiese sido un chico.

Brad dejó escapar una retahíla de palabrotas en voz baja.

—No te preocupes, no me molesta demasiado. De todas maneras, al ser la segunda hija, tampoco iba a ser importante. Deberías ver lo que mis abuelos le hicieron a mi madre en el testamento.

Volví a bostezar y me giré hacia un lado. Ahuequé varias veces el almohadón para conseguir una distribución adecuada del relleno. Estaba a punto de terminar, decidida a hablarle a Brad sobre la típica distribución de bienes china, cuando me miró por encima del hombro con el rostro incluso más pálido de lo habitual y atravesado por el pánico. Era evidente que no había escuchado ni una sola palabra de lo que le había dicho.

—El condón se ha roto —dijo con voz temblorosa.

Todos los pensamientos sobre mi madre, Confucio y lo que quiera que fuera aquello sobre lo que había estado desvariando un segundo antes desaparecieron de mi mente junto con la mayor parte del aire que había tenido en los pulmones.

—¿Qué?

Mi voz tan apenas se oyó.

Me subí la colcha hasta la barbilla de un tirón como si pudiera acabar con la oleada de frío que me había invadido de repente. Brad continuó hablando, pero mi cerebro había bloqueado cualquier recepción de las palabras y el sonido chocaba contra mis oídos como las olas contra las rocas.

Esto no podía estar ocurriendo. Si cerraba los ojos lo bastante fuerte, si pudiera quedarme dormida tal como había planeado, todo aquello desaparecería.

Podía oír a Brad dando vueltas de un lado a otro de la habitación. Sus pasos pesados iban acompañados por el sonido que hacía al pasarse las manos con furia por el pelo, algo que hacía siempre que se sentía incómodo. Una y otra vez, murmuraba para sí mismo una retahíla impresionante de improperios, acentuado cada pocas sílabas con un «joder» más fuerte que el resto.

«No, no, no, no, no». Me tapé la cabeza con las sábanas para amortiguar el sonido de su voz. Si no podía oírle, nada de aquello sería real. No podía quedarme embarazada. ¿Qué dirían mis padres? ¿Qué pasaría con la universidad?

La gente sufría accidentes todo el tiempo. Los condones se rompían e, incluso cuando no lo hacían, no eran efectivos al cien por cien. Repasé en silencio todos los datos sobre la reproducción que recordaba de la clase de salud de décimo curso, como si en los apuntes fuese a haber una respuesta secreta para prevenir todo aquello desde el principio.

¡No era justo! ¡Habíamos tomado precauciones! ¡Habíamos sido inteligentes! Los sustos con los embarazos eran cosa de los idiotas que no usaban protección. Todo aquello era una mierda; no me merecía algo así.

La cama se hundió cuando Brad dejó caer su peso sobre el lateral del colchón. Un momento después, cuando apartó las sábanas, me atacó una oleada de aire frío y luz brillante.

—¿Puedes hablar conmigo, cielo? Me estoy volviendo loco. ¿Qué vamos a hacer?

Mantuve los ojos cerrados con fuerza mientras tanteaba con las manos en busca de las sábanas para volver a taparme. No estaba lista para enfrentarme a sus preguntas. No estaba lista para enfrentarme a nada de todo aquello.

—¡June! ¡Deja de ignorarme!

Abrí los ojos de par en par cuando Brad usó mi nombre real. Su rostro mostraba la misma cantidad de miedo que, en aquel momento, se abría paso hacia mi corazón y mi estómago. Jugueteaba con las manos sobre el regazo y, después, se las llevaba a la cabeza y de vuelta al regazo. Retorcer, rascar, parar y repetir.

—¿Qué vamos a hacer, qué vamos a hacer, qué vamos a hacer?

Con cada pregunta, se sacudía un poco, haciendo que las oleadas de miedo rebotaran desde su cuerpo hacia el mío.

¿Por qué se suponía que tenía que ser yo la que supiera qué hacer? Los dos habíamos asistido a la misma clase de salud que el estado obligaba a impartir. Además, había sido su condón el que se había roto.

Tomé impulso y me senté con la cabeza caída entre las manos. Todavía no podía mirarle. Estaba esperando que dijera algo, que conociera la respuesta; como si debiera tener las respuestas a todo.

Solo que no conocía la respuesta. Ni allí, ni en ningún sitio. Para empezar, ¿por qué había comenzado a practicar sexo? ¿Por qué no podía volver atrás en el tiempo y deshacerlo todo?

Me golpeé la frente con las palmas de las manos. «Idiota, eres una idiota». Brad me agarró los brazos y los apartó de mí con delicadeza.

—Cielo. China. Por favor, dime algo. Dime qué hacer.

Algo en aquellos motes adorables me irritó, como si las palabras estuvieran raspando una herida que ya estaba abierta. Sin embargo, el miedo a no saber qué hacer se apoderó de todos los demás pensamientos. Alcé la vista para mirarlo a los ojos, preparada para decirle que no tenía más idea de lo que teníamos que hacer que él.

—¿No hay alguna prueba que puedas hacerte? —me preguntó—. Ya sabes, para saber si estás embarazada o no.

Entonces, se me encendió la bombilla y por fin pude mirarlo con un atisbo de alivio.

—Podemos ir a una oficina de Planificación Familiar.

«Gracias a Dios por la existencia de Planificación Familiar».

No podía arriesgarme a ir a un médico. ¿Y si se lo decían a mi padre? No es que Pine Grove fuese un pueblo grande.

—¿A Planificación Familiar? ¿Para qué? ¿No puedes comprarte un test en Walgreens?

—No voy a hacerme un test de embarazo. Voy a tomarme la píldora del día después y no pienso arriesgarme a encontrarme con alguien a quien conozcamos mientras la compramos en la tienda.

Brad pestañeó varias veces. Su frente arrugada indicaba con claridad que estaba intentando procesar la información que acababa de darle.

—¿La píldora del día después? ¿Qué es eso? ¿Es como un aborto?

—¿Qué? No; es una píldora que evita que te quedes embarazada.

—Pero ¿cómo...? Pensaba que una vez que mi esperma llegase a tu... Ya sabes...

Entrechocó los dedos con torpeza y se los aplastó los unos contra los otros. Levanté la mano para hacer que parase.

—Eh... No. No hay garantías de que eso haya ocurrido siquiera. Pero, de todos modos, esta píldora fue creada para los accidentes así. Lo arreglará todo. —Bueno, al menos, iba a arreglar aquella situación—. Dame mi teléfono —le pedí—. Voy a buscar dónde está la oficina de Planificación Familiar más cercana y voy a pedir cita.

Al fin; algo práctico.

Agarró mi teléfono de la mesilla de noche, pero no me lo dio.

—¿No deberíamos hablar un poco más de esto?

—¿Qué más hay que hablar?

—Bueno, ¿y qué pasa si ya estás embarazada? ¿No deberíamos hablar sobre nuestras opciones?

—En eso consiste todo esto de la píldora; en que no me quede embarazada.

—Pero me he corrido dentro de ti. Mucho. Y mi padre siempre dice que hizo que mi madre se quedara embarazada en el primer intento. Así que mis amiguitos están ahí dentro, buceando en busca de cosas, ¿sabes? Podrías quedarte embarazada incluso antes de que te tomes la píldora. ¿Y, entonces, qué? Además, no sé dónde hay una oficina de Planificación Familiar.

«No voy a quedarme embarazada».

«No voy a quedarme embarazada».

«No voy a quedarme embarazada».

«No voy a quedarme embarazada».

No había ninguna duda al respecto. Me negaba a planteármelo siquiera. Iba a ir a Planificación Familiar, iba a tomarme la píldora del día después y todo se arreglaría. Todo esto iba a desaparecer.

Le arrebaté el teléfono de entre las manos.

—Voy a pedir una cita. No me importa hasta dónde tenga que conducir.

CAPÍTULO CATORCE

Resultó que la oficina de Planificación Familiar más cercana estaba a tan solo treinta minutos en coche. Así que, a la mañana siguiente, esperé hasta que mi madre se marchó a trabajar y fui a recoger a Brad para mi cita. Bueno, más bien nuestra cita.

—Buenos días, China —me dijo mientras se subía al asiento del pasajero. Después, se inclinó hacia mí para darme un beso.

La irritación que había sentido el día anterior volvió a invadirme. La gracia de que usara un apodo había desaparecido tiempo atrás. ¿Por qué había dejado que empezara a llamarme así? ¿De verdad me había parecido tan adorable?

Acepté su beso con frialdad, pero no le devolví ningún tipo de saludo. Tan solo quería permanecer centrada y acabar con aquel calvario.

Introduje la dirección en el GPS, enganché el teléfono en el soporte que había unido al parabrisas y me puse en marcha hacia la que sería mi primera consulta de ginecología. Mi madre siempre insistía en que no las necesitábamos, ya que tal como decía siempre que el tema salía a colación, «No es necesario ir a menos que se tengan relaciones sexuales y vosotras no tenéis relaciones sexuales, ¿no?». A pesar de que tenía un título en medicina, mi padre siempre se negaba a contradecir a mi madre cuando nos contaba sus creencias sin sentido como si fueran hechos. Por ejemplo, cuando nos decía a Wendy y a mí que ponernos coleteros en las muñecas nos cortaría la circulación y haría que se nos cayeran las manos; que usar tampones haría que dejáramos de ser vírgenes; o que mostrar el ombligo, incluso en verano, haría que enfermáramos.

El silencio que se había posado en el coche entre nosotros solo se veía interrumpido por las indicaciones ocasionales para girar a la izquierda o la derecha que emitía la voz de mujer británica y autoritativa de mi GPS. Incluso mis manos, que de normal jugueteaban entre la radio, la ventanilla, el espejo y cualquier otra cosa, agarraban el volante con fuerza, como si fuese un salvavidas que me hubieran lanzado en medio del océano.

Tenía la vista fija en la carretera que había frente a nosotros. Cada minuto que pasaba del tiempo estimado de llegada era un minuto que estaba más cerca de erradicar aquel error. Si podía hacer que el problema desapareciera, todo podría volver a la normalidad. Todo tenía que volver a la normalidad.

Sin darme cuenta, había empezado a hacer mis ejercicios de respiración: inhalar contando hasta ocho, aguantar hasta cuatro y exhalar en ocho. Inhalar ocho, aguantar cuatro, exhalar ocho.

En el silencio del coche, mi respiración sonaba anormalmente fuerte, como si me estuviera gritando a mí misma que me relajara. Extendí la mano y cambié la radio al canal de música clásica. Mozart, gracias a Dios. Mozart siempre me calmaba los nervios.

Brad se inclinó hacia delante y apagó la música. El silencio volvió a colarse en el vehículo como si fuese un huésped al que nadie hubiese invitado.

—He estado pensando... —comenzó a decir antes de aclararse la garganta—. No sería lo peor del mundo que tuviéramos un bebé.

Giré la cabeza hacia él con brusquedad, arrastrando mis manos (y el coche) con ella. Con un grito, volví a colocarme en mi carril y ajuste el espejo retrovisor, como si el conductor de detrás hubiese sido el causante de que hubiera estado a punto de salirme de la carretera.

Brad prosiguió hablando, nervioso por nuestra experiencia cercana a la muerte contra un sucio banco de nieve en el lateral de la autopista.

—Nos queremos. Eso es lo más importante. Además, tú misma dijiste ayer que estabas pensando en ir a Northern Iowa. Yo, de todos modos, no estaba muy seguro con respecto a todo el asunto universitario, así que puedo conseguir un trabajo y cuidar del bebé mientras tú estás en clase. Podemos resolver esto juntos; puede hacernos más fuertes.

Se me revolvió el estómago y pude sentir el ácido ardiéndome en la base de la garganta. Era cierto: le había dicho que estaba pensando en quedarme allí para estudiar en la universidad y estoy segura de que, el día anterior, lo había dicho en serio. Pero oírle en aquel momento, escuchar el futuro que había planeado para nosotros en el transcurso de una noche, hizo que, de la forma más violenta posible, abriera los ojos al hecho de que aquello no era en absoluto lo que deseaba en ningún sentido de la palabra. No quería quedarme allí, no quería irme a vivir con Brad y, desde luego, no quería tener un bebé. Nada de lo que acababa de proponerme era algo que deseara para mi futuro.

Él seguía hablando, diciendo algo sobre cómo teníamos a nuestros padres para ayudarnos, pero en lo único que podía pensar yo era en que necesitaba que se callara. O, al menos, necesitaba encontrar la forma de no oírle. Me habría tapado los oídos y le habría gritado que parara si hubiera podido apartar los dedos del agarre férreo que tenían sobre el volante. Seguro que estaba a punto de partirse en dos gracias a la presión que estaba ejerciendo sobre él.

Le interrumpí a medio de una frase.

—No quiero tener un bebé, Brad. Voy al instituto.

—Sé que no es el mejor momento —replicó—. Pero, oye, tampoco lo fue el comienzo de nuestra relación. Cuando te conocí, tenías novio, pero conseguimos solucionarlo.

—Cielos santos, ¿de verdad crees que eso es comparable? —exploté—. En plan… ¿En serio piensas que cuidar juntos durante el resto de su vida a un ser humano que está vivito y coleando conlleva las mismas complicaciones que coquetear en una pista de hielo?

No lo planteé como una pregunta.

El rostro de Brad mostraba lo mucho que le habían dolido mis palabras, como si le hubieran cortado físicamente.

—No hace falta que me grites. Siempre te quejas de cómo te habla tu familia, pero tú haces lo mismo. Tratas a todos los que te rodean como si fueran idiotas y eso es de ser una gilipollas.

Abrí la boca para protestar, pero me mordí la lengua antes de poder pronunciar las palabras: «Solo te lo hago a ti porque lo eres». Ahí estaba yo, enfrentándome a una crisis que podría poner patas arriba toda mi vida y en lo único en lo que podía centrarse él era en lo maleducada que pensaba que estaba siendo.

Cuando no dije nada, añadió:

—Además, los bebés crecen. Solo tienes que cuidarlos los primeros años, hasta que crecen un poco. Entonces, no suponen tanto trabajo.

Agarré el volante con más fuerza todavía. Los dedos empezaban a dolerme de hacer tanta fuerza. Aquella era la persona que quería hacerse responsable de mantener con vida a otro ser humano; alguien que pensaba que criar a un bebé requería el mismo esfuerzo que plantar un árbol.

Mantuve la vista fija en la carretera. Estaba a punto de atravesar el parabrisas con la mirada.

—Criar niños es un compromiso de por vida. No son solo unos pocos años y, después, todo vuelve a ser como era antes. No estoy dispuesta a sacrificar mi vida por…

—¿Sabes? Estás siendo una egoísta —me interrumpió, cruzando los brazos frente a él con enojo—. Soy tu novio; debería poder tener voz y voto en esto. No todo gira en torno a ti. Estás ahí sentada, hablando como si fueras la única cuya vida fuera a verse afectada; como si fuese algo tan terrible querer traer un bebé al mundo.

—¡Es terrible! —chillé—. ¡Es terrible porque no quiero hacerlo!

Mi arrebato pareció silenciarlo al fin. No dijo nada, pero siguió enfurruñado el resto del trayecto.

Cuando llegamos al centro, me registré en el mostrador y, nerviosa, me dejé caer sobre una de esas típicas sillas de sala de espera de hospital que había en un rincón. La ira que sentía hacia Brad prácticamente irradiaba de mi cuerpo. No quería estar sola, pero a la vez no quería que estuviera cerca de mí. No intentó hablar conmigo, pero sí que se sentó en la silla que había al lado de la mía. Me di cuenta de que me estaba inclinando tanto hacia el reposabrazos del lado contrario que casi estaba ocupando ambos asientos.

Mientras esperábamos, estuve contemplando al resto de pacientes, buscando a otras chicas adolescentes y sus novios que pudieran estar en el mismo apuro. Tan solo vi a un par de mujeres de mediana edad leyendo revistas cuyas brillantes portadas estaban ocupadas por gente que sonreía enseñando los dientes. Como si en aquel momento hubiese algo por lo que sonreír...

Cuando al fin llegó mi turno, casi salí corriendo hacia la sala de reconocimiento con Brad detrás de mí. Allí, me pidieron un breve historial médico y una muestra de orina. En unos minutos, tenía mi respuesta.

El test era negativo.

Por primera vez en lo que parecía un día entero, respiré y el pecho estuvo a punto de hundírseme sobre sí mismo a causa del alivio.

Entonces, llegaron las malas noticias.

—Es demasiado pronto para que el test de orina nos indique si te has quedado embarazada o no con este incidente —me dijo la enfermera—. Hay que hacerlo de todos modos en caso de que hayáis mantenido relaciones sexuales sin protección antes, porque no podemos administrar el anticonceptivo de emergencia si ya estás embarazada. De normal, el esperma sobrevive hasta tres días en el cuello uterino, pero, con las condiciones adecuadas, puede durar hasta cinco días, así que, deberías hacerte otro test de embarazo. Son más precisos cuando te los haces no antes de siete días después de la primera falta del periodo.

«¿Otro test de embarazo? Entonces, ¿para qué demonios he venido aquí?».

La enfermera prosiguió hablando:

—Un análisis de sangre llevado a cabo por un médico puede detectar un embarazo mucho antes...

—Quiero la píldora del día después —la interrumpí.

Había aguantado bastantes lecciones de medicina de mi padre como para saber que se requería que los profesionales de la sanidad ofreciesen información sobre todas las opciones y riesgos posibles, pero nada iba a hacer que cambiase de idea y estábamos perdiendo unos minutos muy valiosos que podrían usarse para prevenir que aquel desastre ocurriera.

—Probablemente, ni siquiera estés embarazada —argumentó Brad.

—No puedo permitirme asumir ese riesgo —espeté.

La píldora no era gratis. Por algo sobre recortes en la inversión. No estaba absorbiendo demasiada información. Le pregunté a Brad si quería que nos dividiéramos el coste.

—Es mucho dinero —dijo, avergonzado—. Ni siquiera creo que la necesites. Además, eres tú la que se la va a tomar, así que...

Pagué la píldora y me la tomé en el momento.

Mientras volvíamos, ninguno de los dos habló, pero empecé a notar los efectos secundarios antes de haber llegado a mi casa siquiera.

Primero llegaron los mareos. Cuando dejé a Brad en su casa, empezaba a notar que se me iba la cabeza. Después, frené en un lado de la carretera y devolví hasta las entrañas. Con suerte, el hecho de que estuviera experimentando efectos secundarios significaría que había absorbido lo bastante del medicamento como para que no importase que estuviese vomitando. No era como si pudiera preguntarle a mi padre.

Me limpié la boca y contemplé mi reflejo. Estaba cetrina y empapada, como si estuviera sudando para expulsar el alcohol o sufriendo de forma muy violenta de síndrome de abstinencia. No podía arriesgarme a aparecer por casa en aquel estado; no teniendo en cuenta cómo era mi familia.

Saqué el teléfono móvil y con la vista borrosa por tener los ojos húmedos, marqué el número de Candace.

Buzón de voz.

Volví a marcar.

Buzón de voz.

Joder.

Intenté exhalar poco a poco con la esperanza de calmar la agitación que sentía en el estómago. Después, cerré la puerta del coche y conduje unas cuantas manzanas más. Cuando no pude soportarlo más, aparqué junto a un parque y vomité con la puerta abierta. De mi estómago no salía nada más que bilis acre, hasta el punto de que me ardía la garganta. Me quité el cinturón de seguridad y me derrumbé sobre el asiento, cansada y sudorosa por el esfuerzo. Deslicé el asiento lo más atrás que pude y coloqué los pies sobre el volante para intentar calmar el mareo.

Náuseas, vómitos, mareos y calambres... Los mismos efectos secundarios de un embarazo. La naturaleza debía de estar echándose unas risas a mi costa.

—¿June?

Abrí los ojos de golpe al oír mi nombre. Rhys estaba a una distancia segura de mi coche y del charco de vómito que había al lado.

Me incorporé hasta quedar sentada y me limpié la boca de forma inconsciente, como si no fuese obvio de dónde procedía el vómito del suelo.

—¿Qué haces aquí? —le pregunté, mirando en torno al parque desierto.

Me mostró una correa de perro vacía. Un golden retriever enorme correteaba feliz entre los árboles, parándose para olisquearlos. Me había olvidado por completo de que su familia tenía un perro. La mayor parte del tiempo, lo había evitado, ya que, con las patas enormes y la boca llena de babas, solía dejarme marcas en la ropa que no me gustaban. La gente actuaba como si fueses una especie de monstruo si los ojos no se te llenaban de corazones como si fueras un emoticono en cuanto veías un perro, así que le había dicho a Rhys que les tenía miedo y había permitido que supusiera que había tenido alguna mala experiencia indeterminada en el pasado. Él nunca me había pedido los detalles.

Rhys rodeó el coche hasta el lado del copiloto, supongo que para evitar el desastre que había a mi lado, y abrió la puerta antes de que pudiera despacharlo.

—¿Te encuentras bien? —preguntó, asomando la cabeza por la puerta.

Vi cómo miraba el panfleto de la píldora que asomaba del interior de mi bolso. La enfermera había insistido en que me lo llevara junto con un puñado de condones que, dada mi suerte, eran totalmente visibles desde donde estaba Rhys.

Un gesto de sorpresa le atravesó el rostro y, a toda velocidad, agarré el bolso y lo eché al asiento trasero.

—Estoy bien —mentí—. Solo estoy tomando el aire.

Se subió al coche sin que lo invitara y, cuando se dejó caer en el asiento, su peso hizo que el coche se sacudiera.

—Así que las cosas van muy bien con tu novio, ¿eh?

Su voz tenía un tono burlón, pero yo me encontraba demasiado mal como para sentirme avergonzada.

—¿Qué quieres? —le pregunté con brusquedad.

—Joder, de acuerdo, ya te dejo tranquila —dijo, levantando las manos en un gesto de rendición—. Perdona por preguntar cómo estás cuando te encuentro sola, vomitando en un parque público un martes por la mañana. Es evidente que tendría que saber que no hay ningún problema y que todo es completamente normal.

Sin embargo, no se marchó. Reclinó el asiento para que sus largas extremidades tuvieran más espacio dentro de mi compacto coche. Me concentré en la respiración: inhalar por la nariz contando hasta ocho, aguantar hasta cuatro, soltar por la boca contando hasta ocho una vez más. Seguro que las náuseas no podían durar mucho más; en aquel momento, ya no me quedaba nada más que vomitar.

—¿Quieres un poco de agua o algo? —me preguntó Rhys.

Lo miré, ansiosa.

—¿Tienes?

La boca me sabía a cloaca.

—Eh... no.

—Entonces, ¿por qué me has ofrecido? —espeté.

En respuesta a mi tono de voz cortante, Rhys se encogió de hombros con resignación y volvió a hundirse en su asiento mientras se enrollaba la correa alrededor de la mano de forma distraída. Me agarré la base del abdomen con las manos. Los calambres que sentía en el útero estaban aumentando de intensidad, como si se estuviera preparando para expulsar el esperma que amenazaba con hacer que me quedara embarazada. Olvida eso de llevarse a casa bebés llorones de plástico; los institutos deberían hacer que la gente tomase la píldora del día después; entonces, jamás se acostarían con nadie.

—¡Ahhhhhhhh! —me lamenté, frustrada.

No era justo que tuviera que sufrir aquello. ¿Por qué era yo la única sufriendo el embate de las consecuencias? Brad podía librarse sin nada más que el pánico pasajero y, en aquel momento, estaba en su casa, sano y salvo, felizmente inconsciente de que yo había acabado allí, vomitando como una loca en el lateral de una carretera. Le importaba más la oportunidad de tener un bebé que le estaba arrebatando que el dolor que fuera que yo tuviera que soportar.

La ira brotó en mi interior como si fuera un volcán. Qué mierda. Todo era una mierda.

—Te odio, ¿lo sabes? —le espeté a Rhys.

Todo aquello era culpa suya. Si no hubiera sido tan... tan... él mismo mientras estábamos juntos, jamás me habría visto persuadida por los atractivos de Brad. Jamás habría acabado en aquella situación. Seguiría estando segura en el reino del besuqueo y los roces por encima del sujetador, preguntándome por qué mi novio no quería nada más de mí. Sin duda, lo que estaba viviendo tenía que ser uno de los niveles más bajos de los círculos del infierno.

Giró la cabeza hacia mí, impasible ante mi arrebato.

—Guau. Vaya... —dijo.

La respuesta más típica de Rhys de todos los tiempos. Era como si nada le preocupara lo suficiente como para sentirse molesto.

—¿Por qué estás aquí? —le pregunté.

—Porque he salido a pasear a mi perro, te he visto y he pensado que te pasaba algo malo. Tienes razón, soy un imbécil. Tendría que haber sabido que era culpa mía que estuvieras enfrentándote a algo que implica un montonazo de condones y algún tipo de náuseas matutinas. Es evidente que lo tienes controlado.

Tiró de la manilla de la puerta, enfadado, y tuvo que intentarlo dos veces antes de conseguir abrirla con éxito.

Mierda. Brad tenía razón. Me comportaba como una gilipollas. Y no solo con él, a pesar de que aquella mañana me había parecido que se lo merecía.

—Espera —dije, antes de que pudiera bajarse del coche. Cerré los ojos con fuerza, como si, así, las palabras fueran a salirme con mayor facilidad—. Lo siento. Es solo que... estoy teniendo un mal día. No es culpa tuya.

Rhys volvió a sentarse, pero dejó la puerta abierta de par en par y las piernas largas colgando por el lateral del coche.

Nos quedamos sentados en silencio; era el silencio espeso e incómodo de dos personas que se estaban esforzando mucho por evitar el asunto en el que ambos estaban pensando.

Resoplé una bocanada de aire y los pelos sueltos que se me habían pegado a la cara húmeda se soltaron. Era más fácil limitarme a abordar el tema de forma directa.

—Para que lo sepas: no estoy embarazada.

Rhys se removió, incómodo.

—No he dicho que lo estuvieras.

—Has hecho un comentario sobre las náuseas matutinas...

—Estabas vomitando.

Volvimos a quedarnos en silencio. Él jugueteaba con la correa, enrollándose y desenrollándose el nailon negro en torno a los nudillos.

Las náuseas habían remitido, pero la cabeza me seguía zumbando mientras le daba vueltas a un millón de cosas. Después de aquel día, nada habría cambiado y, aun así, todo sería diferente. Me sentía como si, de forma involuntaria, me hubiera unido a algún club de chicas que han tomado la píldora del día después; como si estuviéramos marcadas, tatuadas con una tinta invisible que la gente podría ver con una luz ultravioleta para después juzgar nuestras decisiones. En el fondo, mi vida era exactamente igual que veinticuatro horas antes. Seguía sin estar embarazada y muy contenta por ello. Sin embargo, me había convertido en alguien que había tenido un susto con respecto a un posible embarazo. Incluso sabiendo que, a nivel estadístico, era razonable que, con el tiempo, tuviera uno, seguía teniendo la capacidad de hacerme sentir como si aquello fuera un reflejo negativo de quién era yo como persona.

A pesar de que había ocurrido en un segundo, el gesto en el rostro de Rhys cuando había visto el panfleto había sido claro. Yo no era el tipo de persona que él esperase que tuviera aquel problema. Se esperaba de mí que tuviera un mejor comportamiento. O que fuese más lista. Me había encargado del problema, pero de algún modo, si hubiese sido mejor, jamás lo habría tenido. Me veía tal como me veía mi familia: una decepción, perpetuamente incapaz de cumplir con las expectativas. Tal vez siempre me hubiera visto así.

Una oleada de letargo se apoderó de mí y el cansancio de los acontecimientos de la mañana me caló hasta los huesos y me resultó pesado como el plomo. Estaba cansada; demasiado cansada como para quedarme allí sentada y convencer a Rhys de que, a pesar del hecho de que no sentía ningún remordimiento por haber decidido tomar la píldora, eso no me convertía en una mala persona.

—Voy a irme a casa —le anuncié. Mi voz estaba repleta de la fatiga que sentía en el interior.

Él desenrolló la correa y la tensó entre sus manos.

—¿Estás segura de que estás en condiciones de conducir?

—Me las apañaré.

Con cierto esfuerzo, conseguí incorporarme y volver a colocar el asiento en la posición original. Cerré la puerta y el olor a vómito cercano disminuyó, aunque no desapareció por completo del interior del coche.

Rhys se levantó como si fuese una jirafa saliendo del interior de un huevo y el cierre metálico de la correa repiqueteó con fuerza contra el lateral de mi coche. Se dio la vuelta como si fuese a decirme algo, pero pareció pensárselo mejor y cerró la puerta tras de sí sin mediar palabra.

Conduje directa hasta casa y me derrumbé sobre la cama con los brazos estirados como si pudiera abrazar el único espacio que estaba libre de juicios.

CAPÍTULO QUINCE

Me desperté horas después, amodorrada y deshidratada. La cabeza me zumbaba como si se me hubiera quedado atrapada en un bombo, pero el malestar estomacal había desaparecido. Estaba acurrucada bajo las sábanas, que me cubrían a la perfección, y en la mesilla que había junto a mi cama había un vaso de agua y dos aspirinas. La habitación estaba iluminada por la lámpara de mi escritorio.

Al instante, el corazón me dio un vuelco. Salí de la cama de un salto y me dirigí al lugar donde recordaba haber dejado tirado el bolso, que seguía sobre la silla de ordenador. El panfleto de la píldora y los condones estaban a salvo en su interior y fuera de vista.

Gracias a Dios.

Volví a derrumbarme sobre la cama. Agradecida, me tomé las dos pastillas con un trago de agua y volví a dejar el vaso en la mesilla con un golpe más fuerte de lo que había pretendido. Pero ¿quién me las había dejado?

Como respuesta a mi pregunta, alguien llamó con suavidad a la puerta antes de que el rostro redondo de Wendy asomase por la abertura. Se acercó hacia mí y me habló con un tono de voz gentil.

—Estás despierta. ¿Cómo te encuentras?

—¿Qué hora es? —grazné, con la garganta todavía sin recuperar de la bilis ácida que había vomitado antes.

—Son casi las seis.

Mierda. Me había pasado la mayor parte del día durmiendo.

—¿Te ha mandado mamá a ver cómo estaba?

Ella sacudió la cabeza.

—Le he dicho que estabas ocupada con los ensayos para la universidad para que no viniera a molestarte.

—Oh… —Cuando éramos más pequeñas, Wendy y yo solíamos encubrirnos la una a la otra a todas horas, pero hacía mucho tiempo que mi hermana no les mentía a mis padres por mí. Di otro largo trago de agua antes de añadir—: Gracias. —En aquel momento, me incorporé del todo y me senté como muestra de que de verdad estaba recuperada, pero ella no hizo ningún amago de marcharse—. No me encontraba bien —dije, ofreciéndole una excusa mínimamente plausible. Ella asintió de forma leve, dando la más vaga sensación de estar escuchándome. Saqué las piernas por el borde de la cama—. Bien, tal vez debería…

—Sabes que puedes hablar conmigo, ¿verdad? —me interrumpió. Su tono de voz estaba teñido por una sensación de apremio.

—¿Qué?

—Puedes contarme lo que te ocurre. Soy tu hermana; no voy a juzgarte.

Dudaba muy mucho que aquella última afirmación fuese cierta, pero tenía la mirada suplicante y los dedos entrelazados en nudos ansiosos. Desde luego, parecía muy convincente.

Aun así, dudé. No le gustaba Brad de por sí o la dirección que estaba tomando nuestra relación, así que había una posibilidad de que acabara recibiendo un sermón en lugar del hombro sobre el que llorar que necesitaba.

Por otra parte, era agradable ver que le importaba lo suficiente como para venir a comprobar cómo me encontraba. Era obvio que sabía que ocurría algo, pero todavía no había puesto su cara de desaprobación. Ya era algo.

—Ha pasado algo con Brad. No es nada serio; ya me he encargado de ello...

Wendy se mordió el labio inferior, dividida al parecer entre si quería decir algo o no.

—Entonces... ¿cómo van las cosas entre vosotros? —se arriesgó a preguntar.

Había algo en su comportamiento y en la forma en la que evitaba con tanta delicadeza hablar del tema de forma directa que me hizo pensar que era muy probable que ya supiera lo que había pasado, pero, curiosamente, no me sentí indignada ante la intrusión. Casi era un alivio no tener que pronunciar las palabras en voz alta.

Me encogí de hombros.

—Todavía no estoy segura. En plan... Es complicado.

Se mordió el labio de nuevo. Jugueteaba con las manos dentro de los bolsillos, se las llevaba a las gafas y repetía el proceso.

—Me marcho a Nicaragua por la mañana —me anunció. De pronto, su voz había recuperado su volumen habitual y tenía las manos estrechamente unidas frente a ella.

—Sí; lo sé —dije, intentando alegrar mi tono de voz para que encajara con el suyo—. Diviértete mucho.

—Eh... Ten cuidado mientras esté fuera, ¿de acuerdo? Puedes mandarme un mensaje siempre que quieras.

Asentí.

—Gracias.

Me dedicó una última sonrisa, una que parecía el tipo de sonrisa alentadora que le dedicas a una persona enferma de gravedad tras asegurarle que todo va a ir bien cuando sabes que no va a ser así; una sonrisa que indicaba que, si bien deseaba que me pasaran cosas buenas, en realidad, no pensaba que fuesen a ocurrirme; una sonrisa que lo decía todo sobre cómo veía mi futuro si continuaba por el mismo camino.

—Mamá ha dicho que la cena estaría lista en unos veinte minutos —dijo, antes de cerrar la puerta tras de sí.

Volví a dejarme caer sobre la cama con los brazos sobre los ojos para escudarlos de la luz que, en aquel instante, me resultó tan brillante que me estaba cegando.

Pasé los siguientes días escondida en mi habitación, rememorando tanto «el incidente», tal como lo había llamado la enfermera de Planificación Familiar, como la reacción de Wendy. Se había mostrado muy... amable al respecto. Y, si lo pensaba bien, Rhys también. Desde luego, debía de haber algo en el aire si las dos personas que, de normal, eran las que más conseguían atormentarme, estaban actuando de una forma tan amistosa. Tal vez, sencillamente, fuese así de patética.

Mi teléfono vibró, arrastrando mi atención a la fuente de origen de mi miseria en aquel momento.

Te quiero.

Llámame.

¿Sigues ocupada?

¿Va todo bien?

Te echo de menos.

Echo de menos tu carita.

Tierra llamando a China.

China, responde.

Lancé el teléfono a la otra punta de la cama donde, con suerte, desaparecería y las almohadas servirían de aislamiento y se tragarían cualquier otro sonido que emitiera. Había empezado lo que me parecían un millón de mensajes para Candace y Liz, pero no había ninguna manera sucinta de resumir todo lo que había pasado en los últimos días. Ni siquiera estaba segura de querer contárselo. En esencia, ya no era un problema. Me había ocupado de ello y no tenía ningún problema sin resolver con haberlo hecho. Sin embargo, tampoco sabía cómo explicar el repentino cambio de mis sentimientos hacia Brad y por qué, de pronto, sentía un nudo en el estómago cada vez que me llamaba «China».

Oía unos zumbidos amortiguados procedentes de los almohadones, y la culpabilidad por ignorarle comenzó a arrastrarse hacia mi pecho de nuevo. Me había dicho a mí misma que era muy razonable tomarse un día para procesar lo que había ocurrido. Aquel día se había convertido en dos y dos en tres, así que, allí estaba, cuatro días después, temiendo el sonido del teléfono porque sabía que sería él, mandándome otro mensaje para comprobar y asegurarse de que estaba bien.

Era una novia de mierda. Tal como me había dicho en el coche, aquello era algo a lo que nos estábamos enfrentando los dos, pero yo lo había dejado al margen por completo. De acuerdo, él había tenido la peor reacción posible a la situación, pero eso no me daba derecho a ignorarlo sin más. Yo sabía perfectamente lo que era que te ignoraran y, aun así, no conseguía obligarme a contestarle.

Todo lo que estaba haciendo en aquel momento que me ponía de los nervios (los mensajes constantes, el comprobar cómo estaba e incluso los motes adorables) eran las mismas cosas que me habían encantado de él antes de lo que había ocurrido. Me había dado exactamente lo que había deseado, incluido el modo un poco posesivo en que insistía en caminar siempre rodeándome los hombros con un brazo, como si quisiera que todo el mundo supiera que me había reclamado. Había deseado a alguien que me adorara y, ahora que tenía a ese alguien, no podía soportar la idea de tener que volver a verlo de nuevo.

La música que sonaba a través de los altavoces cambió a la siguiente canción y salté de la cama a toda velocidad para cambiarla antes de que la melodía de Metallica hubiese superado las primeras notas. Lo último que necesitaba en aquel momento era un recordatorio de Rhys.

En cierto sentido, el ser consciente de que él sabía lo que había ocurrido era peor que saber que lo sabía Wendy. Como si el hecho de que no hubiera querido acostarse conmigo hiciera que pareciera que me había tirado a la primera persona que había estado disponible después de él.

Otro zumbido amortiguado me llegó desde debajo de los almohadones y, con mucha reticencia, me volví a dejar caer sobre la cama y me estiré para recuperar el teléfono de su mullida prisión.

Si no tienes ganas de hablar, puedes llamarme y hablaré yo solo.

Necesito verte.

Por favor.

Me estoy volviendo loco.

Nunca nadie me había necesitado. Ni mis amigas, que estaban tan ocupadas con el trabajo, con los entrenamientos de fútbol sala o lo que fuera que ni se habían dado cuenta de que llevaba desaparecida en combate cuatro días; ni Wendy, que me había mandado dos mensajes desde que se había marchado, solo para recordarme que estaba ahí por si la necesitaba yo a ella; y, desde luego, tampoco mis padres, que se habían pasado los últimos días recordándome que «néng zhě duō láo» («Las personas talentosas se mantienen ocupadas») y señalando que era evidente que yo no estaba ocupada en aquel momento.

Sin embargo, la necesidad de Brad me agobiaba, como si estuviera intentando nadar atravesando el océano y él se hubiera disfrazado de salvavidas, pero hubiese resultado ser una roca pesada. Por mucho que quisiera creer que la insistencia de mi madre en alcanzar la excelencia era una idiotez, no podía negar la necesidad que seguía sintiendo de, al menos, intentar alcanzarla, incluso aunque no fuese de la forma o al nivel que ella esperaba. Asistir a Northern Iowa solo porque ya me habían aceptado parecía darse por vencida. ¿De verdad, con toda sinceridad, me había esforzado al máximo para encontrar una universidad que mis padres fueran a aprobar? ¿O había estado saboteando sin querer el proceso, consciente de que no les gustaría nada de lo que eligiese, y por eso no me había esforzado demasiado? Después de todo, llevaba años haciendo lo mismo con la música.

El móvil volvió a vibrar, separando mis pensamientos de la teoría y haciendo que regresaran a la práctica. Deslicé el dedo por la pantalla y me encontré con otra avalancha de mensajes de Brad, apilados los unos sobre los otros como un soliloquio sin fin de necesidad.

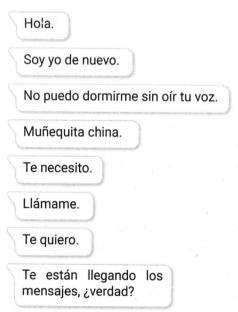

Hola.

Soy yo de nuevo.

No puedo dormirme sin oír tu voz.

Muñequita china.

Te necesito.

Llámame.

Te quiero.

Te están llegando los mensajes, ¿verdad?

> Por favor, contéstame.

Volví a lanzar el teléfono al otro lado de la cama. En aquella ocasión, no por cansancio, sino por frustración. No me necesitaba porque lo hiciera feliz, porque le gustase hablar conmigo o porque lo hiciera reír o sonreír; me necesitaba como un submarinista necesita el oxígeno, como si no supiera cómo vivir sin mí. Incluso a kilómetros de distancia, incluso sin responder al teléfono, podía sentir que su necesidad era tan palpable que se expandía en el espacio que nos separaba, con sus dedos ambiciosos estirándose hacia mis pulmones y robándome el oxígeno para devolvérselo a él.

Aquello no iba sobre amor o sentimientos: quería poseerme. Quería conservarme, como una auténtica muñeca de porcelana china (daba igual que no fuese china en realidad) que pudiera sostener y adorar y que nunca lo abandonara. El hecho de que nunca se hubiera molestado en identificarme de forma adecuada no era más que un agravante. ¿Me había amado de verdad en algún momento? Tal vez no supiera lo que era el amor. Tal vez, yo tampoco. Pero, fuera lo que fuera, estaba segura de que no era aquello.

Espoleada por aquella repentina revelación, salí de la cama y me lancé sobre la silla del escritorio. Estar con Brad me había adormecido hasta tal punto que no había avanzado con mi hoja de cálculo universitaria. Por suerte, había tomado la precaución de añadir una columna para los centros que tenían programas musicales notables. El hecho de si quería o no comprometerme a tocar el violín otros cuatro años ya no importaba; iba a ser mi billete de salida de aquel sitio. Los plazos para las admisiones anticipadas habían pasado hacía tiempo y, aunque mis notas eran perfectas, no era probable que las universidades fueran a volcarse en atrapar a otra asiática más con todo sobresalientes. A menos que quisiera acabar como Britney Lee, necesitaba una beca real y sustanciosa, no solo una admisión. Desde luego, no contaba con la solicitud pendiente que tenía con Northwestern.

Mis dedos volaron sobre el teclado mientras redactaba correos electrónicos para todos los directores musicales en los que enumeraba mis triunfos y a los que adjuntaba un archivo en el que aparecía tocando. En ellos les preguntaba si tenían hueco en su programa y si estarían interesados en hacerme una oferta. Probablemente, fuera demasiado tarde para esperar gran cosa, pero si el centro no era muy caro y me cubría al menos la mitad del coste, podría pedir un préstamo para subvencionarme el primer año y, a partir de ahí, negociar unas mejores condiciones. O podría solicitar el certificado de residencia y conseguir el precio asignado a los residentes del estado en cuestión. Buscaría un trabajo si era necesario. Cualquier cosa con tal de no acabar en Northern Iowa.

Redacté correo tras correo a los diferentes departamentos musicales, exponiendo mi más profundo deseo de asistir a su universidad, mi amor por la música y mi dedicación sin límites a alcanzar la perfección, tal como demostraba mi riguroso horario diario. Mentí, mentí y mentí, una y otra vez, hasta que, por fin, hube marcado la última casilla. Con la espalda dolorida y los dedos rígidos, me derrumbé sobre la cama en un estado reticente de triunfo. Había terminado de contactar con toda la lista. Puede que no obtuviese ningún resultado, pero, por el momento, había dado un paso hacia algo. Había dado lo mejor de mí y, ahora, solo me quedaba esperar para ver si había sido suficiente.

CAPÍTULO DIECISÉIS

Para cuando llegó Nochevieja, mi ansiedad había vuelto a dispararse. Ya había empezado a recibir rechazos de universidades que hacía tiempo que habían ofrecido sus becas a gente que no esperaba al último minuto para poner sus vidas en orden.

Al fin había contestado a los mensajes de Brad, aunque solo para que supiera que estaba viva y que necesitaba cierto espacio para procesar las cosas. Pensé que aquello ayudaría a frenar la avalancha de mensajes que me mandaba, pero en su lugar era como si supiera que estaba intentando alejarme y había redoblado sus esfuerzos para asegurarme que me necesitaba en su vida con desesperación. Había deseado que celebrásemos la noche juntos. «Un nuevo año el uno al lado del otro», me había dicho. Le había mentido y le había dicho que mis padres no iban a dejarme. Después, había ido a casa de Liz, que estaba celebrando una pequeña fiesta porque su padre era uno de aquellos padres que pensaba que era más seguro permitirnos beber en su casa, ya que «vais a hacerlo de todos modos». Sinceramente, el hombre no era consciente de la suerte que tenía de haber acabado con una hija tan santurrona. En los tres años que habían pasado desde que sus padres se habían divorciado, solo había invitado a gente a beber en un par de ocasiones.

—Supongo que deberíamos darle las gracias a los de Cedar por dejarte pasar la noche con nosotros en Grove, ¿eh?

La voz de Rhys interrumpió mis pensamientos. Alzó su vaso en una especie de brindis burlón por el hecho de que había vuelto a aparecer en casa de Liz en lugar de estar celebrándolo con el novio al que nadie sabía que estaba evitando.

Alcé mi propio vaso hacia donde estaba sentado en un sillón de dos plazas que hacía juego con mi sofá de cuero negro. Ambos resaltaban como un par de ojos negros contra las paredes pintadas de un color amarillo brillante. El estereotipo de que los padres divorciados no tienen estilo era un cliché, pero lo era por un buen motivo. En el salón había una calcomanía gigante de los Iowa Hawkeyes, por el amor de Dios. Era como estar dentro de un vestuario.

—Qué suerte tienes, ¿eh? —le pregunté con una sonrisa sarcástica.

—Bueno, yo sí que me alegro de que estés aquí —me dijo Liz, golpeándome con la rodilla mientras se sentaba a mi lado, en el reposabrazos, balanceando el cuerpo de un lado a otro—. No puedo ser la única que no aguanta bien el alcohol durante Nochevieja.

A pesar de ser al menos treinta centímetros más alta que yo y de que, probablemente, me doblaba el peso solo en músculo, la tolerancia de mi amiga al alcohol estaba al nivel de la mía porque tan apenas bebía nunca. El único indicio de que estaba achispada era cuando empezaba a ponerse amistosa, cambiando su habitual colección de miradas serias por movimientos de cabeza propios de alguien con dos copas de más y discursos sensibleros sobre las cosas por las que se sentía agradecida.

—Ojalá Candace estuviera aquí —dijo con un suspiro—. Quiero que mis dos mejores amigas estén conmigo el último día del año. Deberíamos estar celebrándolo juntas antes de que nos graduemos y empecemos a separarnos y a distanciarnos. ¿Y si dejamos de ser mejores amigas después del instituto? No quiero que este sea nuestro último recuerdo juntas.

Sí, estaba muy borracha. Me di una palmada en las rodillas y me levanté.

—Muy bien, borrachina; vamos a darte un poco de agua.

Intenté ponerla en pie, pero no se quería mover, así que no puso demasiado de su parte. Rhys suspiró con pesadez, se levantó de su asiento y cruzó la alfombra arrastrando los pies.

—Ya me encargo yo.

Tiró de ella y la puso en pie con facilidad. Después, la condujo hacia la cocina, que era donde se habían reunido todos en torno al barril de cerveza. Convenientemente, Paul había vuelto a proveer el alcohol. No había mucha gente presente; tan solo Savannah, los chicos y un par de chicas del equipo de vóleibol de Liz durante la temporada de otoño. Sin embargo, en la casa había el ruido propio de una muchedumbre mucho más grande; sobre todo con la voz de Grayson retumbando varios decibelios por encima de la de los demás.

Es probable que hubiera tenido que unirme a ellos en la cocina para mostrarme sociable, pero no me apetecía demasiado. Había creído que asistir me ofrecería una distracción, ese regreso a la normalidad que había estado deseando. Pero había algo en la velada que me resultaba extraño. Candace no estaba, Liz estaba borracha y Rhys... Bueno, Rhys era Rhys. Cuando se trataba de él, nunca podía adivinar qué le pasaba.

No habíamos vuelto a hablar desde nuestro encontronazo en el parque. Al menos, hasta la incómoda pulla que me había lanzado sobre no pasar aquella noche con Brad. No sabía si aquella era su manera de intentar hacer una broma o si, en secreto, estaba comportándose como un gilipollas al respecto. Ambos escenarios me parecían igual de probables.

Saqué el teléfono e hice mi ronda habitual por las aplicaciones. Vi las fotos que otras personas ya habían subido de sus veladas. Los asistentes de mi fiesta empezaron a regresar al salón y quité de la pantalla las caras felices de otra gente tan rápido como pude; tenía más que suficiente con aquellas a las que tenía que enfrentarme en persona. Dos de las chicas del equipo de vóleibol de Liz se sentaron a mi lado en el sofá y, con el peso de ambas, estuve a punto de salir disparada del asiento y caer en sus regazos. Me alejé todo lo que pude, agarrando con fuerza mi teléfono. Si enterraba la cara en él, tal vez la gente evitara hablar conmigo durante el resto de la noche.

El simple hecho de haber asistido a la fiesta había sido un error.

Abrí la bandeja de entrada de mi correo, esperando encontrarme con más rechazos universitarios. Al parecer, a juzgar por la cantidad de noes que había recibido en los últimos días, los directores musicales no tenían nada mejor que hacer durante las vacaciones que ponerse al día con sus correos electrónicos.

Sin embargo, allí donde había esperado encontrar el habitual «Nos sentimos muy halagados por su interés, pero, por desgracia…», el corazón me dio un vuelco al toparme con las palabras «vacante inesperada». Ojeé rápidamente el resto del mensaje hasta que leí: «Nos encantaría recibirla para una visita oficial».

Volví a leerlo y, después, lo leí una vez más para asegurarme de que no lo había malentendido. ¿Alguien me estaba ofreciendo un viaje para que comprobara si quería aceptar?

Me levanté del sofá de golpe como si me hubieran electrocutado. Tenía que contestar. En aquel mismo instante, antes de que cambiasen de opinión. Sin embargo, lo único que se le ocurría a mi cabeza era la palabra «sí» con un millón de signos de exclamación.

Salí del salón a trompicones y con los ojos pegados al mensaje por miedo a que desapareciera si apartaba la mirada. Tenía que encontrar un sitio tranquilo en el que pudiera escuchar mi propio cerebro. Me escabullí por el pasillo y entré en la habitación de Liz, asegurándome de que nadie se fijara en mi desaparición. No necesitaba que mi amiga borracha me sermoneara por haberme convertido de pronto en la aburrida de la noche.

—Cierra la puerta —dijo una voz con tono atontado. Giré la cabeza hacia allí de golpe y me sorprendí al encontrarme a Rhys tumbado en la cama—. Ah, eres tú —masculló, arrastrando las palabras. Entrecerró los ojos ante la luz que se colaba en la estancia.

Cerré la puerta.

—¿Qué haces aquí? —le pregunté.

—Ya sabes, poniéndome al día con los impuestos y archivando el papeleo. —Incluso borracho, era un listillo—. ¿Vas a quedarte ahí de pie, vigilando la puerta o vas a venir aquí?

Con descuido, dio una palmadita al espacio que había junto a él. ¿Quería que me tumbara a su lado? Con el cerebro en modo automático, me abrí paso poco a poco a través de la habitación oscura, arrastrando los pies cubiertos solo por los calcetines por la moqueta con las manos extendidas y listas para evitar chocarme contra cualquier cosa que hubiese en mi camino.

El colchón gruñó cuando Rhys se movió para hacerme hueco y que pudiera tumbarme a su lado. Lo hice lo más silenciosamente posible, como si alguien que estuviera fuera fuese a poder oír el suave roce de las sábanas y fuese a entrar corriendo para descubrirnos allí.

Durante los dos meses que habíamos estado juntos, no había estado con él en una cama ni una sola vez. Sin embargo, allí estaba, tumbada a escasos centímetros de él como si hubiéramos hecho aquello un millón de veces. Tenía las ideas agitadas mientras intentaba dilucidar por qué había aceptado hacer aquello. No era como si Rhys estuviese intentando una maniobra romántica; ni siquiera había parecido interesado en algo así cuando salíamos juntos. ¿Significaba eso que ahora quería que fuésemos amigos? Tal vez, aquel día en el parque no había estado juzgándome, tal como había creído.

En el techo, las estrellas adhesivas que Liz había pegado hacía tantos años y que nunca se había molestado en quitar, emitían un leve resplandor. En lugar de esparcirlas de forma aleatoria, las había colocado de tal modo que deletreasen la palabra «estrella». Tal vez fuese un poco exagerado, pero así era mi amiga. Al menos, me ofrecían algo en lo que centrar la mirada.

—He recibido una oferta para ir a visitar una universidad —dije—. En plan… Quieren que vaya a hacer una audición.

No sabía por qué estaba contándoselo, pero decir las palabras en voz alta hacía que fuese más real.

—Guau —murmuró—. Felicidades, supongo.

El espacio que había entre nosotros se llenó de las cosas que no nos habíamos dicho. Imaginé que me preguntaba por qué estaba tan emocionada por ir a tocar para una universidad cuando apenas unas semanas atrás estaba feliz ante la posibilidad de no volver a tener que actuar nunca jamás. Me imaginé contestando que era un asunto complicado. Mientras estábamos juntos, solo habíamos hablado del hecho de que tocara el violín en un par de ocasiones, pero estoy segura de que le había dado la impresión de que lo odiaba. Era mucho más fácil dejar que la gente creyera eso antes que tener que explicar la verdad.

—Está en el estado de Washington —añadí.

—Eso está… lejos.

—Eso podría ser bueno.

—¿Por tus padres?

Mis padres. Puaj. Tener que admitir en voz alta que mi madre tenía razón con respecto a lo de que no dejara la música o me conformara con Northern Iowa no me gustaba. Ya era lo bastante insufrible de por sí. Pero, incluso aunque acabara odiando aquella nueva universidad, su interés en mí al menos demostraba que no era tan vaga ni estaba tan desmotivada como ella creía.

—Mis padres todavía quieren que vaya a Northwestern —contesté—. Por cierto, me han admitido —añadí—. Recibí la carta hace unos días.

—Pareces muy emocionada.

—Es complicado —suspiré. En aquella ocasión, sí dije las palabras en voz alta.

Al principio, me había sentido eufórica. Aquel trozo de papel parecía demostrar de una vez por todas que era al menos tan inteligente como Wendy. Pero en lugar de aliviar la presión que sentía, pareció aumentarla, pues era un recordatorio constante de que la admisión solo era la mitad de la ecuación. Mis padres ni siquiera me habían felicitado, excepto para decirme que debía avisar al director musical de inmediato para intentar que se apresurara a tomar una decisión con respecto a la beca.

Había enviado aquella oleada de correos electrónicos en un intento de huir lo más lejos posible de Brad y de cualquier futuro que, cuatro años después, fuese a situarme cerca de Pine Grove. Los había enviado para protegerme de la posibilidad de que me rechazasen en Northwestern. Sin embargo, hasta cinco minutos atrás, no había estado muy segura de si creía o no que fuese a funcionar de verdad. Y, en aquel momento, con la elección mirándome de forma directa a los ojos, al fin me di cuenta de lo que significaría ir a la universidad casi a la otra punta del país. No solo estaría abandonando a Brad, sino a todos aquellos que me importaban: Candace, Liz... y él.

Tal vez las cosas siguiesen resultando un poco incómodas entre nosotros, pero era una incomodidad que también me parecía familiar. En algún momento, se había convertido en la forma en la que funcionábamos. Como cuando pasas tiempo con un amigo de la infancia con quien no compartes nada más allá del pasado común del que no quieres deshacerte.

El prolongado silencio que se había producido entre nosotros en medio de la habitación oscura se había convertido en algo íntimo y, por fin, su falta de palabras que decir me resultó reconfortante. Hasta entonces, todas las otras conversaciones que había mantenido sobre la universidad parecían haber provocado un aluvión de preguntas que no estaba preparada para responder, todas ellas con la intención de desvelar mi verdadero yo. Estaba bien pensar que, por una vez, tenía cierto margen de maniobra para poder... respirar.

—¿A qué universidad quieres ir? —espeté.

Una parte de mí tenía la esperanza de que él también fuese a marcharse para no ser la única. Era complicado abandonar un lugar que nunca abandonaba nadie, pues había cierta seguridad en las grandes cantidades de gente y, extrañamente, sentía cierta solidaridad hacia Rhys. Ambos éramos alumnos de clases avanzadas, destinados a cosas más grandes y mejores. Sin importar cuánto fingiese que no le importaban las notas, los exámenes o estudiar, le importaban lo suficiente como para apuntarse a las clases avanzadas. Sin duda, eso significaba algo.

Permaneció en silencio un instante antes de responder con la voz temblorosa a causa del alcohol.

—No lo sé. Supongo que a Northern Iowa, como todos los demás. Probablemente, tendría que enviar ya mi solicitud.

—Espera, ¿no has presentado solicitud a ningún sitio? Podrías ir a la que quisieras. ¡Sacaste una nota casi perfecta en las pruebas de acceso! ¿Por qué no estás buscando otros centros? En plan... Los plazos límite están a la vuelta de la esquina.

Podía notar cómo me estaba convirtiendo en mi madre, riñéndole como si mi futuro dependiera del suyo, porque si él sabía cómo escoger la mejor opción, tal vez yo también.

Rhys extendió el brazo y, en medio de la oscuridad, su mano encontró la mía. Me sorprendió lo normal y reconfortante que me pareció. Mientras habíamos estado juntos, no nos habíamos dado la mano ni una sola vez. Brad y yo sí, pero, de normal, como señal de que éramos una pareja. Por ejemplo, cuando iba conduciendo o cuando quería decirme algo especialmente cariñoso. Nunca nadie me había tomado la mano solo para darme seguridad como si estuviera calmando un bote zarandeándose en medio del mar.

Solo nuestras manos se rozaban, pero el resto de mi cuerpo anhelaba que lo calmaran también, que me abrazaran con tanta fuerza que no pudiera moverme y muchos menos pensar. Quería distraerme con el aroma a caléndulas y a pino mientras tenía la cara enterrada en un trozo de franela cálida. Quería que me pasaran los dedos por el pelo y que, con suavidad, calmaran mi cerebro para evitar que saliera disparado en las ciento una direcciones que estaba tomando.

La intensidad de mi deseo se hizo añicos cuando las partes más nerviosas de mí comenzaron a arrastrarse hasta mi pecho de nuevo; aquellas partes que me hacían preguntarme si estaba hablando demasiado, si no estaba hablando lo suficiente o si estaba diciendo las cosas adecuadas. Aquella recién descubierta amistad estaba atrapada a medio camino entre mi yo del pasado, que quería gustarle con desesperación, y mi yo del presente, que estaba decidida a ser independiente y estar libre de ataduras.

Rhys me estrechó la mano, como si supiera que necesitaba que me dieran confianza, pero tan solo consiguió hacerme sentir peor. Brad estaba por ahí, en alguna parte, creyendo que estaba encerrada en una habitación oscura, desbordada por mis sentimientos con respecto a algo que ya casi había borrado de mi mente. Mientras tanto, en su lugar, estaba en una habitación oscura con mi exnovio, hablando de nuestros futuros como si estuvieran más ligados que el mío con el de Brad.

Era como la renombrada mujer de las enseñanzas chinas cuya historia debía enseñarnos la vergüenza de ser egoístas. «Dōng shí xī sù». «Comer en el este y dormir en el oeste». Todavía no había roto con Brad porque, aunque sabía que, en realidad, no quería estar con él, no estaba lista para dejar marchar a la única persona que, al menos, intentaba amarme. Al mismo tiempo, me había permitido quedarme ahí tumbada, dejándome llevar por la pequeña fantasía de que tal vez seguía habiendo algo entre Rhys y yo, porque me hacía sentir mariposas en el estómago. Estaba siendo avariciosa en el peor de los sentidos, marcando con los dedos las páginas de uno de esos libros de «Elige tu propia aventura» para poder leer el desarrollo de todas las historias posibles sin tener que escoger ninguna en realidad.

Rhys comenzó a hablar con voz ronca en lugar de la suya. Se aclaró la garganta y lo intentó de nuevo.

—Cuando éramos pequeños, mis padres nos llevaron a Paul y a mí a Seattle. Fue... —Dejó la frase en suspenso tanto tiempo que no estaba segura de si iba a terminar de decir lo que estuviera pensando—. Fue agradable —terminó más tarde.

¿Cómo demonios debía responder a eso? Me decidí por su respuesta habitual.

—De acuerdo.

Ay, Dios. ¿Por eso él siempre me respondía así? ¿Acaso era siempre ese tipo de persona dispersa y medio incoherente que no dejaba de hablar sobre algo mucho después de que la conversación hubiese cambiado?

Una oleada de pánico se apoderó de mi estómago cuando, de pronto, me acordé del humillante fracaso que había supuesto la «Misión: Mamada» en la cabaña de Liz. Había roto con él después de aquello, pensando que me odiaba porque no había querido acostarse conmigo. Sin embargo, al verle allí tumbado, borracho, torpe y dulce, pero sin ser él mismo, pude imaginarme cómo me había visto él aquella noche.

¿Y si había sido yo la que lo había arruinado todo para nada? ¿Y si había tenido una explicación razonable para su ausencia aquellos cuatro días siguientes? ¿Por qué no le había preguntado sin más dónde había estado?

En ese momento, su mano empezó a quemarme más que a resultarme reconfortante. Era como un calor sofocante que se colaba a través de mi piel y que me removía la sangre a toda velocidad, como si fuera electrones saltando a una órbita superior. Tenía que salir de allí antes de hacer una pregunta cuya respuesta no estaba segura de querer saber. Ya había cometido bastantes errores sin tener que lanzarme de nuevo al particular infierno que era intentar descifrar los sentimientos de Rhys.

Aparté la mano con más fuerza de lo que había pretendido, lo que hizo que él se despertara de golpe de un sueño superficial.

—¿Me lo he perdido? ¿Es media noche? —grazno, levantando la cabeza un centímetro de la almohada con los ojos tan apenas abiertos.

Me mordí el labio, esforzándome mucho en no pensar en lo que ocurriría si seguía allí tumbada a su lado cuando diera la media noche.

—Vuelve a dormir —susurré—. Te despertaré cuando llegue el momento.

Satisfecho, volvió a enterrar la cabeza en el almohadón de Liz y su respiración se volvió pesada y regular. Salí de la habitación y me marché de la fiesta unos minutos después, mucho antes de que la bola cayera y la gente empezara a mirarse en busca de un beso a media noche. De vuelta en casa, sana y salva, hice caso omiso de los mensajes de Brad. Tenía el teléfono aferrado contra el pecho mientras miraba fijamente el techo, deseando poder desaparecer en la inmensa oscuridad que había sobre mi cabeza.

CAPÍTULO DIECISIETE

Me comporté como una persona terrible al romper con Brad a través de un mensaje. No había podido hacer frente a la idea de otra ruptura en persona en la que la culpabilidad pudiera reflejarse en mi rostro. Me había llamado, exigiendo una explicación para algo «tan repentino». Como si no hubiera resultado obvio de inmediato que no éramos compatibles en el mismo momento en el que había sugerido que tal vez fuese una buena idea que tuviera un bebé mientras aún estudiaba en el instituto.

Había permitido que se aprovechara de mi debilidad y me convenciera de que era una testaruda y egoísta por no dejar que me amara. Me había hecho enfrentarme a mí misma y se había colado entre las grietas de mi autoestima, haciéndome creer que era él el que conseguía que estuviera completa; que, sin su constante consuelo, me haría añicos porque no tenía a nadie más.

Bueno, pues seguía estando de una sola pieza. Y, tras una hora de oírle llorar por teléfono mientras me rogaba que no lo abandonara y me recordaba cada una de las veces que le había dicho que lo amaba, al fin era libre.

No sin algunas dudas serias sobre mi juicio cuando se trataba de las relaciones, pero libre de todos modos.

El nuevo semestre comenzó y Rhys y yo ya no teníamos ninguna clase juntos, así que no había motivos para que hablásemos. Por lo tanto, no lo hicimos. En su lugar, pasábamos el uno al lado del otro en los pasillos con medias sonrisas y saludos retraídos con la mano como nuestros únicos medios de comunicación. Era como si fuésemos dos vecinos que hubiesen olvidado el nombre del otro después de demasiado tiempo como para volver a presentarse. O bien estaba molesto por lo que había pasado entre nosotros en Año Nuevo, o había estado tan borracho que no lo recordaba.

De todos modos, no tenía tiempo para regodearme en ello; todavía tenía que enfrentarme a mis padres.

Era imposible planificar una visita oficial a Washington sin el visto bueno de mis padres y, dado que era posible que se dieran cuenta si desaparecía varios días, les di la noticia una noche durante la cena. No dijeron gran cosa al respecto.

Había esperado gritos o que me prohibiesen ir. Incluso un breve sermón sobre la decepción o alguna de esas cosas que tanto les gustaban. Por el contrario, no dijeron nada. Así que parloteé sin parar, contándoles cómo había sido el propio programa el que me había encontrado y cómo sería una lástima desperdiciar una oportunidad para ir a ver qué era lo que ofrecían.

Dicho de otro modo: mentí. Sin embargo, me pareció más probable que fueran a sentirse impresionados de que una universidad me hubiera contactado a mí que si admitía que, en medio de un ataque de nervios tras un susto por un posible embarazo, había mandado correos a una docena de universidades con un video en el que aparecía tocando Metallica. Además, era la misma historia que les había contado a Liz y Candace, y era más fácil seguir con una misma mentira que inventarme una diferente para cada persona. No podía permitirme que me vetaran aquella oportunidad; no después de las semanas tan tumultuosas que había pasado.

Cuando terminé de hablar, siguieron comiendo como si nada. Mi madre ni siquiera se molestó en apartar la mirada de su cuenco mientras se comía una hortaliza tras otra sin pausa.

—Bueno… ¿qué os parece? —me atreví a preguntar, agarrando los palillos con tanta fuerza que corrían el riesgo de partirse por la mitad.

—Teniendo en cuenta que nunca antes habíamos oído hablar de esta universidad, no estoy muy seguro de cómo es su calidad académica en comparación con Northwestern —dijo mi padre.

—Bueno, ese es el objetivo de la visita, ¿no te parece?

Intenté que la irritación no se me notara en la voz. Hasta ahora, había hecho todo lo que me habían pedido, incluyendo escribir al director musical de Northwestern para informarle de que me habían admitido y preguntarle si había tenido la ocasión de revisar su presupuesto para el año siguiente. No era culpa mía que no hubiera contestado, aunque a mis padres les daba igual asignar las culpas de forma adecuada o no. Respiré para calmarme e hice mi última súplica.

—Oíd, sé que queréis que vaya a Northwestern, pero no pasa nada por tener más opciones. En plan… ¿Quién sabe? Podría acabar siendo un centro más adecuado para mí.

Mi madre mantuvo los ojos fijos en el plato de judías verdes salteadas que había en el centro de la mesa mientras las tomaba y se las llevaba a la boca de una en una.

—Se me ha olvidado mencionar que, el otro día, me encontré a la madre de Cindy. ¿Te acuerdas de Cindy, la que siempre quedaba mejor que tú y cuyo hermano mayor está médico? Su madre dice que consiguió plaza en Julliard, pero ha escogido Yale. Estar mejor opción. Va a convertirse en abogada. Tal vez algún día en juez. Julliard no le ofrecía eso.

Si todos hubiéramos sido personajes de una película de Batman, mi madre habría sido Enigma: siempre hablaba en clave para exponer su opinión de la manera más pasivo-agresiva posible. El hecho de que Cindy (una jugadora tan entregada que había hecho que le quitaran la escayola de la mano rota tres semanas antes para poder competir en los regionales de la MTNA) hubiese rechazado Julliard tan solo demostraba lo mucho que influían los padres asiáticos en las decisiones vitales de sus hijos; no que ir a Yale fuese una concesión.

—Sí, bueno, Yale no da becas por mérito académico —repliqué, desafiante.

A mi madre le gustaba fingir que estaría muy orgullosa de mí si asistía a alguna universidad prestigiosa, pero no habría ninguna posibilidad de que siguiera presionándome con Northwestern si me decían que no tenían dinero que ofrecerme. En teoría, podías entrar a cualquier facultad de medicina buena si te graduabas con las mejores notas y tenías una calificación muy alta en el examen de acceso a medicina. Era imposible que creyera que merecía la pena contraer una deuda de doscientos cincuenta mil dólares. Ni siquiera por Yale.

—Southern California sí las ofrece —dijo con énfasis.

—¿Y qué? ¿Quién va a estudiar allí?

Las palabras se me escaparon antes de que pudiera detenerlas. Mi madre me había engañado y me había convertido en una participante desprevenida de su juego «Adivina quién tiene una vida mejor que la tuya».

—Pervy... Parvi... Da igual. Ya sabes, la india. —Con un gesto de la mano, disipó su preocupación por la exactitud.

—Se llama Parvati, mamá. No es tan difícil de recordar —contesté, desesperada y frustrada—. Y no puedes referirte a una persona como «la india».

Mi madre fingió inocencia y alzó las cejas hasta el lugar arreglado a la perfección en el que le nacía el pelo.

—¿Por qué no? ¿Acaso no es india?

Suspiré, exasperada. El muy conocido secreto de los asiáticos (aunque se hablase poco de él) es que todos parecían tener una jerarquía interna de culturas en las que los que procedían del este de Asia se creían mejores que los del sur y el sudeste. Además, también clasificaban los países dentro de la propia comunidad de asiáticos del este. Para sorpresa de nadie, según mi madre, Taiwán siempre conseguía estar en lo más alto. Había intentado un millón de veces explicarle lo racista que era eso, pero siempre negaba la acusación. En su cabeza, ¿cómo podía ser racista si tan solo estaba usando la comparación con otros asiáticos para demostrar lo mucho mejor que se les daba la vida que a mí?

No tenía sentido discutir con ella en ese momento. Lo negaría, mi padre me diría que dejara de atacarla y acabaríamos desviándonos hacia una conversación que nada tenía que ver con si podía ir a hacer la visita a Washington o no.

—Lo que quiere decir tu madre es que todas las chicas que conoces están matriculándose en buenas universidades —intervino mi padre—; centros muy reconocidos.

Daba igual que la mayoría de las chicas que conocía fueran en realidad de Pine Grove y ninguna de ellas fuese a asistir a un «centro muy reconocido». En la mente de mis padres, las únicas personas con las que debía compararme eran otras chicas asiáticas a las que se les daba mejor tocar el violín que a mí.

—No es más que una visita —rogué—. Pensaba que os emocionaría que alguien estuviera barajando la posibilidad de ofrecerme una plaza.

Mi madre suspiró con pesadumbre, como si estuviera teniendo una pataleta en lugar de defendiendo mi posición de forma educada para poder aceptar una beca universitaria.

—Te perderás el Año Nuevo chino.

Me pasé el pelo detrás de la oreja, tragando saliva con un gesto de culpabilidad.

—Lo sé, pero ya es bastante tarde y si lo dejo pasar más tiempo, tal vez se lo ofrezcan a otra persona. El director dijo que era el primer fin de semana que tenía disponible, así que...

Mis padres intercambiaron una mirada rápida y mi padre hizo la señal que indicaba que la decisión final era de mi madre. Ella se encogió de hombros de manera casi imperceptible, incapaz de que le importara lo suficiente como para alzar los hombros del todo.

—Si a ti no te importa, ¿por qué iba a importarme a mí?

No quería darle un motivo para que cambiara de opinión, pero el hecho de que fuera a dejarme ir sin oponer apenas resistencia parecía poco probable.

—Hay muchas universidades. Solo porque nunca hayas oído hablar del centro, no quiere decir que sea malo —insistí.

Ella alzó la vista hacia mí y me atravesó con su peculiar mirada como si fuese un panel de cristal trasparente.

—«Méi zuò kuī xīn shì, bú pà guǐ jiào mén» —dijo—. «Una conciencia tranquila no teme una llamada a medianoche».

CAPÍTULO DIECIOCHO

Cuando había accedido a pasar un fin de semana largo en Washington durante el Año Nuevo lunar, había esperado perderme las festividades por completo. Sin embargo, nada más conocer a mi anfitriona (Amy, una violinista de segundo curso procedente del Área de la Bahía de San Francisco), me había preguntado si celebraba las fiestas y, cuando le había confirmado que sí, una mirada de alivio le había atravesado los ojos. Me había explicado que ella y sus amigos habían hecho planes mucho antes de que yo hubiera reservado la visita.

Después de eso, fue imposible no darme cuenta de la cantidad de personas asiáticas con las que nos cruzábamos en el campus. Era extraño, pero en el buen sentido. Por una vez, cuando la gente me miraba, no tenía que preguntarme si era porque era la única persona no blanca que habían visto. Wendy solía reírse y decir que suponía que la miraban porque era guapa. Sí, en serio.

Un rápido vistazo a los atuendos que vestíamos Amy y yo descartó la teoría de mi hermana. En todo caso, la estaban mirando a ella. No tengo ni idea de cómo era posible que no se estuviera congelando con nada más que unos pantalones tobilleros tan finos como el papel y una cazadora motera corta. Sin embargo, tenía un aspecto tan fiero que estuve a punto de chocarme con una papelera porque no dejaba de mirarla de reojo.

—Parece que hay muchos asiáticos por aquí —dije, con la esperanza de que no se hubiera dado cuenta de mi torpe tropiezo con la papelera—. ¿Cuáles son los datos demográficos de la universidad?

Amy se encogió de hombros, pero siguió caminando con actitud decidida.

—No conozco el desglose concreto; tendrás que hacer una visita guiada oficial para que te den ese tipo de estadísticas. Ya te advierto de que no se acerca de ningún modo a la mayoría, pero sí tenemos un número decente de estudiantes internacionales, al menos de Asia. Aun así, la mayor parte siguen siendo blancos. Ya lo verás; la cafetería principal está llena de pizza, hamburguesas y la versión blanca de los burritos, con patatas fritas dentro. Toda la comida supuestamente asiática está relegada a un rincón y, aun así, sigue siendo comida de cafetería sin ningún tipo de sabor real. La mayoría de nosotros, si queremos algo auténtico, comemos fuera. Hay algunos sitios muy buenos en la ciudad si sabes dónde buscarlos.

Intenté hacerme a la idea de cómo era una cafetería que ofreciera comida asiática. Lo más parecido que teníamos en Pine Grove eran tallarines crujientes en la zona de ensaladas. Si aquello era lo que a Amy le parecía una mayoría de blancos, me hubiera gustado que hubiera venido a pasar un día en Iowa y que hubiera visto a mis amigos haciendo sonidos de asco ante mis aperitivos de calamar seco mientras ellos comían con alegría maíz tostado que olía a pies sudados. Eso sí que era lo que suponía estar entre una mayoría de blancos de verdad. En Pine Grove ni siquiera había un sitio donde sirvieran burritos, llevasen patatas fritas o no.

Hasta ese momento, no se me había ocurrido que había estado utilizando «gente blanca» como sinónimo de «gente del Medio Oeste», donde se consideraba que la marca Kraft Singles era una categoría de comida y donde la gente se mostraba recelosa ante cualquier cosa que les pareciese rara. Al estar rodeada de tanta gente asiática y al escuchar a Amy sobre cómo era crecer en un ambiente más diverso, al fin me di cuenta de que gran parte de la cultura del Medio Oeste no era más que cultura blanca. Tal vez, en el fondo, en algún nivel del subconsciente, ya supiera que era así y por eso había estado dando largas al asunto de ir a Northwestern.

O, tal vez, me estaba engañando a mí misma y solo estaba buscando una explicación más poética al hecho de que quisiera asistir a aquel centro que no tuviera nada que ver con Wendy o mis padres. De todos modos, ya me sentía más cómoda allí que en cualquiera de las universidades que había visitado en Iowa.

Amy siguió adelante, guiándome a través de los edificios en los que se daban las clases e indicándome cuáles eran sus lugares favoritos para estudiar a lo largo del campus. Después, fuimos hasta el edificio de música. Todo el paseo nos llevó unos treinta minutos, lo que no era tiempo suficiente para que mi cuerpo procesara siquiera que lo estaba obligando a hacer ejercicio.

—Aquí estamos —me anunció cuando llegamos fuera del edificio, cuyo exterior era de discretos ladrillos marrones.

Abrió de un tirón las puertas dobles de acceso y, a través de un segundo par de puertas que, evidentemente, conducían a algún tipo de auditorio, nos llegó flotando el sonido de una música familiar.

Amy se dirigió hacia allí como si, de todos modos, se dispusiera a entrar.

—Creo que hay una actuación en marcha —susurré, lo bastante alto como para que me oyera.

Clavé los pies sobre las baldosas grises. Entrar a mitad de una pieza era una gran metedura de pata, algo que seguro que ella sabía.

—No hay ninguna actuación programada —contestó mientras señalaba el boletín que había en un tablón de anuncios que colgaba de la pared—. Probablemente, sea Gang. Hay pianos en todas las salas de ensayo, pero a él le gusta ensayar en el auditorio porque tiene escenario. Es un auténtico creído.

Puso los ojos en blanco antes de usar toda la fuerza de su cuerpo esbelto para abrir una de aquellas pesadas puertas.

El auditorio era más grande de lo que parecía desde el exterior. Entre las paredes blancas cubiertas por paneles aislantes y un escenario enorme de madera blanqueada había una zona de asientos rojos aterciopelados. Habían atenuado las luces de la zona del público y un foco centraba toda la atención en la figura que estaba sentada en el enorme piano de cola negro que había en el escenario.

Amy me condujo por el pasillo central hasta allí. Era evidente que no le preocupaba si estábamos interrumpiendo o no a Gang, cuyos dedos se derramaban sobre las teclas como gotas de agua en un cristal. El cabello negro y liso se le agitaba de un lado a otro mientras movía la cabeza al ritmo de la música. Su torso, por el contrario, permanecía perfectamente recto. Aquella era la postura de un verdadero pianista.

No podía seguirle el paso a mi anfitriona porque el sonido de Mozart me transportaba a la intimidad de mi propio dormitorio. Había escuchado aquella misma pieza un centenar de veces. De hecho, probablemente, un millar. Conocía cada floritura y cada crescendo, y sonaba tan perfecta que parecía como si el propio compositor la estuviera tocando. Me costaba creer que aquello no fuese más que un ensayo. Entre la iluminación y la riqueza y plenitud de la música en aquel espacio, era difícil hacer algo que no fuera quedarse allí de pie, apreciando su habilidad artística.

Amy, por el contrario, siguió hacia delante con la misma decisión que había mostrado al pasar por cada uno de los puntos de nuestra visita. Tan solo aflojó el ritmo cuando se tropezó con la alfombra roja a la altura de la parte frontal. Eso me permitió alcanzarla. Sintiendo al fin la intromisión, Gang dejó de tocar y se volvió hacia nosotras, cubriéndose los ojos ante la luz brillante del foco con una mano esbelta. Al verlo de cerca, casi me quedé sin aliento.

Era una maravilla, como recién salido de las páginas de una revista: un rostro suave sin rastro de vello en la barbilla y una camiseta con un cuello en forma de V pronunciada que mostraba un pecho igualmente liso. Algunas veces, los chicos estaban raros si no tenían pelo en el pecho, como si no fueran lo bastante mayores como para que les creciera. Eran los Timotheé Chalamets del mundo. Sin embargo, aquel pecho gritaba «modelo masculino» a los cuatro vientos. Su pelo también. Aquella melena gloriosa (sin duda, un triunfo de una genética superior y del uso de productos caros) le caía por un lado de la cara dándole ese aspecto descuidado que resultaba tan sexy. Era imposible no imaginárselo levantándose de la cama así. Incluso la manera en que su mano descansaba de una forma tan casual sobre su frente con el otro codo apoyado en la rodilla parecía diseñada para infligir el mayor daño posible a cualquiera que lo viera.

Si Chris Evans tenía el mejor culo de Estados Unidos, aquel tipo tenía lo mejor de todo lo demás.

—Has venido a verme actuar, ¿eh?

Sonrió, mostrando una dentadura perfecta que acompañaba al tipo de acento que anunciaba al mundo: «Soy rico».

Una oleada de envidia irracional me atravesó. ¿Acaso estaba Amy saliendo con un espécimen tan perfecto? ¿Me había llevado allí por eso? En el pasillo, había hablado de él como si fuese a ser algún molesto friki de las orquestas, no una estrella de cine que me había dejado de un modo que solo podría resumir de forma adecuada como «Mù dèng kǒu dāi» («Los ojos fijos y la boca abierta»).

—Recluta. Violín —dijo Amy, señalándome con un dedo—. Gang es el pianista de la casa. Es de Guangzhou. Está en el programa para graduados.

Asentí como queriendo decir: «Sí, claro, Guangzhou». Me resultaba familiar. Mientras ninguno de los dos me pidiera que lo señalara en un mapa, no habría ningún problema. Tal como estaban las cosas, tan apenas podía concentrarme con la cara del pianista frente a mí, hipnotizándome como si fuera un niño mirando a través de la ventana de una heladería. Era probable que estuviese acostumbrado a que las chicas se quedaran mirándolo. Y los chicos. En realidad, cualquiera.

Probablemente, hasta los animales. Un tipo tan guapo tenía que ser peligroso. La gente no era tan atractiva sin motivo aparente.

Gang se fijó en mí y una sonrisa le asomó a la comisura de los labios un poco rosados.

—¿Y tiene nombre esta nueva recluta?

Tragué saliva con fuerza y la garganta seca. Me acababa de dar cuenta de que era probable que llevara todo aquel rato con la boca abierta.

—June —grazné. Antes de volver a intentarlo, me mojé los labios—. June Chu.

No sé por qué añadí mi apellido. Nadie se presentaba con el apellido.

—¿Qué te ha parecido hasta el momento nuestra pequeña universidad, June Chu?

La forma en que dijo mi nombre hizo que un escalofrío me recorriera la columna, como si fuéramos las únicas personas en el auditorio y Amy hubiera desaparecido. Lo cual, dado que no podía apartar los ojos de él, podría haber sido verdad.

—Está bien —dije, débilmente.

—Bueno, tenemos que seguir —anunció Amy, ajena o indiferente ante el evidente momento especial que estábamos viviendo Gang y yo.

Comenzó a andar hacia la puerta y le lancé al pianista una última mirada. Mis ojos recorrieron su figura con avaricia para grabarlo en mi memoria.

—Espero que encuentres lo que estás buscando, June Chu —me dijo, con una mirada insinuante—. Me encantaría ver a una violinista talentosa por aquí.

Me obligué a cerrar la boca y, después, los ojos. «Pestañea, June; no seas una rarita».

—Gracias —tartamudeé—. Ha sido un placer conocerte. Siento haber interrumpido tu ensayo.

Al fin, tras romper el hechizo al apartar la mirada, salí corriendo por el pasillo para alcanzar a Amy.

CAPÍTULO DIECINUEVE

Me quedé sentada en la cama de Amy mientras veía cómo se preparaba. Tenía la misma edad que Wendy, pero todo lo que la rodeaba parecía mucho más maduro. Era el tipo de hermana mayor que desearía haber tenido de pequeña. Wendy ni siquiera me dejaba entrar en su habitación sin invitación. Solía obligarme a quedarme en el umbral y a pedirle permiso explícito, como si fuera un vampiro que fuese a morir si ponía un pie en el interior sin que ella me lo permitiera.

Las paredes del dormitorio de Amy estaban decoradas con dos pósteres grandes de cantantes cuyos nombres no conocía, así como una selección de fotografías Polaroid pegadas en torno a un espejo de cuerpo entero barato que estaba unido a la puerta corredera del armario. Sobre la cómoda que había dentro del armario estaba su bolsa de cosméticos, con los que iba y volvía desde el espejo mientras se aplicaba diferentes capas de maquillaje.

—Siento abandonarte así, pero Julian casi nunca viene a la ciudad y solo va a estar esta noche, así que supuse que lo entenderías. Además, tan solo es jueves y no hay demasiadas cosas que puedas perderte. Mañana saldremos a celebrar el Año Nuevo. Mi compañera de cuarto se ha marchado a casa el fin de semana, así que no tienes que preocuparte de que vaya a regresar. Te dejaré unas llaves por si tienes hambre y quieres salir o algo así. Si no, tengo algunos aperitivos en la caja que hay debajo de mi cama.

Sacó una brocha peluda de maquillaje y se aplicó bronceador en las mejillas y en la zona de las clavículas.

—Hace que parezca que tengo las tetas más grandes. —Me guiñó un ojo al ver mi gesto de curiosidad a través del espejo—. Me lo contó Julian. Me dijo que los estilistas le repasan los abdominales con lápiz de ojos para que parezca que los tiene más marcados cuando hace sesiones fotográficas de ropa interior.

Ni siquiera había mencionado al tal Julian hasta diez minutos antes, pero ahora hablaba de él como si todos fuéramos viejos amigos y yo lo supiera todo sobre lo que supongo que era su carrera como modelo.

Mi teléfono vibró. Miré el mensaje y lo escondí rápidamente para que Amy no pensase que estaba pendiente del móvil mientras ella estaba intentando hablar conmigo.

—¿Tienes que contestar? —me preguntó, haciendo un gesto con la cabeza en dirección al dispositivo que estaba intentando volver a meterme en el bolsillo sin éxito.

Me encogí de hombros, indiferente.

—Solo es mi madre, dándome la lata con que ensaye. Ya sabes cómo funciona esto. Mi hermana y yo siempre bromeábamos con que era como en ese proverbio que dice «shù yù jìng ér fēng bù zhǐ». Mi madre es como el viento, porque nunca para.

Ella frunció el ceño.

—Sabes que ese proverbio tiene una segunda parte, ¿verdad?

—Eh... no —admití mientras rebuscaba en mi memoria algún recuerdo de esa información.

Había oído a mi madre usarlo en varias ocasiones, pero nunca me había molestado en preguntarle qué significaba porque me había parecido bastante obvio.

—«Shù yù jìng ér fēng bù zhǐ, zǐ yù yàng ér qīn bú dài». «El árbol quiere paz, pero el viento no se detiene. Los hijos quieren

180

cuidar de sus padres, pero los padres no esperan». —Me miró fijamente, como si estuviera esperando a que lo comprendiera—. Habla de la muerte de los padres antes de que puedas cuidarlos.

Vaya. Desde luego, aquel no era el sentido que le habíamos estado dando Wendy y yo.

Amy se tocó el pelo rizado una última vez y se dio la vuelta para mirarme.

—Estarás bien, ¿verdad? Volveré por la mañana. Además, tienes mi número. Llámame si hay alguna emergencia.

Mi cerebro seguía procesando su último comentario, pero asentí con la esperanza de parecer que estaba tan bien como ella creía. Mis propios padres no confiaban lo suficiente en mí como para dejarme sola en casa. Y, aun así, allí estaba: pasando la noche a solas en un lugar desconocido y con una anfitriona que estaba segura del todo de que podía soportarlo.

Me enderecé, adoptando una posición mucho más confiada.

—Estaré bien. Diviértete.

Ella me lanzó un beso mientras salía por la puerta.

Después de que Amy se marchara, me quité el sujetador y el maquillaje y me acomodé en la cama de su compañera para pasar la noche. Solo que, cuando miré mi teléfono, me di cuenta de que era pronto. Tan pronto como la hora a la que se van a dormir los abuelos. Maldita diferencia horaria.

No podía irme a dormir tan pronto. ¡Estaba en un campus universitario! Me había esforzado mucho para poder encontrarlo y que me admitieran. Irme a dormir ya y perder la oportunidad de empaparme de todo ello sería un insulto a todo aquello a lo que había tenido que enfrentarme para que ocurriera. Al menos, podía vagar un rato por la zona y hacerme una idea de cómo sería estudiar allí.

Me estremecí ante aquella idea. Iba a asistir a aquella universidad. Lo sabía. Todo en aquel sitio me resultaba más acogedor que lo que tenía en casa. Allí, podía empezar de cero.

En Washington, nadie sabía quién era June Chu o quién se suponía que tenía que ser. No era «la hermana pequeña de Wendy», «la chica asiática» o «la friki del violín», tal como había oído que me llamaban en una ocasión. Allí, nadie conocía a mis padres o sabía que, en una ocasión, había asistido a una fiesta en la piscina con un *body* de gimnasia en lugar de un bañador porque mi madre lo había conseguido rebajado y había insistido en que eran lo mismo solo para que un grupo de chicas que sí hacían gimnasia se burlaran de mí. Aquel lugar representaba la oportunidad de que empezara de cero y me redefiniera a mí misma como yo quisiera. El hecho de que no tuviera que volver a estresarme sobre Northwestern no era más que la guinda de aquel pastel tan, tan dulce.

De pronto, me sentí llena de energía. Un vistazo rápido por la ventana me mostró que el cielo ya había oscurecido y que las luces del exterior estaban empezando a encenderse. Me puse mi sudadera gris favorita, metí los pies en el par de botas blancas de la marca Sorel que había llevado en el avión y salí a la suave temperatura invernal.

A mi alrededor, la gente iba abrigada con parkas y chaquetones; algunos incluso llevaban gorros y bufandas, como si estuviéramos a cuatro grados bajo cero en vez de a cuatro grados. Ya había recorrido el campus antes, pero en aquel momento tuve tiempo de disfrutarlo sin que Amy me metiera prisa como si estuviéramos intentando batir algún tipo de tiempo récord en hacer una visita guiada. No es que la culpara; había planeado mi viaje con tan poca antelación que era probable que no le hubiera hecho mucha gracia tener que hacer de anfitriona de una cría de instituto de una manera tan repentina.

A mi alrededor, los edificios eran majestuosos. Muchos de ellos estaban construidos con ladrillos rojos o marrones, como si fueran viviendas coloniales de gran tamaño que, por casualidad, también albergaban poder intelectual. Incluso en aquel momento, en pleno invierno, los jardines frente a cada edificio estaban cuidados de forma impecable, repleto de coníferas y enebros que se habían vuelto de un color verde oscuro por toda la lluvia.

Vagué por senderos sobre los que se alzaban robles desnudos sobre cuyos troncos se enroscaba una neblina húmeda. No era que estuviese lloviendo exactamente, pero tampoco se podía decir que no estuviera lloviendo. Todavía había estudiantes por las calles, yendo de un edificio a otro o dirigiéndose al exterior.

Aquel lugar era mágico. De pronto, sentí la necesidad abrumadora de llamar a mi madre y mostrarle lo increíble que era el sitio. Si podía verlo con sus propios ojos, estaría de acuerdo. Era imposible no sentirse encantada con un campus por cuyo centro corría un auténtico riachuelo, como si la universidad fuese un pueblecito independiente. Además, todavía me sentía culpable por haber estado tantos años bromeando sobre su muerte por culpa de un proverbio que no habíamos entendido bien. Incluso aunque Wendy hubiese cometido el mismo error.

Volví a comprobar qué hora era. Seguía siendo pronto. O, al menos, lo bastante pronto.

Mientras sonaba, busqué el ángulo perfecto del teléfono. Contemplé mi propio reflejo en la pantalla de la videollamada para asegurarme de que, cuando contestara, mi madre podría ver mi rostro. De lo contrario, el primer minuto de nuestra conversación sería ella gritándole al teléfono y preguntándome si de verdad estaba al otro lado.

—¿Sí? ¿June?

La pantalla se llenó con la imagen de las cejas fruncidas de mi madre.

—Estás demasiado cerca, mamá; aleja el teléfono de ti.

Echó la cabeza hacia atrás y estiró el brazo todo lo lejos posible.

—¿Mejor?

Suspiré.

—Claro.

—¿Por qué me llamas? ¿No te lo estás pasando bien?

Parecía demasiado dispuesta a creer sus propias palabras.

—Claro que me lo estoy pasando bien —espeté—. ¿Por qué crees que no?

—¿Por qué me llamas tan tarde?

—¿Estabas dormida?

—No.

—Entonces, ¿por qué dices que es tarde? No te he despertado ni nada.

Aquel fue el turno de mi madre de suspirar. Sabía que estaba actuando como una niñata, pero era como si fuese incapaz de evitarlo. Había algo en mi madre que sacaba lo peor de mí. ¿Por qué no podía alegrarse sin más de que la hubiera llamado?

—¿Y bien? —me preguntó.

—Jolín, ¿es que no puedo llamar solo para saludarte?

Relajó un poco los hombros y se acercó el teléfono más a la cara.

—Ah, de acuerdo. ¿Eso es todo?

—Quería enseñarte el campus. Ahora está un poco oscuro, pero deberías poder verlo un poco. —Lentamente, hice girar mi teléfono trescientos sesenta grados, ofreciéndole una visión panorámica—. ¿Lo ves? —añadí, mientras volvía a girarlo hacia mí—. ¿No es estupendo?

Contuve la respiración mientras esperaba a ver cómo reaccionaba. Era consciente de que no podía esperar demasiada efusividad, pero un simple gesto de aprobación sería muy bien recibido. O, al menos, una sonrisa. Por el contrario, esperó hasta que hube completado el recorrido y mi cara volvía a estar a la vista.

—Los edificios parecen viejos —resopló mientras casi me desafiaba con la mirada a que le llevase la contraria.

—No son viejos; son históricos —repliqué mientras una llamarada ardiente me recorría el pecho—. La universidad lleva en pie más de cien años.

—Tal vez no tienen dinero para reformarlos. Que no tengan dinero para reformas implica que no tienen dinero para matemáticas o investigación científica. Tal vez esas cosas no importen en los centros de arte.

—Es de artes liberales, mamá. Eso solo significa que se aseguran de que los estudiantes cursen todo tipo de asignaturas.

La neblina se había convertido en una especie de llovizna, así que me cubrí la cabeza con la capucha de la sudadera y aceleré el paso. Si caminaba lo bastante rápido, las gotas de agua que me cayeran encima probablemente se evaporarían. Así funcionaba la física, ¿no? Miré a mi alrededor para comprobar si había alguna cafetería en la que pudiera refugiarme o algo así.

—Sí, sí, ¿qué hace toda esa gente con títulos en Historia o Cerámica? No está práctico.

—En realidad, Historia es una asignatura bastante importante —dije en voz alta. Me estaba quedando sin aliento por intentar ir más rápido—. Hoy en día, muchas empresas dicen que desearían que sus empleados tuvieran una mayor formación en humanidades para que no fueran robots sin emociones.

Por el rabillo del ojo, vi un restaurante muy iluminado, cuyo cartel de neón que rezaba «Abierto» resplandecía a través de la lluvia en un tono rojo.

Mi madre estaba diciendo algo, seguramente sobre lo inteligentes que habían sido ella y mi padre al escoger carreras prácticas como Contabilidad o Medicina.

—Mamá, tengo que colgar —la interrumpí—. Acabo de entrar en un restaurante.

Frunció el ceño.

—¿Restaurante? ¿Quién abre hasta tan tarde?

—Acuérdate de que aquí hay dos horas menos.

No relajó las cejas.

—Muy bien, pero no comas poco tiempo antes de dormir o engordarás.

Cerré los ojos un breve instante y exhalé. Ni siquiera merecía la pena explicarle por qué un comentario como aquel era inapropiado.

—¿Quién es ese?

Abrí los ojos de golpe.

—¿Qué?

Alzó la barbilla.

—El chico que es detrás de ti, mirando tu teléfono. ¿Lo conoces?

Me di la vuelta y me encontré cara a cara con la clavícula de un atractivo pianista. Di un grito y estuve a punto de tirar el teléfono al suelo, pero con torpeza conseguí hacer malabares para retenerlo entre las manos.

—¡Gang! ¿Qué haces aquí?

Parecía divertido ante mi cómica reacción.

—¿Vas a entrar?

Seguí con la mirada la dirección de su brazo y vi que había abierto un segundo par de puertas que conducían al auténtico interior del restaurante.

Volví a girar el teléfono para ver a mi madre, que estaba esperando con paciencia a que retomara nuestra conversación.

—Tengo que dejarte, mamá; te llamaré más tarde.

—Aiya... Deberías cepillarte el pelo; pareces una...

CAPÍTULO VEINTE

Colgué antes de que pudiera terminar y me metí el teléfono en las profundidades del bolsillo como si pudiera enterrar mi vergüenza con él.

—Solo estaba resguardándome de la lluvia —dije débilmente mientras me alisaba el pelo, solo por si acaso. No sabía cómo habría terminado mi madre aquella frase, pero estaba segura de que no habría sido un halago.

Gang entornó los ojos y miró la calle a través de las puertas de cristal, en las que solo se veían dos finos hilos de agua que serpenteaban frente a un carácter japonés y las palabras «Shiki Sushi».

—¿Eso es lluvia?

Estupendo. Ahora parecía el tipo de persona que reacciona de forma exagerada ante cuatro gotas de nada.

—Bueno, no es que llueva mucho ni nada así. Es solo que hace un poco de frío. Y hay mucha humedad.

Me pasé una mano por los hombros de la sudadera para demostrar mi argumento, pero lo único que hice fue atraer su atención al hecho de que iba vestida con una sudadera empapada. Y botas de invierno. Y que no llevaba maquillaje. Ay, Dios, ¿por qué había decidido salir así a la calle?

Gang llevaba la misma camiseta blanca con cuello en pico que antes, pero la había conjuntado con un *blazer* negro sin abrochar para que el mundo pudiera admirar boquiabierto lo bien que le quedaba la ropa. Yo solía ponerme bastantes camisetas, pero ninguna de ellas me quedaba así.

—¿No vas a quedarte? —me preguntó.

—Solo voy a pedir algo de comida para llevar.

«Así, no tendré que volver a salir de la habitación con estas pintas de nuevo».

—Qué triste situación. Acababa de sentarme para cenar y tenía la esperanza de que me agasajaras con tu compañía.

¿Quién hablaba así? Los hombres adultos. No tenía ni idea de cuántos años tenía Gang, pero si me lo hubiera encontrado en cualquier otro sitio que no fuera un campus universitario, habría dicho que estaba a mediados de la veintena. Probablemente, me pasaría toda la cena diciendo «en plan...» un millón de veces mientras él permanecía ahí sentado, con su conjunto a medida, hablando como el profesor inglés más atractivo del mundo. Tuve que reprimirme para no contesta imitando su acento con un: «¡Espléndido! Me complacería acompañarle comiendo estas viandas».

—Sí, claro, ¿por qué no?

Hizo un gesto en dirección a la barra, donde los cocineros estaban ocupados preparando nigiris y sashimi para los clientes. Caminé con toda la ligereza que fui capaz, pero cada vez que apoyaba mis Sorel sobre el suelo de baldosas, resonaban como si fueran cascos de caballo. ¿Por qué había pensado que sería adorable ponerme las botas de invierno para aquel viaje? La moda del Medio Oeste no era moda, sobre todo para alguien extranjero que se ponía *blazers* para cenar fuera él solo.

Un camarero se acercó para tomar nota de las bebidas y, una vez más, Gang hizo un gesto con la mano para indicarle que me atendiera a mí primero.

—Con agua será suficiente, gracias —dije.

—También tomaremos una botella de koshu —añadió Gang.

El camarero regresó de inmediato con dos copas de vino y la botella que había pedido el pianista. Antes de decidir colocar una copa frente a mí, me miró con escepticismo una segunda vez, como si no pudiera creerse del todo que fuera lo bastante mayor como para beber. Era eso o se estaba preguntando qué demonios hacía Gang teniendo una cita con alguien que tenía que mantener los labios apretados para que no se diera cuenta de lo cortados que los tenía. Aunque aquello no era una cita.

Tras pedir un plato variado a los cocineros que estaban al otro lado de la barra, Gang sirvió con elegancia una copa para cada uno. Tal vez, del lugar del que procedía, no fuese raro que los menores de edad bebieran en sitios públicos. ¿O acaso pensaba que era una estudiante de intercambio? ¿Era posible que aparentara tener veintiún años?

—¿Lo has probado alguna vez? —me preguntó, mostrándome la botella. Negué con la cabeza—. Se elabora con una variedad de uva llamada koshu que se cultiva en Japón. Marida muy bien con el sushi.

Asentí mientras hablaba, como si tuviera la más remota idea de cómo maridaba cada tipo de vino con la comida. La última bebida alcohólica que había tomado había sido una Milkwaukee's Best servida directamente de un barril. Algo me decía que no sería una cerveza que Gang fuese a conocer.

—He bebido sake —comenté.

Los labios se le curvaron en las comisuras, como si le divirtiera mi intento de mantener la conversación.

—El sake también está bueno.

Me llevé la copa a la boca y di un sorbito. Aquel vino era suave y dulce, casi refrescante. Me imaginé que era uno de esos esnobs del vino que le dan vueltas en la boca antes de declarar que tiene notas de baya de saúco o algo así.

—¿Cómo ha ido el resto de la visita? —me preguntó, reclinándose sobre la silla y cruzando una pierna sobre la otra.

Yo también me recliné con la esperanza de imitar su actitud informal, solo que la postura dejaba una zona rara y desinflada en mi pecho allí donde tendrían que estar las tetas.

—Ha estado bien —dije mientras cambiaba de postura los hombros en un intento de volver a hincharlas. Después, recordé que no llevaba sujetador y volví a encorvarme—. Un poco rápida, pero Amy es una buena guía. Creo que lo hemos visto todo.

—¿Y la universidad? ¿Es de tu agrado?

Fingí pensarlo detenidamente, como si tuviera muchas más opciones y aquel solo fuera uno de los muchos centros que me estaban cortejando; como si no hubiera decidido en los primeros treinta segundos que estaba dispuesta a cortarme un pie solo para poder asistir a aquella universidad. En ese instante, me vino a la cabeza el desagradable recordatorio de que todavía no había hecho la audición para la plaza.

—Está bien.

La comida llegó y me entretuve en diluir el wasabi con salsa de soja hasta conseguir una pasta homogénea. Lo último que necesitaba era atragantarme sin querer con un poco de aquel picante y tener un ataque de tos que me hiciera escupir pescado por toda la barra. No es que aquello me hubiera ocurrido en un par de ocasiones en casa...

Gang contempló todo aquello con interés y sin hacer el más mínimo movimiento para imitarme. En su lugar, observó cómo untaba un nigiri en la salsa de soja y lo mordía por la mitad mientras él se metía una pieza entera y sin salsa en la boca. Mierda. ¿Acaso también me estaba comiendo mal el sushi? Fuera de mi propia familia, nunca había conocido a nadie que comiera sushi, al menos, del que está crudo. En una ocasión, había convencido a Liz de que probara los California rolls, pero cuando se lo había pedido a Candace, había arrugado la nariz, horrorizada, al descubrir que se suponía que el pescado tenía que estar crudo.

Me comí la otra mitad sin untarlo en la salsa. No estaba tan bueno.

—Bien... —dijo él, con una voz tan aterciopelada como su pelo—. Así que tocas el violín. —Asentí—. Debes de ser bastante buena para hacer una audición aquí.

—Tú debes de ser bastante bueno para tocar aquí —bromeé.

Levantó una ceja bien perfilada.

—Me has escuchado tocar. Dímelo tú.

Me humedecí los labios, nerviosa. Mis bromas idiotas no iban a funcionar con alguien como Gang. Por no decir que existía la barrera adicional de que el inglés era su segunda lengua.

—Eres muy bueno —dije al fin, con la esperanza de que no se hubiera notado la pausa que había hecho—. En plan... muy, muy bueno.

«Deja de hacerle cumplidos».

—Estabas tocando a Mozart, ¿verdad? —añadí.

Gang pareció impresionado.

—Así es. ¿Conoces la pieza?

—En realidad, es una de mis favoritas —confesé con un suspiro de alivio. Al fin, un tema de conversación que sí dominaba—. He escuchado todas las versiones. En plan... todas las grabaciones que existen. ¿Sabías que, más tarde, Mozart usó la parte de la flauta y el clarinete en el segundo movimiento de *Don Giovanni* y que, de todas las seiscientas y pico obras que compuso, ese segundo movimiento es el único que está escrito en fa menor? Mi padre solía obligarnos a escribir informes sobre los conciertos de diferentes compositores para que analizáramos su estilo, pero, como me gustaba ser una niñata, y, ya que no había especificado, yo los escribía sobre los conciertos de piano en lugar de sobre los de violín. Pero, al final, me obsesioné con Mozart y acabé en un pozo de investigación. ¿Sabías que también era la pieza favorita de Joseph Stalin?

«Ay. Dios. Mío. Deja. De. Hablar».

¿Acababa de decirle a un veinteañero que solía escribir informes sobre compositores muertos para mis padres?

Resignada, me volví a reclinar sobre la silla porque, de pronto, me había dado cuenta de que, durante mi diatriba de friki, me había echado tanto hacia delante que casi estaba en su regazo.

¿Qué me pasaba? ¿Por qué no podía actuar como un ser humano normal?

Milagrosamente, Gang no parecía horrorizado ante mi revelación de todas aquellas cosas vergonzosas. Por el contrario, frunció los labios y dio vueltas al vino que tenía en la copa.

—Tienes muchas cosas en común con Joseph Stalin, ¿no?

Me rodeé a mí misma con los brazos en un gesto protector, como si eso fuera a evitar que soltase cualquier otra cosa.

—No sé por qué he dicho eso.

Él se inclinó un poco hacia delante con una sonrisa tirando de la comisura de sus labios.

—A mí me parece muy interesante. Te gusta la misma música que a Joseph Stalin. ¿Tienes algo en común con algún otro dictador?

Me permití soltar una pequeña carcajada. Tal vez, después de todo, sí que entendía las bromas.

—Obligo a todas las personas que conozco a colgar un retrato mío en sus casas. Ya sabes, como Mao —bromeé.

Levantó una de sus cejas delineadas a la perfección y, por un instante, temí que la broma sobre Mao hubiese sido de mal gusto. ¿Se me permitía siquiera bromear sobre él? Sin embargo, cuando habló, lo hizo con una sonrisa en los labios.

—No es una idea tan horrible. Desde luego, mirarte a ti sería mucho más agradable.

El rostro se me encendió e intenté ocultar las mejillas sonrojadas con la excusa de apartarme el pelo de la cara. No sabía cómo o por qué alguien como Gang estaba allí sentado con la atención centrada solo en mí, pero no quería que aquello se acabara jamás. Incluso aunque eso significara arriesgarme a volver a decir algo vergonzoso.

—¿Y cuál es tu historia? —le pregunté, intentando que mi voz sonara interesada pero despreocupada—. ¿Por qué decidiste venir hasta aquí desde Guangzhou?

Tenía la esperanza de que le pareciera impresionante el hecho de que recordara de dónde era.

Volvió a reclinarse. En aquella ocasión, lo hizo con una pierna doblada sobre la otra y un brazo apoyado en el respaldo de la silla. Era como si cada una de sus poses estuviera preparada para una sesión fotográfica.

—Me interesa más que hablemos de ti, June Chu. Mmmmmm. «Chu»... —Se acarició la barbilla, pensativo, como si mi nombre fuese objeto de la máxima fascinación—. ¿Es el mismo «chǔ» que en la palabra «maestro»?

Su fino dedo índice barrió el aire mientras dibujaba el carácter en el espacio que había entre nosotros. Asentí.

—Dime: ¿de qué eres una maestra? —me preguntó.

«Ahora mismo, de poca cosa». Tan apenas podía dominar mi respiración, mucho menos encontrar una respuesta para esa pregunta.

—No lo sé... ¿De cometer errores? —contesté, riendo.

Una carcajada se escapó de sus labios.

—No pareces el tipo de chica que comete errores.

—No me conoces demasiado bien.

Desdobló las piernas y se inclinó, acercándose a mí de forma peligrosa.

—Bueno —dijo. Su voz descendió casi una octava y me habló en un tono cómplice—, espero tener la oportunidad de rectificar eso.

Conseguí superar el resto de la cena sin ningún contratiempo. Incluso reprimí mi instinto chino de insistir en que no pagara toda la cuenta. Tampoco es que llevara encima suficiente dinero para pagarla, así que le di las gracias de forma educada e intenté no pensar en que el hecho de que pagara él hacía que aquello pareciera una cita mucho más que antes.

Salimos del restaurante. Fuera, seguía lloviznando y las gotas atravesaban los haces de luz de las farolas como pequeños cometas.

—Bueno... Yo me marcho hacia allí —dije, señalando con el pulgar la dirección en la que se encontraba la residencia de Amy. No quería entretenerme y hacer que la situación resultase incómoda, pero tampoco quería marcharme. Estar con Gang me ponía nerviosa, pero, en cierto sentido, también me calmaba, porque me hacía sentir que podía apañármelas sola con alguien como él.

—No puedo permitir que regreses sola —dijo mientras comenzaba a recorrer el camino conmigo.

—He venido hasta aquí yo sola, ¿sabes?

—No pongo en duda tus habilidades. Estoy seguro de que, con esas botas, podrías enfrentarte a cualquiera que te hiciera enfadar.

Con un gesto de la cabeza, señaló mis Sorels, que eran pesadas y de goma blanca. Yo alcé las manos, frustrada.

—Son impermeables. ¡Se supone que tiene que ser pesadas!

¿Es que nadie en la Costa Oeste había visto unas botas de verdad alguna vez?

—¡Me gustan! —insistió—. Te hacen un poco... peligrosa.

Desde luego, nunca antes me habían dicho algo así. En todo caso, él era el peligroso. Lo había sabido en cuanto lo había conocido. Yo era como una polilla lanzándose a las llamas. «Fēi é tóu huǒ». Era adictivo; yo solo quería estar cerca de él, contemplarlo, pasarle las manos por el pecho, inhalar el producto que usaba para el cabello como si fuese una droga... Todo cosas muy normales.

Caminé de vuelta a la residencia todo lo despacio que pude para retrasar nuestra inevitable despedida a pesar de que la lluvia había empezado a acumulárseme en el pelo y a gotearme por la cara de un modo que solo podía suponer que no era demasiado favorecedor. Ya me había visto recién salida de la ducha en otras ocasiones y no era cuando mejor aspecto tenía.

Gang, por el contrario, parecía resplandecer bajo la lluvia. Su lustrosa melena brillaba incluso más que en el exterior y la humedad le daba un aspecto más informal y despeinado. Jesús. No había absolutamente nada que pudiera hacer que este tipo no estuviera guapísimo.

—Entonces, June Chu, ¿celebrarás mañana el Año Nuevo?

—Sí. Creo que Amy mencionó algo de ir a cenar con algunas de las chicas de la orquesta para que pudiera conocerlas. ¿Y tú?

—Naturalmente. Un nuevo año es siempre motivo de celebración. Me vendría bien tu ayuda con los propósitos. —Levantó una ceja, mirándome.

Como si a mí se me pudiera ocurrir algo que necesitara mejorar. ¡Ja!

—No me va demasiado eso de los propósitos —mentí. Mi última decisión de Año Nuevo había sido meterme en la cama con mi exnovio antes de romper con el chico con el que estaba en aquel momento. La buena toma de decisiones no estaba entre mi repertorio.

—Tal vez «propósitos» no sea la palabra adecuada. Más bien… objetivos. Algo así como dónde planeas estar el año que viene.

El corazón se me detuvo con un chirrido. ¿De verdad me estaba preguntando si…? Me giré para mirarlo. Había dejado de andar y estaba frente a mí con su silueta alta y esbelta iluminada desde atrás, arrojando una sombra sobre mí.

No era capaz de responder. En un sentido físico. No podía responder.

Gang quería que estuviera allí, en su universidad. Con él.

En lo que me pareció un momento a cámara lenta, se inclinó hacia delante y me alzó la barbilla con sus dedos exquisitos hasta que mis ojos estuvieron a la altura de los suyos. Despacio, poco a poco, posó sus labios sobre los míos. Contuve la respiración.

Aquello era irreal. La lluvia, la luz difusa y el hecho de que estuviéramos solos en medio de un camino empedrado con árboles alzándose sobre nosotros como si estuviéramos en la película más romántica que pudiera imaginar.

Sus labios rozaron los míos con la suavidad de la nieve recién caída. Me acercó lo suficiente como para percibir el olor a árbol del té y a naranja que emanaba de él. Unas gotas de lluvia me rociaban los ojos cerrados y me corrían por los laterales de la cara, pero ya no estaba pensando en qué aspecto tenía. No estaba pensando en nada más que en cómo quería congelar en el tiempo aquel momento, aquel beso, para poder reproducirlo en bucle en mi mente el resto de mi vida. Era perfecto.

Cuando no pude seguir conteniendo la respiración, me aparté con cuidado. Sus dedos permanecieron sobre mi rostro un momento más.

—Debería... irme —dije, dubitativa.

Tenía la sudadera tan mojada que podía sentir cómo la humedad se arrastraba hacia mi piel. Sentía el pelo pesado, empapado por la lluvia. Incluso tenía las piernas mojadas, pues la brisa arrastraba las gotas hacia la tela absorbente. La única parte de mi cuerpo que estaba calentita eran mis pies, protegidos por las famosas botas, y mis labios, que ardían de felicidad.

—June Chu, eres como las nubes de lluvia sobre Wushan —dijo con suavidad. Después, se enderezó y, en un tono más formal, añadió—: Espero verte en el año que va a comenzar; independientemente de lo que decidas.

Entonces, se alejó por el camino por el que habíamos llegado hasta allí. Me di la vuelta y salí corriendo hacia la residencia. Mis pies tan apenas tocaban el suelo.

CAPÍTULO VEINTIUNO

Mi teléfono sonó y respiré hondo antes de contestar. Casi me sorprendió que le hubiese costado veinte horas llamarme después de haberle colgado de una forma tan abrupta en el restaurante.

Me obligué a sonreír.

—Hola, mamá —dije. Su cara redonda estaba tan cerca de la pantalla que parecía como si, en realidad, estuviera frente a mí, invadiendo mi espacio—. ¿Qué pasa?

—Solo te llamo para ver cómo va el viaje.

—Bien. Pero te llamé anoche, ¿te acuerdas? Además, dentro de dos días estaré en casa.

—Ah, sí —dijo, asintiendo como si acabara de darse cuenta—. ¿Qué tienes planeado para esta noche? ¿Tu anfitriona te va a llevar a algún sitio para celebrar el Año Nuevo? ¿Os reuniréis con amigos? ¿Llevas ropa bonita? Tienes que causar buena impresión, ¿sí? Nunca se sabe con quién podrías encontrarte.

—Ay, Dios mío. Mamá... ¿De verdad me estás llamando para cotillear sobre el chico que viste anoche?

Una mirada de culpabilidad le atravesó el rostro.

—¿He dicho algo sobre él? No, solo estás haciendo suposiciones.

—Muy bien: sí; Amy me va a llevar a celebrarlo. Vamos a salir a cenar.

—Espero que también estés mirando la universidad y no solo saliendo y divirtiéndote. No estás ahí para divertirte. Tienes que estudiar el centro y asegurarte de que es adecuado para tu futuro. ¿Has ensayado para la audición?

Por supuesto. Dios no quiera que me divierta en un campus universitario a medio continente de distancia de mis padres. No, claro, tenía que recordarme que daba igual lo lejos que me mudara, podría seguir llamándome y recordándome que tengo que ensayar solo para arruinarme el día. Así que, tal como había hecho el día anterior, ignoré su pregunta sobre la audición. Después de lo que había pasado la noche anterior, tenía buenos motivos para hacerlo. Si mi madre descubría que la idea de actuar me ponía nerviosa, lo usaría como excusa para seguir insistiendo con Northwestern. Como si allí fuese a ser más fácil entrar en la orquesta. Desde luego, no quería pensar en la posibilidad de atragantarme y acabar sin ninguna de las dos cosas.

—No hay nada que estudiar, mamá. Es una universidad; todas tienen las mismas cosas: edificios, profesores y jardines que cuestan demasiado dinero.

Pensé que iba a arrancarle una sonrisa con aquella broma, pero mantuvo las cejas y los labios fruncidos en un gesto familiar.

—Si están todas iguales, ¿por qué te vas tan lejos en lugar de ir a Illinois con Wendy? No es necesario que te mudes tan lejos si todas están iguales.

Dijo «tan lejos» como si Washington estuviese en Asia en lugar de a un par de horas de vuelo.

—Me han ofrecido una beca completa —comenté—. Bueno, más o menos. Es principalmente académica, pero pueden ofrecerme algo de dinero por la parte musical. El resto sería a base de subvenciones y una remuneración a través de los fondos de la universidad siempre y cuando escoja música como mi segunda especialidad. Puedo hacer que te llamen para explicártelo. Debería cubrirlo todo excepto por el alojamiento y los libros, pero podría buscarme un trabajo para cubrir esos gastos, así que no sería más caro —añadí rápidamente.

Frunció el ceño todavía más.

—¿Por qué tendrías que buscarte un trabajo? ¿Cómo tendrías tiempo para estudiar si estuvieras trabajando?

Reprimí una sonrisa. Ya no estábamos discutiendo si podía o no estudiar allí, sino si tendría que pagar o no la diferencia de costes. Me sentía como un general que acabase de salir victorioso de un ataque en el que las probabilidades eran inconmensurables.

—Es una universidad fantástica, mamá. El ratio de alumnos por cada profesor es de los más bajos del país. Además, el campus es increíble; tiene tantos árboles como estudiantes.

—¿De qué te sirven los árboles? No vas a estar arbolista en el futuro.

Suspiré. Casi lo había conseguido.

—No sé; supongo que me ha parecido un dato curioso.

—Me alegra saber que no hay tantos estudiantes —dijo—. Menos competición y más atención.

Al menos, aquello era algo. Estaba poniendo de su parte.

—Gracias —dije—. Oye, ¿sabes lo que significa la frase: «nubes de lluvia sobre Wushan»? —Mi madre abrió mucho los ojos. De inmediato, supe que había dicho algo malo—. ¿Qué?

—¿Dónde has oído eso? —me preguntó con brusquedad.

—¡En ningún sitio! No sé. Tan solo te preguntaba —balbuceé—. Es solo algo que he oído de pasada y he pensado que tal vez lo sabrías. Jesús; da igual.

«Idiota, idiota, idiota». ¿Por qué no me había limitado a buscarlo en Google? Sin embargo, mi madre no estaba dispuesta a dejarlo pasar con tanta facilidad.

—¿Alguien te ha dicho eso?

—¡No! Oí por casualidad cómo lo decía una de las chicas de la residencia.

Vi cómo mi madre soltaba un suspiro de alivio.

—Es una vieja historia. El rey Chuhuai viajó al río Yangtze, a un lugar llamado «Nubes de Lluvia sobre Wushan». Se quedó dormido y soñó que... ya sabes... con la diosa de Wushan. —Con un gesto de las cejas, me indicó lo que quería decir con ese «ya sabes»—. Antes de despertar, ella le dijo que la forma de encontrarla de nuevo era pensar en las nubes de lluvia sobre Wushan. No es algo de lo que hablen las chicas buenas.

Mierda.

Intenté mantener el gesto lo más neutral que pude, pero, en el interior, el corazón estaba a punto de salírseme del pecho.

Gang era un maldito poeta. Y lo había sido por mí. Le gustaba de verdad. Y no en plan «déjame acompañarte a casa y acostarme contigo». Más bien en plan «te beso bajo la lluvia y te dejo mensajes codificados».

Podría haberme desmayado de felicidad. Solo que todavía tenía que ocuparme de mi madre.

—Oye, mamá, debería irme. No quiero ser la que retrase la fiesta.

Su rostro mostró interés.

—¿Fiesta? ¿Quiénes asisten a esa fiesta?

Me mostré recelosa de su cambio de actitud.

—¿Por qué lo preguntas?

¿Desde cuándo me pedía detalles sobre mi vida social?

—Solo me preocupo por ti —protestó. Sin embargo, después añadió—: ¿Estará ese chico?

—¿Qué chico? —le pregunté, a pesar de que sabía muy bien a quién se refería.

—Aiya... Ya sabes quién. El que vi en el teléfono. Gang. Probablemente, su nombre proceda de la palabra «acero». Es buen nombre para un chico.

Pestañeé mientras contemplaba el teléfono. No daba crédito.

—¿Estuviste dos meses usando el nombre equivocado con Rhys, pero puedes recordar el nombre de un tipo con el que me escuchaste hablar a través del teléfono? ¿En serio?

—Está diferente. Él es chino.

—¿Y?

—Pues que está diferente.

—¿Desde cuándo?

—Desde siempre.

—Y, aun así, quieres que me quede el resto de mi vida en el Medio Oeste donde, básicamente, no hay más chinos.

Mi madre chasqueó la lengua en señal de desaprobación.

—Siempre exageras. Solo te dije que «eŕ xíng qiān lǐ mǔ dān yōu»; «a las madres les preocupa que sus hijos viajen lejos de casa». No está lo mismo.

Me mordí la lengua. Ya había ganado la batalla de cuál sería mi universidad y estaba mostrando interés en alguien que me gustaba. Tenía que dejarlo mientras todavía tuviera la ventaja.

—Claro, mamá. Tienes razón, pero tengo que irme.

Incluso ella pareció sorprendida de que hubiera admitido que tenía razón en algo.

—Oh... Sí, de acuerdo. Te dejo que te marches.

—¡Adiós! ¡Ah! ¡Xīnnián kuàilè!

Al otro lado del teléfono, mi madre sonrió, resplandeciente, y me deseó también un feliz Año Nuevo.

—¡Xīnnián kuàilè! Asegúrate de ponerte algo bonito; no demasiado revelador. ¡Recuerda que a nadie le gustan las vacas si la leche es gratis!

Subí la cremallera de la falda que me había prestado Amy y alisé los pliegues metálicos. Era lo más cercano a tener ropa nueva que iba a conseguir para aquella noche. Tan solo había metido mallas y vaqueros en la maleta, pues no había esperado tener que arreglarme durante el viaje. Al menos a mi madre le habría alegrado comprobar que no era demasiado reveladora.

A mí, por el contrario, no me habría importado si hubiese sido unos centímetros más corta. Si quería nivelar la media de mis conjuntos en aquel viaje, necesitaba algo más llamativo para compensar la sudadera y las botas de la noche anterior.

—No tienes problemas con beber alcohol, ¿verdad? —me preguntó Amy mientras se ponía otra capa de máscara.

—Claro que no.

Intenté no emocionarme demasiado ante la idea de que tal vez pudiera demostrar al fin que era algo más que una cría de ojos saltones. Me sentí agradecida hacia Rhys y su hermano por el suministro constante de alcohol, que me habían preparado para aquel momento.

Mi anfitriona señaló su escritorio con el pincel de la máscara.

—Hay Pepcid en el cajón. —Cuando no respondí, me miró a la cara, confusa. Después, me preguntó—: ¿No sufres del llamado «resplandor asiático»?

—¿El qué asiático?

—Resplandor. Cuando la cara se te pone roja si bebes alcohol.

Entonces caí en la cuenta.

—¡No sabía que se llamaba así! ¿Solo les pasa a los asiáticos?

Soltó una carcajada mientras volvía a girarse hacia el espejo.

—Confía en mí. Tómate una pastilla ahora; eso hará que no te conviertas en un tomate más tarde.

Me fijé en que, en realidad, no había contestado mi pregunta, pero, obediente, saqué una pastilla y me la tragué. Una de las ventajas de tener un padre médico era que, desde pequeña, había aprendido a tomarme los medicamentos sin agua. No era el más deslumbrante de los talentos, pero, de vez en cuando, resultaba útil.

—¿Hay algún motivo para que tengas tantos test de embarazo? —pregunté, mostrándole una de las cajas rosas—. No quiero ser una cotilla ni nada de eso.

Amy le restó importancia con un gesto de la mano.

—Es solo que soy muy paranoica con lo de no quedarme embarazada, así que me hago un test cada pocas semanas solo para asegurarme. También tengo unas cuantas píldoras del día después en el otro cajón. Todas mis amigas saben que pueden acudir a mí si tienen una emergencia —dijo, riéndose.

—¿Alguna vez te has tomado una? —le pregunté, intentando que mi voz sonase despreocupada.

—En un par de ocasiones. No puedo salir corriendo al médico cada vez que se rompe un condón. Estoy haciendo un grado doble, no tengo tiempo siquiera para pensar en qué pasaría si acabara embarazada.

Lo dijo en tono jocoso, como si estuviéramos hablando de algo sin importancia como usar el color equivocado de pintauñas o algo así. Había tomado la píldora del día después. Varias veces, al parecer. Y ni siquiera se avergonzaba de ello.

Cerré los cajones de su farmacia casera y me erguí con una sensación de ligereza en los hombros. Nunca me había sentido culpable por lo que había hecho, pero escuchar a Amy hablar de ello con tanta naturalidad aliviaba cualquier incomodidad que pudiera quedarme. La gente se acostaba con otras personas y los accidentes ocurrían. Si teníamos los medios para arreglar aquellos errores, ¿por qué no deberíamos hacerlo? Los condones rotos no eran culpa de nadie, por lo que no deberían hacer que descarrilara por completo la vida de alguien. La gente actuaba como si aquella píldora fuera solo para los irresponsables, pero el sexo por sí mismo no era irresponsable. No tomar medidas para evitar un embarazo deseado, como era tomar aquella píldora, era la verdadera irresponsabilidad.

Amy se puso unos puntos de líquido blanco bajo las cejas y sobre la parte superior de las mejillas redondeadas. Mientras hablaba conmigo, lo fue difuminando con el dedo meñique.

—Bueno, primero iremos a cenar con las chicas y, después, iremos a un bar. Te conseguiré un carnet de identidad.

Mi mente regresó a la conversación y el corazón me dio un vuelco por la emoción. Iba a ir a un bar, como si nada. La universidad era un lugar más maduro de lo que habría imaginado. No más garajes fríos ni cervezas baratas. Me palpé los bolsillos para asegurarme de que tenía el dinero con el que me habían enviado mis padres. No sabía cómo de caras serían las bebidas en un bar, así que lo había tomado todo por si acaso.

—¿Vamos a ver a más gente de la orquesta después? —pregunté mientras me metía la camiseta por la cinturilla de la falda y comprobaba si quedaba mejor. No era así, así que volví a sacarla.

—¿Después de qué?

—No sé... De la cena. En el bar o algo así.

—¿Y qué gente?

—No sé... Gang o quien sea...

No había sido sutil, pero daba igual. Tan solo quería una respuesta. Jugueteé un poco más con la camiseta para que pareciera que lo había preguntado de pasada. Frente al espejo, Amy frunció el ceño con el mismo gesto que había puesto cuando había usado mal aquel proverbio la noche anterior.

—¿Gang?

Me encogí de hombros.

—Solo estaba diciendo nombres al azar. Además de ti, es la única persona con la que he hablado aquí.

Había conocido a una avalancha de miembros de la orquesta al llegar, pero todo había transcurrido en una nebulosa, así que no podía recordar la cara de nadie y, mucho menos, sus nombres. A excepción de Gang. Sus pómulos altos y suaves y su mandíbula bien definida estaban grabadas en mi mente como si me hubieran encargado que recreara sus rasgos de memoria, lo cual estaba segura de que podría hacer.

Amy se giró hacia mí y la melena corta que le llegaba hasta los hombros se le sacudió en torno a la cara.

—No te gustará, ¿verdad?

—¿Qué? —Mi voz sonó una octava más aguda que un segundo antes—. Ni siquiera lo conozco; ¡tan solo estaba haciéndote una pregunta!

Volvió a darse la vuelta y se miró por última vez en el espejo.

—Tan solo digo que no te hagas ilusiones. Además, solo le gustan las chicas chinas.

Aquel fue mi turno de fruncir el ceño.

—Pero yo soy china.

Suspiró.

—Ya sabes lo que quiero decir. Chicas chinas, chinas.

—En realidad, no, no sé lo que quieres decir. Yo soy china, china.

Lanzó una mirada incisiva a mis zapatos, que estaban alineados junto a la puerta.

—¿Qué me dices de esas botas?

—¿Qué les pasa?

Amy alzó las manos, frustrada.

—¡Venga ya, June! ¡Están a un paso de ser unas Uggs!

—No se parecen en nada a las Uggs. Las mías son botas de invierno de verdad. En plan... para la nieve. Las Uggs se inventaron en Australia.

No me explayé en cómo se comparaba la tracción de la goma de las suelas de mis botas con la de las Uggs o en el hecho de que las mías no se harían pedazos en dos años.

Ella puso los ojos en blanco.

—Lo que sea; solo digo que son botas de chica blanca.

—¿Qué demonios son las «botas de chica blanca»?

—El tipo de botas que las chicas blancas se ponen con pantalones de yoga.

Le lanzó otra mirada incisiva a los pantalones que me había puesto antes y que colgaban del respaldo de la silla de su escritorio.

—¡Todo el mundo lleva pantalones de yoga! Es lo que se llama «*athleisure*»: usar ropa deportiva para el ocio. ¡Es una industria millonaria!

—Claaaaaaro —dijo, arrastrando la palabra—. Para chicas blancas.

No podía creerme lo que estaba diciendo.

—¿Me estás diciendo que no tienes ni un solo par de pantalones de yoga? —Amy me dedicó una mirada que parecía decir «¿Me estás tomando el pelo?»—. Bueno, todas las personas que conozco se visten así —añadí, cruzando los brazos frente a mí y dejándome caer sobre su cama.

—Y todas las personas que conoces son blancas.

¿Qué demonios quería decir?

—No todas las personas que conozco son blancas —repliqué. La cara me ardía y mi tono de voz, a juego, sonaba enardecido.

Ella se cruzó de brazos, imitando mi pose defensiva.

—Nómbrame a tres personas con las que suelas quedar que no sean blancas y que no sean de tu familia.

—¡Conozco a mucha gente que no es blanca!

—He dicho gente con la que suelas quedar, no gente que conoces de pasada.

—¡Eso es ridículo! —me mofé—. No me puedo creer que estés cuestionando a la gente con la que salgo.

—Nómbralos.

Balbuceé, intentando pensar en tres personas. Estaba segura de que tenía amigos que no eran blancos. En el instituto no, pero, ¿en las competiciones? ¿La escuela china a la que iba los sábados cuando era pequeña? ¿Por qué no podía recordar el nombre de nadie?

—¡Britney Lee! —exclamé, triunfal—. ¡Y su hermana! Crecí tocando el violín con ellas. ¡Eso son dos!

—Es la misma familia. Solo cuentan como una.

Todo aquello era una gilipollez. De todos modos, ¿por qué estaba justificándome ante Amy? No era asunto suyo con quién quedaba o no.

Me removí en su cama, intentando poner toda la distancia posible entre nosotras, una hazaña complicada en aquella habitación diminuta.

—Esto es una estupidez. Claro que la mayoría de la gente que conozco es blanca. Crecí en Iowa. ¿Qué esperabas? Eso no significa que no sea china.

Amy separó los brazos, entreteniéndose de nuevo en prepararse para salir.

—Nadie ha dicho que no seas china.

¿Cómo se atrevía a probarse zapatos con tanta indiferencia como si no acabara de insultarme?

—¡Claro que sí! ¡Tú misma! —exclamé—. Has dicho que llevo botas y pantalones de chica blanca y que todas mis amistades son blancas.

—¿Y? ¿Acaso me equivoco? Ni siquiera sabías lo del resplandor asiático.

Se puso otros zapatos de tacón, se miró en el espejo y los lanzó de nuevo al fondo del armario.

—No sabía que tuviera un nombre específico —farfullé—, pero eso no me hace menos china.

Amy suspiró con fuerza.

—¿Por qué te importa tanto? De todos modos, pensaba que habías dicho que eras taiwanesa.

No sabía cómo explicarle que, en Iowa, nadie se molestaba en diferenciar entre cada cultura específica. No era china o taiwanesa. Tan solo era... asiática. Había tan poca representación que, como es natural, me había aferrado a cualquier cosa de origen remotamente asiático mientras establecía conexiones entre mis experiencias y lo que fuera que estuviese siendo representado, ya fuese del este, del sur o del sudeste asiático. Nunca me había parado a pensar en las implicaciones de reivindicar sin distinciones y de forma simultánea todas las culturas asiáticas mientras odiaba el hecho de que todos los que me rodeaban hicieran lo mismo. Era una sensación incómoda.

—Mi familia es wàishēngrén —espeté con la esperanza de que, de algún modo, aquello lo explicara todo.

No se me podía culpar por identificarme con ambas culturas si eso formaba parte de mi propia historia. Incluso aunque la suma total de mi conocimiento sobre dicha historia empezara y acabara con aquel término tan específico. En el pasado, nunca me había parecido demasiado importante conocer los detalles, pero, en aquel momento, deseé conocerlos con la única intención de poder usarlos como alguna especie de armadura contra aquellos ataques.

Amy levantó las cejas un segundo y frunció los labios, poniendo el mismo gesto que Wendy cuando no quería tener que seguir tratando conmigo.

—No saquemos las cosas de quicio, ¿de acuerdo?

—No soy yo la que ha sacado el tema.

—Muy bien, siento haber dicho nada —dijo, sin darle más importancia—. Tan solo intentaba señalar que para ti es diferente porque no has crecido rodeada de asiáticos como el resto de nosotros. Olvida que he dicho nada.

Se dio la vuelta para sacar el otro zapato del armario mientras yo guardaba silencio.

«El resto de nosotros».

Incluso al pedirme disculpas, Amy consiguió insinuar que no era lo bastante asiática. Para ella, no era más que una chica que, por casualidad, se parecía a ella en el aspecto físico. No importaba que mis dos padres fueran de Taiwán o que estuviese orgullosa de mi herencia y me identificara con ella. Para ella, había nacido en el lugar equivocado y con la gente equivocada y, además, no podía hacer nada para cambiarlo.

Que le den.

Ya sabía que a Gang le gustaba, independientemente de lo «china» que fuera. Y lo viera o no aquella noche, nada de lo que ella dijera podría borrar el beso que me había dado la noche anterior.

Cerré los ojos y recordé la lluvia cayéndome sobre el rostro, el olor de su cabello y la suave presión de sus dedos al levantarme la barbilla. Había sido algo más que romántico. Había sido validación, y no necesitaba su aprobación para saborearla.

CAPÍTULO VEINTIDÓS

Nos reunimos con las amigas de Amy en un restaurante chino del centro. Allí, nos llenamos de fideos, pescado, empanadillas y el resto de comidas que traían buena suerte. Las otras chicas eran bastante majas y la conversación estaba salpicada de mandarín, cantonés e inglés. No podía seguirlas cuando hablaban en cantonés y tampoco entendía todo lo que decían en mandarín, pero tenía comida suficiente para mantenerme ocupada mientras asentía con gesto de agradable y me reía cuando las demás lo hacían.

Tenía muchísimas ganas de encajar, de ser aceptada en aquel grupo ya existente de amigas en el que todas parecían comprenderse las unas a las otras... Estaba segura de que aquellas eran el tipo de chicas que Amy consideraba «chinas, chinas». De algún modo, conseguían apañárselas sin problemas con tres idiomas mientras yo seguía teniendo problemas para avanzar más allá de lo básico de un segundo. Y, aunque sabía que no tenía que demostrar lo china que era, tomé nota mentalmente para, cuando regresara a Iowa, desempolvar los viejos libros de texto de la escuela a la que había asistido los sábados.

Tras una larga cena y una parada para comer yogur helado, nos dirigimos a un bar de cachimbas cercano. Amy ya había acordado con una de las chicas que me pasara su carnet en la entrada del club, ya que era para mayores de veintiuno. Con toda la seguridad que pude aunar, se lo mostré al de seguridad, que tan apenas lo miró. Con una mirada aburrida y un gesto de las manos, se limitó a hacer que nuestro grupo pasara.

Una vez dentro, pasamos bajo una cortina de terciopelo rojo y una mujer china ataviada con un vestido negro transparente nos dio la bienvenida. Amy habló con ella y la mujer asintió. Después, nos condujo a través de un laberinto de reservados abarrotados de gente que estaban forrados de terciopelo rojo y tenían mesas redondas de cristal frente a ellos. Al parecer, aquel era el sitio en el que había que celebrar el Año Nuevo, pues estaba repleto hasta la bandera de otros asiáticos, incluida una preciosa cantante que estaba calentando en el escenario con un postizo dorado enorme y brillante sobre la melena teñida de un color gris pálido. Tomé nota de lo bien que quedaba en caso de que alguna vez aunara las agallas para teñirme.

Al fondo del bar, Gang y un puñado de compañeros suyos, que ya estaban sentados en uno de los reservados, nos saludaron. Él permaneció sentado mientras los demás se levantaban de un salto para repartir abrazos y felicitaciones de Año Nuevo. Yo me quedé a un lado, como la extraña que era, y sonreí con toda la sinceridad que fui capaz de mostrar mientras Amy me presentaba ante las nuevas incorporaciones al grupo. Apenas había comenzado a recordar los nombres de las chicas que habían estado en la cena, así que no había ninguna posibilidad de que también fuese a recordar los nombres de aquella gente.

—Hemos reservado estos cuatro, así que puedes sentarte donde quieras —me dijo mi anfitriona, señalando a nuestro alrededor con los brazos.

Gang, que estaba recostado sobre un lujoso cojín rojo y ya tenía un vaso de cristal grueso en la mano, se nos quedó mirando desde su reservado. Iba vestido con una impecable camisa blanca, pantalones gris pizarra y unos mocasines negros relucientes.

Como siempre, estaba increíble. Ni siquiera la falda metálica plisada de Amy pudo evitar que mi camiseta retro destacara en aquel sitio tan refinado por estar muy fuera de lugar.

—¿Por qué no vienes a mi mesa? —me preguntó ella mientras me tiraba del brazo para arrastrarme hacia el reservado que había junto a aquel en el que Gang estaba sentado solo.

Varias de las chicas y un chico ya estaban mezclando bebidas mientras otro de los chicos fumaba de la cachimba decorada que había sobre cada una de las mesas de cristal.

—Feliz Año Nuevo, June Chu.

Mi nombre salió de los labios de Gang mientras se ponía en pie y se inclinaba por encima de la mesa. Me apoyó una mano en el hombro para darle un beso al aire sobre mi mejilla. Mientras intentaba actuar con indiferencia, el corazón que, tal como diría mi madre, estaba tan agitado como las hormigas en una sartén ardiendo, me dio un vuelco en el pecho. Cualquier oleada de seguridad que hubiera experimentado en la residencia, desapareció en el instante en el que volví a verlo y me hizo recordar lo perfecto que era él y lo imperfecto que era todo lo que decía yo cuando estaba con él. Sin embargo, tenía que darle alguna respuesta.

—Xīnnián kuàilè —dije con una sonrisa coqueta, haciendo que él arqueara las cejas casi hasta el punto en el que le empezaba a crecer el pelo.

—Así que sí que hablas mandarín —comentó.

Me encogí un poco de hombros mientras me echaba la melena hacia atrás. Sin embargo, me complacía haberlo impresionado. ¿Dónde quedaba la teoría de Amy de que no era lo bastante china?

—Hola, Gang —dijo mi anfitriona con voz aburrida.

Él le dijo algo en cantonés a toda velocidad. Ella puso los ojos en blanco antes de dejarnos solos para ir a sentarse con sus amigas.

—Ven, siéntate.

Me indicó que rodeara la mesa y, después, me tendió un vaso antes siquiera de que me hubiera sentado. Con cautela, di un sorbo y reprimí las ganas de vomitar. La ginebra y la tónica se deslizaron por mi garganta como si fuesen un puñado de bolitas de algodón.

«¿La gente bebe esto de forma voluntaria?».

—¿Qué te parece? —me preguntó él.

Asentí y le dediqué una media sonrisa. No quería que pareciera que no podía aguantar una bebida para adultos.

Me senté con primor en el asiento rojo de terciopelo de nuestro sofá y tragué unos cuantos sorbos más con la esperanza de que el alcohol actuara y me calmara los nervios. No sabía cómo comportarme con Gang después de que me hubiera besado. ¿Estaba esperando encontrarse con la misma chica nerviosa y encantadoramente inocente que se había encontrado en el restaurante de sushi? ¿O tal vez pudiera sorprenderlo actuando como Amy: segura y con el control de mi propia sexualidad? Desde luego, la segunda opción parecía más atractiva. Al menos, si lograba controlar los nervios.

El aire era cálido y espeso, tanto por la densidad de cuerpos que había en el interior como por el vapor de las cachimbas. Podía notar la humedad en las axilas y separé los brazos del cuerpo con la esperanza de que el sudor no se marcara en la camiseta. Estaba oscuro, pero no lo bastante como para ocultar las manchas, sobre todo teniendo a Gang reclinado junto a mí y a apenas unos centímetros de descubrir lo repugnante y sudorosa que era en realidad.

Exhalé poco a poco, contando hasta ocho, intentando que se me ralentizara el pulso hasta un valor bajo de menos de tres dígitos. En aquel momento, mi corazón parecía pensar que estaba corriendo en una pista de atletismo mientras me perseguía algún tipo de animal depredador enorme. En cuanto pudiera controlar eso, podría decidir cómo actuar.

—Ven, June Chu, y acurrúcate conmigo.

Aquella voz grave, áspera por la ginebra, sonó de la misma manera que cuando me había susurrado las palabras «nubes de lluvia sobre Wushan».

—Estoy escuchando la música —contesté, señalando al escenario y apartándome el pelo detrás de los hombros. El milisegundo de brisa que generé al mover el pelo fue un alivio que agradeció mi nuca, desde la que una gota de sudor se me abría paso por el cuello.

—¿Necesitas que te la traduzca? Tal vez las palabras sean… —Se inclinó hacia delante y me besó el lado expuesto del cuello, haciendo que se me erizara la piel del brazo—. ¿Demasiado complicadas?

Sentía cómo se me empezaba a derretir el cuerpo. La rigidez de la espalda dio paso a una columna curvada que no quería nada más que hundirse de nuevo en la calidez del cuerpo de Gang y que la melodía embriagadora que procedía del escenario nos escudara de las miradas curiosas. Sin embargo, no podía. Todavía no. Necesitaba volver a escudriñar la estancia; tenía que asegurarme de que el alcohol no me había jugado una mala pasada, haciéndome soñar todo aquello. ¿De verdad estaba en aquel club nocturno para adultos tan sexy con alguien con el aspecto de Gang? ¿De verdad quería pasarse toda la noche hablando solo conmigo?

De algún modo, en tan apenas dos días, había envejecido media década y los días que había pasado bebiendo cerveza barata en los sofás y los garajes de mis amigos parecían cosas de una vida pasada. Iowa y todos los que estaban allí se desvanecieron hacia el fondo como cosas sin importancia. En Washington, era poderosa. Llamaba la atención del tipo más atractivo de la sala y, posiblemente, de todo el universo. Ya no me preocupaba por aquellos chicos a los que tal vez les gustara o no, sino por hombres adultos que vestían de traje y que recitaban poesía para seducirme.

Tal vez Gang hubiera estado en lo cierto y necesitase un propósito de Año Nuevo. Estaba a punto de elegir uno. Año nuevo, vida nueva. No más inseguridades infantiles. Si quería estar con gente como Gang, tenía que creer que encajaba. Tal vez Amy se hubiera comportado como una zorra, pero era una zorra con confianza en sí misma. Jamás se habría conformado con ser tan solo «lo bastante buena».

—También hablo chino, ¿recuerdas? —dije mientras, de modo juguetón, le daba un manotazo. No era más que otra excusa para tocarlo.

Me besó el cuello de nuevo y un escalofrío me recorrió todo el cuerpo.

—Dime qué es lo que está cantando —me susurró al oído antes de morderme el lóbulo de la oreja.

Tragué saliva y me humedecí los labios mientras intentaba recuperar la compostura antes de hablar. Había conseguido encontrar mi punto débil sin tan siquiera intentarlo.

—De acuerdo, tal vez no lo hable del todo bien —admití, sintiendo unas punzadas eléctricas en la oreja allí donde sus labios me habían rozado—. Pero puedo entender buena parte.

Tras apoyarse sobre un codo, Gang me pasó la otra mano por el hombro y el brazo, haciendo que mi cuerpo volviera a estremecerse sin querer.

—¿Te pongo nerviosa, June Chu? —me preguntó, arrastrando las palabras.

«Sí. Sí. Sí. Sí».

—No —mentí.

Apoyó la cabeza contra mi pecho y solo su familiar aroma a árbol del té y naranja impidió que acabara por desmayarme del todo. No sabía qué estaba haciendo, pero no me moví ni un ápice y recé para que nunca parara de hacer lo que fuera que estuviese haciendo.

—¿Sabes lo que significa «qīshàng bāxià»? —me preguntó, apartando el oído de mi corazón, que latía con rapidez.

A toda velocidad, traduje las palabras en mi mente.

—¿«Siete arriba, ocho abajo»?

Una sonrisa juguetona se le dibujó en los labios, cuyo habitual tono rosado, parecía más oscuro bajo la luz tenue.

—Significa que tienes el corazón ansioso.

Tragué saliva con fuerza mientras intentaba evitar que dicho corazón ansioso se me saliera por la boca.

—«Jǐjiā huānxǐ jǐjiā chou» —contesté.

Le estaba diciendo que «mientras algunos son felices, otros están ansiosos».

Echó la cabeza hacia atrás, riendo.

—Ay, June, me haces reír.

Me froté los labios, cohibida.

—¿Por qué?

¿Acaso había vuelto a usar mal un proverbio una vez más?

—Porque eres irresistible cuando hablas chino —contestó mientras me tocaba la punta de la nariz con su dedo largo y exquisito—. Dime, ¿qué otros proverbios conoces?

Aquella era mi oportunidad para impresionarlo. Al fin, los últimos dieciocho años de mi vida iban a servir para algo. Me devané los sesos en busca de uno del que estuviera segura de no estar confundiendo su significado.

—«Yǒuyuán qiānlǐ lái xiānghuí» —dije—. «El destino une a las personas que están lejos».

Todavía apoyado sobre el codo, Gang arqueó una ceja bien perfilada y se inclinó para tomar su bebida.

—Así es. —Dio un largo trago antes de añadir—: Creo que el destino ha sido amable con nosotros.

Le dediqué una sonrisa fría, pero podía notar cómo todo mi cuerpo entraba en calor, orgulloso. Había impresionado a Gang; se había referido al hecho de conocerme como algo propio del destino y las horribles mariposas de nervios que había sentido en el estómago empezaron a disiparse.

Tiró suavemente de la parte trasera de mi camiseta.

—Ven, June Chu, la que habla de proverbios y del destino; llevo toda la noche pensando en besarte y ya no puedo esperar más.

Me pasó la mano por detrás de la cabeza para acercármela a la suya. Justo antes de besarme, me miró a los ojos y sonrió con deleite, como un lobo antes de cenar.

CAPÍTULO VEINTITRÉS

A la mañana siguiente, me desperté sola y muy sedienta, pero cuidadosamente cubierta por la colcha color crema y las sábanas a juego de la enorme cama de Gang. Durante toda la noche, tan solo había pedido para beber ginebra con tónica, por lo que me sentía como si tuviera la garganta llena de arena. Tan solo quería un vaso de agua.

La cabeza me palpitaba, pero me levanté de la cama y me puse a toda velocidad la ropa de la noche anterior, que había dejado esparcida por todo el suelo. La idea de que me vieran desnuda a la luz del día me hacía sentir mucho más expuesta.

Pasé de puntillas por encima de las franjas de luz solar que se colaban por la ventana, abrí un poco la puerta de la habitación y eché un vistazo al salón. El apartamento estaba en absoluto silencio y el único indicio de la existencia de vida eran los vasos de cristal, probablemente de la noche anterior, que había repartidos por la mesita de café. ¿Cuántos compañeros de piso vivían con él? No podía recordarlo.

Habíamos estado bebiendo y enrollándonos hasta que el club había cerrado. En aquel momento, Gang había decidido que había bebido demasiado y había pedido un taxi para que volviéramos a su apartamento. Me había parecido un poco extraño marcharme sin Amy, que era la encargada oficial de cuidarme, pero tal como me había dicho cuando le había preguntado si le parecía bien que me marchase con él: ya era mayor y ella no era mi madre.

Ya sabía lo que mi madre habría dicho en aquella situación.

Así que me había marchado con él. No me había dado cuenta de lo que eso implicaba en realidad hasta que habíamos cruzado su puerta y nos había recibido un coro de saludos procedentes de rostros sin nombre que no habían parecido demasiado sorprendidos de verme. Sin embargo, cuando habíamos vuelto a besarnos dentro de su habitación, no le había dicho que no. No había querido decirle que no.

Por el contrario, lo había besado mientras arqueaba la espalda hasta que mis hombros habían rozado la parte superior de su cama. Con una mano, él me había rodeado la cintura con firmeza. Había sido todo aquello que no sabía que me había estado perdiendo.

Mi problema con Brad no había sido que no me gustase el sexo; había sido que el sexo no me gustaba lo suficiente con él. Gang no me había manoseado intentando acabar lo más rápido posible, sino que había dado cada paso con lentitud, como si hubiera estado saboreando los preliminares. No había girado todo en torno a lo que yo podía hacer por él, sino en torno a lo que él podía hacer por mí. Nunca me había dado cuenta de lo poco que se había preocupado Brad por mi satisfacción hasta que me había encontrado con alguien que sí lo hacía.

Sin embargo, tal como advierten los filósofos chinos: «Tiān xià méi yǒu bú sàn de yàn xi». «Ningún banquete en el mundo dura para siempre». Aquel era mi último día completo en Washington y también era el día en el que tenía que hacer la audición para la plaza en la universidad. El director musical me había asegurado que era algo muy informal y que no tenía por qué estar nerviosa, pero me estaba jugando mucho. Si la fastidiaba, ¿cómo podría volver a mi vida en Iowa sabiendo lo que había perdido?

De pronto, deseé haber pasado parte del tiempo que llevaba allí ensayando. En su lugar, me había quitado de la cabeza todo aquel asunto como si, al ignorarlo, pudiera restarle importancia, tal como los profesores te decían que hicieras con los chicos malos de clase.

Eché otro vistazo por la puerta para asegurarme de que no venía nadie y, después, empecé a dar vueltas por su habitación, contemplando sus posesiones. Si aquella era la última vez que iba a estar cerca de él, no tenía prisa por marcharme. Incluso aunque la temida audición fuese aquel día. Sobre todo por eso.

La habitación de Gang estaba ordenada y era muy minimalista. Tan solo tenía la cama, un escritorio y una cómoda. El armario estaba perfectamente organizado y repleto de camisas y pantalones de vestir de diferentes colores, idénticos a los que había llevado cuando lo había conocido. Quería estirar el brazo y pasar los dedos por las prendas, saboreando el tacto de la ropa blanca, pero me resistí. Tocar la tela cuando su cuerpo no la llevaba puesta no era lo mismo. No era la ropa lo que quería tocar, sino a él.

Me acerqué al escritorio, que estaba casi vacío, excepto por un portátil y su pasaporte. Abrí el documento y me encontré con una fotografía suya en la que mostraba un estilismo perfecto y varias páginas repletas de sellos.

Cómo no.

Al menos, ahora conocía su apellido. «Wang Gang». Susurré su nombre. «Rey de acero». Le pegaba.

Fui hasta la cómoda y abrí uno de los cajones con cuidado. Todo lo que había en su interior estaba bien doblado y apilado, como si el empleado de una tienda hubiera estado allí y se lo hubiera ordenado. Yo ni siquiera doblaba mi propia colada: lo hacía mi madre. Era como si no hubiera un límite en lo superior que era a mí en cuanto a madurez y sofisticación. Incluso doblaba su ropa interior como un maldito adulto.

En las paredes había unas cuantas fotografías Polaroid pequeñas, similares a las que tenía Amy en las suyas. En algunas de ellas había chicas, en otras no. Examiné el rostro y la postura del cuerpo de cada una de ellas. Se me hizo un nudo en el estómago mientras me preguntaba si se habría acostado con alguna de ellas. ¿Eran especiales para él? ¿Había susurrado alguno de sus nombres con aquella voz que hacía que sintieras que era la única palabra que debería pronunciarse jamás? ¿Estaba alguna de ellas enamorada de él?

Me asomé por la puerta una tercera vez. El inquietante silencio del apartamento no había cambiado. ¿Había ido Gang a buscar su coche, que se había quedado en el exterior del club? ¿O había ido a comprar algo para desayunar? Como no tenía su número de teléfono, no tenía forma de saberlo. No había pensado en pedírselo.

Era mejor marcharme antes de que regresara. No quería que pareciera que había estado esperándolo a pesar de que eso exactamente era lo que llevaba haciendo más de media hora. Solo que, ahora, eso significaba que tenía que salir de allí antes de que reapareciera o de que sus compañeros se despertaran y tuviera que responder sus preguntas sobre dónde había ido.

Me apresuré a arrancar una hoja de un cuaderno que encontré en el cajón de su escritorio y garabateé una despedida despreocupada. También le dejé mi número, por si acaso. No quería que pensara que me había escabullido, avergonzada. Aquello no era lo que llamaban «paseo de la vergüenza». En todo caso, estaba orgullosa de mí misma.

Era valiente y atrevida. A diferencia de la primera vez que había decidido acostarme con Brad, no había hecho aquello para demostrar algo; no estaba tachando un elemento de una lista de metas que quería alcanzar. Sencillamente, lo había hecho porque había querido. En aquel momento, no había ninguna posibilidad de comenzar una relación con Gang, pero, de todos modos, lo había hecho. No necesitaba convencerlo para gustarle, para que me tomara en serio o para que me adorara, tal como había hecho Brad después de que hubiéramos empezado a enrollarnos. A Gang le había gustado antes de que hubiera pasado nada entre nosotros. Y había sido él el que había intentado seducirme.

Un escalofrío me recorrió el cuerpo mientras me concedía otro segundo para rememorar ciertas partes de la noche. En realidad, me concedí un minuto. Después, me lo quité de la cabeza. Al fin estaba lista para dedicar toda mi atención a la actuación que se avecinaba. En contra de lo que pensaba mi familia, en realidad sí que me importaba cómo lo hacía en las competiciones. Y, aunque había dejado de esperar ganar mucho tiempo atrás, eso no significaba que no me doliera cada vez que me daban otro trofeo de un tercer puesto. Sin embargo, no podía fingir que aquella presentación no me importaba. Aquella audición lo era todo; mi futuro completo. Si no conseguía impresionar al director, no habría cenas de Año Nuevo Lunar, ni cafeterías multiculturales, ni bares pijos. Y, con el corazón en un puño, pensé que tampoco habría ningún Gang. Tomando aire poco a poco, hice otro barrido visual de la habitación y, con él, llegó la inspiración. Sabía exactamente qué era lo que iba a tocar para la audición.

CAPÍTULO VEINTICUATRO

Como me habían prometido, la audición fue informal y solo asistieron el director musical y la violinista principal. Estábamos en una pequeña sala de ensayo que estaba casi vacía, a excepción de un montón de sillas apiladas con desorden junto a la pared y unos pocos atriles desperdigados.

El breve instante de pánico que había sentido aquella mañana en el dormitorio de Gang se había esfumado y, mientras arrastraba una silla al centro de la habitación, mi seguridad se disparó. Allí no había lugar en el que esconderme y orquesta con la que fundirme. Sin embargo, ya no era el tipo de chica que tenía que pedir disculpas por existir. Querían que estuviera allí. Gang quería que estuviera allí. Pertenecía a aquel lugar. Era cosa del destino y, tal como Gang había dicho, por una vez, el destino estaba siendo amable conmigo.

—Puedes empezar cuando estés lista —me indicó el director.

Respiré hondo, calmé las manos y empecé a tocar. Mozart, por supuesto. En aquella ocasión, interpreté un atrevido concierto en sol mayor, que era un reflejo de mi estado de ánimo. Como el espacio era reducido, la música inundó la habitación rápidamente y las notas parecieron posarse encima y en torno a nosotros tres.

Las florituras se desplegaban como los pétalos de una flor a la luz del sol.

Mis padres siempre torcían el gesto ante mis añadidos, recordándome que me limitara a tocar la partitura tal como había sido escrita. Wendy nunca añadía florituras. Ella interpretaba la música como una máquina. Pero entonces, en aquel momento, era como unas campanitas de viento meciéndose en la brisa y añadía notas cuando me parecía que quedaban bien.

Era una diosa, un genio musical. Si la música fuese una montaña, yo estaba en la cima, inspeccionando con alegría los frutos de mi ascenso.

Me merecía aquella actuación. Merecía aquel momento de triunfo después de los cientos de horas que había invertido en ello (probablemente decenas de cientos de horas). Nunca jamás, ni siquiera una sola vez, me había sentido así al tocar.

Era como si estuviera en mi lecho de muerte, viendo mi vida pasar. Solo que, en lugar de lamentar cosas, tan solo tenía buenos recuerdos: dominar *Estrellita del lugar*, mi primer vestido para un recital, terminar el último libro del método Suzuki o descubrir que podía tocar la música de Metallica.

Las notas se expandieron por la habitación, más plenas con cada movimiento de mi arco, llenando el espacio hasta que no quedó hueco. Me ahogaba en la música mientras jadeaba intentando inhalar más de ella.

Entonces, demasiado pronto, la pieza llegó a su fin. Mantuve los ojos cerrados unos instantes más. Detestaba tener que volver a unirme al mundo real donde podrían venirme a la mente mis recuerdos menos placenteros: Wendy burlándose de mí porque me había costado más terminar el cuarto libro; mi madre diciéndome que hacer que compitiera a nivel nacional era una pérdida de dinero; romper mi violín en un ataque de rabia, mentir diciendo que se me había caído, tener que aguantar un sermón sobre cómo no cuidaba mis cosas y tener que trabajar para pagar un instrumento nuevo.

¿Cómo era posible que la misma cosa te encantara y la odiaras a la vez? El violín me había causado mucho dolor a lo largo de los años. A veces, parecía que solo me había brindado pena y resentimiento. Sin embargo, al mismo tiempo, no podía hacerme a la idea de no volver a tocarlo jamás. Sencillamente, formaba parte de mí. Tocar me abría paso hacia emociones que tenía enterradas, ya fuesen buenas o malas. Escuchar música tenía un impacto similar, pero ni siquiera eso podía recrear la experiencia de crear. Escuchar cómo cambiaba una pieza bajo mis dedos dependiendo de mi estado de ánimo era lo más cercano a encontrar mi verdadero ser. Y, en aquel momento, era alguien lleno de optimismo y seguridad porque, en su vida, todo iba bien.

Cuando bajé el instrumento, me sorprendí al darme cuenta de que tenía la piel de gallina en los brazos.

—Gracias, June. Eso ha sido precioso.

La voz del director musical me sacó de mi crisis existencial y volví a centrar la mirada en el rostro de la chica que había a su lado. Si lo brillante que había estado solo había sido una alucinación mía, ella sería la que me daría la pista. Algunas personas tenían ese tipo de mirada especial.

Sin embargo, para mi alivio, estaba sonriendo con calidez.

—Creo que encajarías muy bien. Nuestro estilo contemporáneo fomenta los toques individuales siempre que sean posibles y es evidente que sabes tocar de puta madre. —Tras lanzarle una mirada culpable al director, se irguió y corrigió su declaración—. Lo que quiero decir es: gracias por tu tiempo. Tenemos que discutir algunas cosas.

Sin embargo, mientras me dirigía hacia la puerta, me guiñó el ojo y levantó el pulgar.

En cuanto volví a encender el sonido de mi teléfono, vibró con varias notificaciones. Tenía un mensaje de un número desconocido.

> No te he visto esta mañana. Siento haber desaparecido.

Una sonrisa bobalicona se me dibujó en el rostro. Solo podía ser de una persona.

Empecé a escribir «no pasa nada», pero me lo pensé mejor. Siempre hacía lo mismo: desestimar todo como si no tuviera importancia, ocultando cómo me sentía sobre algo porque no quería que la gente pensara que no era guay o que era una persona difícil. Sí que estaba mal que se hubiera marchado sin decirme nada. Sí que me había molestado. Y, aunque se estuviese disculpando en aquel momento, eso no lo arreglaba.

Por otro lado, era una tontería pelearme con él cuando solo nos quedaba un día más juntos. Además, en comparación con toda la mierda que había tenido que aguantar mientras salía con Rhys o con Brad, un pequeño desliz no era algo tan importante. No es que hubiera hecho algo un poco racista, como llamarme «China».

Puf. Solo pensar en ello me daba grima. Tal vez, algún día, descubriría en qué demonios había estado pensando cuando había permitido que Brad me llamase así, sobre todo porque no podía imaginarme permitiendo que mis amigos hicieran lo mismo. La única explicación lógica sería algo similar a la visión distorsionada de la gente que produce beber alcohol, solo que para chicas que se colgaban de tipos que las sometían a un bombardeo amoroso. Fuera como fuese, todo aquello hacía que la idea de mudarme de Iowa me resultase mucho más tentadora.

> Dejaré que me lo compenses.

Escribí la respuesta. Miré fijamente el teléfono mientras los tres puntitos diminutos parpadeaban sin fin. Tenía el corazón desbocado por las ganas de ver su respuesta. Tras lo que me pareció una década, me llegó su mensaje.

> Por supuesto. Esta noche. Dime dónde.

Estuve a punto de gritar. ¡Mi yo adulta estaba coqueteando y lo estaba haciendo bien!

Me llevé el teléfono al pecho y me apoyé contra la pared, preguntándome si podría llegar más arriba del séptimo cielo en el que ya me encontraba. Tal como estaban las cosas, ya estaba preparada para bajar de las nubes en cuanto saliera de aquel edificio.

Amy me había indicado que dejara el violín otra vez en su habitación para que pudiéramos reunirnos con sus amigas para cenar antes de salir por ahí. Si bien las cosas habían ido bien entre nosotras por la mañana, había tenido la esperanza de que se mostrara más interesada por lo que había pasado entre Gang y yo la noche anterior. No solo se trataba de que quisiera restregarle en la cara el hecho de que él me hubiera encontrado «lo bastante china», aunque no podía negar que, en parte, era así.

En realidad, nunca había hablado chino con nadie que no fuese o un profesor o un miembro de mi familia. Ni siquiera hablaba mandarín lo bastante bien como para decir que era mi idioma. Sin embargo, haber sido capaz de recitar los proverbios que mi madre me había taladrado en la cabeza y haber sido capaz de seguir fragmentos de conversación me había dado una energía renovada. Al fin me sentía china de un modo que no se definía por cómo otras personas veían la forma de mis ojos. O, más bien, supongo que taiwanesa. Y ninguno de los comentarios sarcásticos de Amy podría arrebatarme eso.

Volví a mirar el mensaje de Gang y el corazón se me puso en la garganta al recordar cómo me había mirado la noche anterior. Tal vez no fuese una locura pensar que, quizá, aquello pudiera ser algo. La gente mantenía relaciones a larga distancia de continuo. Y tampoco es que en Iowa hubiese otra persona con la que prefiriese estar. En apenas unos pocos meses, volvería a Washington para quedarme de forma permanente y, entonces, tendríamos todo el tiempo que quisiéramos. Tan solo necesitaba una noche más para demostrarle lo mucho que estábamos hechos el uno para el otro.

Después de que alguien me pasara su carnet de identidad rápidamente y de que me pusieran un sello en la mano, me encontré en la cavernosa sala delantera del bar. Misteriosamente, el suelo ya estaba lo bastante pegajoso como para que tuvieras que despegar los zapatos con cada paso que dabas. Las amigas de Amy habían mencionado que aquel era un lugar popular para los estudiantes del campus, ya que estaba cerca y había música en directo. Intenté imaginarme cómo sería estar allí con Gang. Desde luego, distaba mucho de ser el elegante local de cachimbas del día anterior.

Poco después, al fin llegó con el mismo grupo de chicos de la orquesta que habían estado con él la noche anterior. Tras saludar con rapidez a las demás chicas, se acercó a mí, me dio un beso en la mejilla y me pasó el brazo por los hombros. De algún modo, estaba más guapo que nunca: llevaba una camisa a rayas en tonos rosas metida por la cinturilla de unos pantalones de vestir grises y unos mocasines negros. El pelo le caía de forma calculada en torno al rostro y llevaba la barbilla y el cuello recién afeitados y tan suaves que me dieron ganas de pasarle los dedos por la zona como si fuera un tratante de antigüedades evaluando una pieza de porcelana fina.

Noté las miradas curiosas de las otras chicas mientras intentaban descifrar cómo exactamente había llegado allí como un torbellino y había captado la atención de alguien tan increíble como Gang. Si estuviera en su posición, estaría desesperadamente celosa de mí misma. Intenté actuar de forma despreocupada, jugueteando con mi melena para evitar tener que hacer contacto visual con ellas mientras Gang fue a pedir las bebidas al bar. Tuve la esperanza de que captara mi mensaje por telepatía para que no pidiera ginebra y tónica de nuevo.

La violinista que había estado presente en mi audición se colocó a mi lado.

—Así que Gang y tú, ¿eh? —Había un tono de sorpresa en su voz—. Parece que sois una pareja musical perfecta. Siempre lo oigo tocando a Mozart cuando está ensayando.

Intenté encogerme de hombros sin darle mucha importancia, pero no pude reprimir una sonrisa mientras se me encendía el rostro.

—Supongo.

—Entonces, ¿es definitivo que vendrás aquí el año que viene?

—Si consigo la beca…

Asintió con confianza.

—Te la van a dar. Beckman ya me ha dicho que estaba preparando el papeleo.

Una oleada de alivio me recorrió el cuerpo mientras el último obstáculo para llegar a mi vida futura se desmoronaba como los alienígenas al final de *La guerra de los mundos*. Era una locura pensar que me había pasado meses estresada por aquella decisión para que, después, la solución perfecta apareciese de la nada. Era casi demasiado bonito para ser verdad.

—Ahora solo tengo que sobrevivir a los próximos seis meses antes de volver —dije, medio en broma.

Ella suspiró con nostalgia.

—Recuerdo lo que es sentirse así. Yo también estaba impaciente por que empezara todo. Ahora, estoy en mi último semestre y, cuando echo la vista atrás, veo lo rápido que ha pasado. No te preocupes, esto te estará esperando cuando regreses. Intenta disfrutar también de lo que te queda de instituto.

¡Ja! Como si pudiera volver a Iowa y sentirme satisfecha con mi vida después de aquello.

Gang regresó, me puso un vaso grueso en la mano y me pasó un brazo por la cintura.

—¿Me he perdido algo importante? —preguntó.

—June ha decidido que vendrá aquí el próximo otoño —le contestó la violinista, que no se molestó en preguntarme si quería darle la noticia yo misma.

—¿De verdad? —le preguntó él.

Ambos eran más altos que yo, así que la conversación estaba ocurriendo por encima de mi cabeza.

—De verdad —intervine, recordándoles mi presencia.

Él bajó la vista hacia mí con una sonrisa y el brazo todavía en torno a mi cintura.

—¡Qué noticia más maravillosa! Esto merece una celebración.

Sin tan siquiera haber dado todavía un trago a mi bebida, ya podía notar cómo se me sonrojaban las mejillas. ¿Por qué no podía dar un salto temporal de un año para estar ya allí? En aquel momento, me sentía como una adolescente idiota, atrapada entre dos adultos mientras discutían su futuro. Si ya fuera una estudiante de aquella universidad, tal vez la gente dejara de sorprenderse de que estuviera allí o de que Gang estuviera interesado en mí. ¿Por qué los demás no veían en mí lo que era evidente que veía él?

—Ahora mismo vuelvo; voy un momento al lavabo —dije, separándome del brazo de él.

Necesitaba un poco de espacio para recuperar la compostura o, como diría Liz, «concentrarme en el partido». Aquella era la yo de la noche anterior, pero quería que él me recordara como la June de la audición de aquella tarde. ¿Cómo podía lograr que volviera a aparecer?

Me quedé en el cuarto trasero que había justo al lado de las puertas de los baños con el dedo sobre el número de teléfono de Candace durante lo que me parecieron siglos. Si había alguien que pudiera motivarme en aquel momento, era ella. Pero, ¿qué iba a decirle? ¿Cómo podría explicarle siquiera todo lo que estaba en juego?

Poco a poco, volví a meterme el teléfono en el bolsillo. Si quería ser una adulta, entonces tenía que solucionar aquello yo sola, tal como hacían los adultos.

Vagué de vuelta hacia la parte delantera del bar, donde había dejado a los demás. Me abrí paso entre la multitud de gente que había llegado mientras me escondía en la parte trasera. Gang y la violinista seguían charlando, y ambos me estaban dando la espalda.

—Así que me mudaré a Canadá este verano —estaba diciendo ella.

—Qué emocionante —contestó él—. Canadá es un país maravilloso. Además, hay muchos menos problemas con las armas de fuego que aquí.

—¿Y tú? ¿Vas a quedarte en Estados Unidos durante el verano o vas a volver a China?

Retrocedí unos pasos, agradecida de que ninguno de los dos me hubiese visto, y me pegué a la barra que había tras ellos. Sabía que no estaba bien escuchar a escondidas y que, además, era raro, pero no podía resistirme a aquella oportunidad de conocer cualquier cosa sobre la vida personal de Gang. Ni siquiera me había hablado de su amor por Mozart.

Me esforcé por captar su voz, rezando para que aquel no fuera el momento en el que, de pronto, todo el mundo decidiera pedir las bebidas. Tal vez estuviera planeando quedarse por allí. Mi fecha de regreso oficial no sería hasta agosto, pero no había ningún motivo para que no pudiera volver antes. Algunas de las chicas de la orquesta tenían apartamentos cerca. Tal vez pudiera quedarme con ellas y...

—Regresaré a China, como es natural —contestó él—. Mi novia está allí, esperándome. En verano, nos gusta viajar y hacer catas de vino.

Todo el aire que había en la habitación desapareció.

«Novia».

«Catas de vino».

El dulce vino koshu que había pedido con la cena la noche que nos habíamos encontrado.

La sangre me inundó los oídos como un maremoto. Gang no estaba en contra de las relaciones a distancia; de hecho, ya estaba en una.

La violinista debió de sentirse tan sorprendida como yo porque, cuando al fin se me despejaron los oídos, pude oír cómo decía:

—Ni siquiera sabía que tuvieras novia. Me había dado la impresión de que había pasado algo con June este fin de semana.

Mentalmente, prometí darle su nombre a mi primera hija. Daba igual que no supiera cómo se llamaba; mi hija se llamaría «violinista alta que me defendió».

La voz grave de Gang resonó con claridad, sin rastro de duda o remordimiento.

—June es divertida, pero es una cría. Mi novia y yo llevamos años juntos. Algún día, nos casaremos. Lo de June es solo por diversión, nada serio. Mi novia lo entiende.

Sentí como si el pecho se me estuviera haciendo pedazos. Me tambaleé hacia la pared, incapaz de encontrar la salida, ya que tenía los ojos empañados. ¿Cómo era posible que estuviera ocurriendo aquello? Gang pensaba que era una cría. «Nada serio».

Me había permitido pasarme todo el fin de semana creyendo que le gustaba, que me veía como una igual, que encajaba o que lo haría algún día. En su lugar, a él le parecía «divertida», una distracción, algo con lo que entretenerse mientras su novia estaba a miles de kilómetros de distancia. ¡Además, ella lo sabía! Era tan insignificante que ella misma lo sabía.

Me derrumbé contra la pared, bajando la cabeza hacia las rodillas, intentando evitar que toda la sangre se me esfumara del cerebro. Me clavé las uñas en los muslos y me armé de fuerza de voluntad para que las piernas aguantaran mi peso y evitaran que colapsara sobre el suelo sucio.

—¿Qué haces aquí? Pensaba que estarías encima de Gang toda la noche.

Alcé la cabeza de golpe ante el sonido de la voz aburrida de Amy. Se cernió sobre mí con un bolso de cuero negro en una mano y un cóctel rojizo en la otra. En aquel momento, toda ella era un recordatorio de que era mucho más mayor que yo: los zapatos negros de tacón de aguja que le quedaban tan naturales, la forma en que llevaba la blusa amarilla metida por dentro de los vaqueros, el bolso de mano sin correas...

—Me ha salpicado la bebida y se me ha metido en los ojos por accidente —dije, haciendo uso de la mentira para limpiarme rápidamente las lágrimas que se me habían acumulado.

El gesto de mi anfitriona cambió enseguida a uno de preocupación.

—Mierda... A mí también me ha pasado alguna vez. Escuece mucho. ¿Estás bien?

Como por arte de magia, Gang apareció en ese momento.

—Ah, aquí estás.

Si se percató de que había escuchado a escondidas su conversación, no dio muestra de ello.

—Se le ha metido algo en los ojos —le explicó Amy mientras yo pestañeaba con rapidez, forzando a mis ojos a que dejaran de producir lágrimas—. ¿Necesitas ir a lavártelos al baño o algo? —me preguntó.

Ambos se agacharon junto a mí, como si fuera una niña herida.

—Estoy bien. Estoy bien, de verdad —insistí, enfrentándome a la necesidad de que me tragara la tierra. Todo aquello era muy humillante: la novia, las lágrimas, la preocupación por mi falso incidente.

Gang me rodeó con un brazo en un gesto protector y me alzó la barbilla para poder mirarme los ojos, como si no fuera él precisamente lo que necesitaba sacarme del cuerpo.

Un torrente de emociones se alzó en mi interior como un tornado: ira, dolor, bochorno y vergüenza. Una vergüenza profunda y ardiente. Me había hecho creer que era especial para él.

Quería apartarlo de mí con un empujón, darle una bofetada en la cara y gritarle que se alejara de mí. Quería tirarle la bebida por encima y llorar en el baño, huir de todos aquellos que nos estaban mirando mientras fingían no hacerlo.

Sin embargo, todo aquello tan solo demostraría lo inmadura que era; que era una cría y que, después de todo, no encajaba allí.

Así que le dejé hacerlo todo. Le dejé que me mirara los ojos antes de determinar que todo parecía estar bien. Le dejé que me besara en un intento por hacerme sentir mejor. Le dejé que me volviera a pasar de nuevo un brazo por la cintura y que me condujera a la sala donde iba a actuar una banda. Mientras tanto, sonreí, hablé de cosas sin importancia con las chicas y di tragos de mi bebida. No sentía nada más que el lento gotear de mi propia sangre mientras se me escapaba poco a poco del corazón cada vez más negro.

CAPÍTULO VEINTICINCO

Por suerte, al día siguiente, mi vuelo salía temprano, lo cual me evitó la agonía de tener que hablar de cosas insustanciales con Amy. Ella lo sabía; tenía que saberlo. ¿Cómo podía explicar sino las conversaciones paralelas que había mantenido con él mientras yo estaba presente? ¿Por qué había puesto los ojos en blanco cada vez que hablaba con él? Gang no tenía interés en mí más allá de un rollo de fin de semana y ella no parecía creer que fuese digno de mención. Probablemente, estuviera de acuerdo con él: no era lo bastante china, ni lo bastante mayor o lo bastante buena.

«June es una cría. Nada serio».

Me avergonzaba mi propia inferioridad. «Zì kuì fú rú», solía decir mi madre cada vez que me quejaba de los elogios con los que parecían cubrir a Wendy. ¿Por qué, por una vez en mi vida, no podía estar a la altura? De todas las pérdidas que había sufrido en mi vida, aquella había sido la que más me había dolido.

Había pasado de ser «lo bastante buena» a «no lo bastante buena». Me había estado engañando a mí misma al pensar que a él le había importado de verdad lo que yo pensase y que me miraba como si fuese la única persona en la habitación. Me había hecho sentir como si él hubiese sido el afortunado por poder estar conmigo.

«June es una cría. Nada serio».

Aquellas palabras se reproducían en bucle en mi mente, burlándose de mí.

Me había creído muy madura recorriendo las calles de un campus y fingiendo que pertenecía a aquel lugar, bebiendo en bares, marchándome a casa con un hombre desconocido y actuando como si supiera lo que estaba haciendo. Había pensado que, cuando me había susurrado poemas al oído y me había dicho que era «xiù sè kě cān», «un festín para la vista», había significado algo. Había deseado tanto que todo aquello fuera cierto que me lo había creído.

Si no hubiera sido conmigo, probablemente, Gang habría hecho lo mismo con otra chica. Tal vez ya lo hubiese hecho. Tal vez hiciera lo mismo con todas las reclutas. Tal vez Amy creía que me había estado advirtiendo y que a mí no me había importado. Tal vez, tal vez, tal vez... Nunca lo sabría.

Era una tonta. Ahora, ya no podía ir a Washington. Si lo hacía, parecería que estaba persiguiéndolo, que me había creído toda esa mierda de que quería que estuviera allí con él. Menuda frase... Y yo me la había tragado.

Desde el principio, todo había sido una fantasía y me había permitido entregarme a ella. Los chinos lo llamaban «xiǎng rù fēi». Me había permitido imaginar que encajaba con Amy y sus amigas; había rechazado por completo la afirmación, que ahora me parecía más que razonable, de que, tal vez, crecer en Iowa hacía que no tuviera mucho en común con gente que sí que procedía de Asia, y me había hecho ilusiones de que alguien como Gang pudiera contemplar un futuro conmigo. ¿Por qué? ¿Porque lo había encandilado con mis miradas embobadas y mi uso de proverbios chinos? ¿Porque me había acostado con él? Ni siquiera había considerado que mereciera la pena decirme su apellido. ¿Qué habría pasado si hubiera descubierto que no tenía ni idea de dónde estaba Guangzhou? Así de distantes eran nuestras realidades.

Me había pasado el resto de aquella última noche en Washington sumida en un frío distanciamiento mientras Gang parecía estrecharme cada vez con más fuerza, decidido a mantenerme a su lado. No había podido soportar la idea de demostrar que Amy tenía razón, de demostrar que mis dudas internas estaban en lo cierto. Había permitido que me abrazara, me besara y me susurrara cosas sexis al oído durante toda la noche mientras me odiaba a mí misma por cada atisbo de debilidad. Había sido consciente de que me estaba mintiendo, pues lo había oído con mis propios oídos. Aun así, cuando me había pedido que me marchara a casa con él, había estado a punto de decirle que sí.

Había estado desesperada por que fuese cierto; por gustarle lo suficiente como para que quisiera estar conmigo y por haberlo convencido mágicamente de que rompiera con su novia para estar conmigo en su lugar.

Sin embargo, el recuerdo de las lágrimas de Brad me había acechado, recordándome cómo era la situación cuando alguien estaba tan desesperado por aferrarse a algo que esa desesperación rezumaba de su cuerpo y contaminaba el mismo aire que lo rodeaba. No quería ser esa chica; no podía ser esa chica. Tenía que volver a casa con al menos una aparente dignidad que ocultase el hecho de que ya no me quedaba ninguna.

Así que le había dicho que no y había culpado a la hora temprana de mi vuelo a pesar de sus protestas. Había conseguido que no se notara que sabía lo de su novia ni siquiera cuando se había despedido de mí con un «nos vemos pronto».

Mis padres me fueron a buscar al aeropuerto y, de pronto, se mostraron muy habladores, tratando todo tipo de temas: desde las variaciones del tiempo en el Pacífico Noroeste hasta un desglose financiero total de las implicaciones de aceptar dinero de una subvención. Fingí dormir durante todo el trayecto a casa para poder evitarlos mientras mi cerebro no dejaba de gritar aquellas palabras una y otra vez:

«June es una cría. Nada serio».

CAPÍTULO VEINTISÉIS

Quedarme en mi casa era imposible. Todo lo que tocaba me recordaba a Gang. ¿El violín? Lo habría quemado. ¿La cama? Tan solo podía ver destellos de su pecho fibroso mientras se movía sobre mí como una pantera. Salir de mi habitación era imposible, ya que mis padres estaban los dos en casa, esperando para abalanzarse sobre mí y obligarme a mantener una conversación sobre mi futuro.

Así que hice la única cosa lógica: huir.

Tanto Candace como Liz estaban descartadas como opciones seguras. No necesitaba un sermón de Liz sobre los riesgos de acostarme con un desconocido o que, desde la perspectiva de ver el lado bueno de todas las cosas, Candace me dijera que, al menos, había sacado una buena dosis de sexo de la situación. Necesitaba a alguien que no hablara, alguien que no estuviera ansioso por darme consejos.

Le mandé un mensaje a Rhys.

> Necesito estar sola, pero sin estar sola.

Eso fue todo lo que dije. No me hizo preguntas; tan solo me dijo que fuera a su casa.

No intercambiamos ni una sola palabra mientras nos abríamos paso hasta su habitación, que estaba en el sótano. Allí, me tumbé en la parte de dentro de su cama y usé mi teléfono para poner en cola el segundo movimiento del Concierto para piano nº 23 en la mayor de Mozart, que era la misma pieza que había escuchado tocar a Gang en el auditorio. Quería perderme en un océano de dolor y ahogarme en mis propias lágrimas. Quería sufrir por cada humillación y rememorar las palabras de Gang por millonésima vez.

«June es una cría. Nada serio».

Me lo merecía. Me lo merecía por haber creído que alguien como él podría estar interesado en alguien como yo. Me lo merecía por haberme permitido tener esperanzas con respecto a algo que era evidente que no era nada serio. Y si bien no había dicho en voz alta lo que quería en ningún momento, sabía que, muy en el fondo, había tenido la esperanza de que él me encontrase... valiosa.

Sí que era una cría.

En silencio, las lágrimas me resbalaron por el lateral del rostro hacia las sienes, apelmazándome el pelo sobre la cabeza. No me las enjugué. También me merecía aquellas lágrimas.

Amy había estado en lo cierto: no era suficiente. Tal vez nunca lo hubiera sido. Había sido muy ingenua al pensar que podría encajar allí. Probablemente, estuvieran todos riéndose de mí, de la niñita de instituto haciéndose pasar por alguien que podía juntarse con los asiáticos «de verdad». Ni todos los proverbios del mundo podrían engañarlos y hacerles creer que pertenecía a su grupito. Incluso mi propia madre se había sorprendido ante la idea de que pudiera juntarme con gente china.

Desde su lado de la cama, Rhys estiró el brazo y posó su mano sobre la mía, tal como había hecho en Nochevieja. A diferencia de los dedos largos y huesudos de Gang o las manos ásperas y llenas de callos de Brad, la suya era suave y cálida. Qué triste era pensar que hubiese habido tan pocas personas de importancia que me hubieran tomado la mano como para que pudiera compararlas.

—¿Quieres hablar de ello? —me preguntó en voz baja.

—No.

No me lo discutió. Por el contrario, mantuvo la mano sobre la mía y se dedicó a escuchar el movimiento de Mozart, que reproduje una y otra vez mientras intentaba mantener unidos los fragmentos de mi corazón y mi mente daba vueltas en torno a la pregunta que ni siquiera me atrevía a hacerme a mí misma: ¿y si el motivo por el que nada me salía bien era porque había algo malo en mí en un nivel fundamental?

Al final, mis lágrimas disminuyeron y reuní el valor para hablar.

—¿Crees que el sexo puede hacer que las personas se enamoren?

Mi voz tan apenas se oía por encima de la música. Pude sentir su sorpresa ante aquella pregunta cuando sus dedos se crisparon un poco, aunque no los apartó de los míos.

—Eh... —Su voz sonaba más chirriante y ronca que de costumbre, probablemente porque llevaba mucho rato sin hablar. Se aclaró la garganta y volvió a intentarlo—. Supongo que no lo sé.

Si me hubiera hecho esa misma pregunta unos meses atrás, habría dicho que sí: sí, podía hacer que Rhys se enamorara de mí si me acostaba con él; sí, había hecho que Brad se enamorara de mí al acostarme con él. Sin embargo, entonces había aparecido Gang y lo había dejado todo patas arriba porque sabía que no estaba enamorada de él. De la idea que representaba, tal vez. Me había enamorado de cómo me sentía cuando estaba con él. Pero no era lo bastante tonta como para creer que la gente se enamoraba en cuestión de días. Sobre todo cuando una de las personas ya le había entregado su corazón a la novia que tenía en su país.

Entonces, ¿por qué me sentía culpable por lo que había pasado en Washington? ¿Por qué seguía pensando que había sido culpa mía?

Rhys volvió a aclararse la garganta.

—¿Sabes? Creo que la gente hará lo que quiera hacer, pero deberían ser sinceros con los motivos por los que lo van a hacer.

Intenté desentrañar la vaguedad de sus palabras, pero tenía el cerebro demasiado confuso y lo único que conseguí decir fue:

—¿Qué?

—Tan solo quiero decir que hay gente que puede hacer cosas sin ningún tipo de unión con la otra persona y que hay otras personas que no. Y lo que es una mierda es hacer pensar a la otra persona que eres del segundo tipo cuando, en realidad, eres del primero.

Las palabras de Rhys me rasgaron el pecho y de él brotó una oleada de justificaciones que ahogó mi vergüenza y mi miseria. Lo que había ocurrido con Gang no había sido culpa mía. Él me había hecho creer que sentía algo por mí y mi decisión de acostarme con él no era vergonzosa porque no había manera de que yo hubiera sabido que no era así. Si era una ingenua por no haberme dado cuenta de la farsa, tal vez sí fuese una cría. Sin embargo, tal vez eso fuese mejor que ser el tipo de persona que usaba contra alguien su optimismo y su naturaleza confiada.

La canción terminó y volví a reproducirla a pesar de que ya tan apenas estaba escuchándola.

Había creído estar enamorada de Brad mientras había estado saliendo con él. Pero con la misma facilidad con la que me había enamorado de él, había pasado página sin tan siquiera echar la vista atrás. ¿Estaba por ahí, maldiciendo mi nombre, pensando que lo había engañado para que creyera que era especial para mí? Tal vez todos fuéramos unos cabrones en la historia de otra persona.

La calidez de la mano de Rhys impidió que acabara arrastrada y devorada por una espiral de dudas y preocupaciones por todas y cada una de las acciones que había llevado a cabo a lo largo de mi vida. Si tan solo hubiera podido ocultarme en su cama para siempre e ignorar el hecho de que, con el tiempo, tendría que tomar ciertas decisiones sobre mi futuro... Aquel era un lugar seguro. Cálido. Bueno, cálido para ser un sótano.

—¿Por qué duermes en el sótano? —le pregunté, cambiando de tema de conversación de pronto.

—No lo sé... Supongo que para tener más privacidad.

¿Privacidad? ¿Por quién lo decía? Por lo que sabía, sus padres le daban todo el espacio que necesitaba. Mi madre, por el contrario, seguía «limpiando» mi dormitorio a intervalos impredecibles y me preguntaba por cada cosa semi personal que encontraba. De ese modo había aprendido a no escribir un diario.

Eché un vistazo en torno a la habitación desnuda: el suelo duro de cemento, las paredes sin pintar y un escritorio sin barnizar que estaba en un rincón. Todas las otras veces que había estado en su dormitorio había estado tan preocupada por lo que podía o no pasar entre nosotros que jamás me había dado cuenta de lo raro que era que hubiera abandonado de forma voluntaria una habitación con moqueta por aquello. El techo ni siquiera estaba terminado: se podían ver los tacos que asomaban entre los huecos que había entre los paneles de yeso, que parecían haber sido colocados sin seguir ningún orden concreto. No sabía casi nada sobre reparaciones de casas, pero incluso yo me daba cuenta de que aquello lo había hecho alguien a quien, probablemente, no le importaba lo suficiente como para buscar la forma correcta de hacerlo.

—¿Cómo es que todo está sin terminar? —le pregunté.

—Me pondré con ello en algún momento. Tal vez después de la graduación, cuando tenga más tiempo.

—¿Esto lo has hecho tú? ¿Solo?

Soltó una carcajada, como si mi incredulidad lo avergonzara.

—Paul me ha ayudado un poco.

Tan solo había visto a su hermano mayor de pasada, pero no parecía el tipo más mañoso. Aunque Rhys tampoco. La cosa más pesada que levantaba en su día a día era la mochila, aunque la llevaba vacía la mayor parte del tiempo. Saber que podía arreglar cosas, aunque fuera sin orden ni concierto, resultaba extrañamente atractivo.

Por mi mente pasó una imagen borrosa en la que Rhys estaba reformando una casa destartalada, como el personaje de Ryan

241

Gosling en *El diario de Noah*. Remando bajo la lluvia. «Lo nuestro no acabó. Jamás ha acabado». Me desprendí de ella.

—¿No te resulta frío? —le pregunté.

—No mucho —contestó—, pero si tienes frío, puedes meterte bajo las sábanas.

Con la mano libre tanteé el espacio que había a mi lado y rocé un montón arrugado de franela, que estaba tan gastada y vieja que ya no tenía aquel tacto velloso y mullido, sino que se había vuelto suave y flexible como un algodón grueso y resistente. Desde luego, unas sábanas así te mantendrían calentito incluso en un sótano de Iowa en pleno invierno. En aquel momento, especialmente, hacía mucho calor, pues la mano de Rhys era como un muelle ardiendo en torno a la mía.

A pesar de todo el tiempo que había pasado allí, en aquel instante, todo lo que había aquel lugar durante aquella situación me resultaba extraño: la forma en que las bombillas desnudas que colgaban del techo proyectaban una luz muy fuerte sobre la habitación; la ligera humedad del aire; el hecho de que todo estuviera inacabado hasta el punto de que la cama tan solo tenía dos almohadones planos y pesados por los años de uso.

Nada de lo que había allí me recordaba a mi casa, pero, de algún modo, me parecía un hogar.

Me quedé dormida. Nuestras manos siguieron tocándose hasta que llegó la hora de que me marchara.

CAPÍTULO VEINTISIETE

—Liz quiere que vayamos a la cabaña el viernes de dentro de dos semanas. ¿Te apuntas? —me preguntó Candace mientras dejaba la bandeja de plástico de la cafetería en la mesa con un golpe.

—¿Puedo tomarme dos segundos para pensarlo o tengo que contestar ya? —pregunté.

De forma instintiva, Liz estiró el brazo, me quitó los pelos que se me habían quedado pegados a la espalda y los tiró al suelo. Probablemente, podría hacer una guarida para una familia de gorilas con todo el pelo que se me caía cada día.

Candace untó una patata frita en una mezcla de kétchup y mayonesa antes de metérsela entera en la boca diminuta. Le gustaba presumir de cómo ella llevaba haciéndolo desde mucho antes de que a Heinz se le hubiera ocurrido la idea y la hubiera sacado al mercado como «Mayochup», que era el peor nombre de la historia para un producto.

—Tienes que contestar ahora mismo.

Suspiré, saqué el móvil y comprobé mi calendario.

—No puedo. Ese fin de semana voy a ver a Wendy para visitar su universidad.

Mis dos amigas intercambiaron una mirada de incredulidad. Liz incluso dejó en la mesa su sándwich de atún, aunque no se lo había terminado.

—¿Qué ha pasado con Washington? —me preguntó.

—Puedo visitar más de una universidad —contesté a la defensiva.

Candace entornó los ojos.

—Dijiste que era perfecta.

Bueno, al regresar, había omitido algunos detalles. A saber: todo lo que tuviera que ver con Gang, su llamativo silencio desde que me había marchado o la cantidad de horas que había dedicado a obsesionarme con la cuestión de si podía contarme como una persona china de verdad o no. Era como el Panda Express: un sitio del que se burlaban por no ser lo bastante auténtico, pero que, de hecho, había sido creado por un chef chino, tenía raíces en la cocina china y estaba delicioso por derecho propio.

Aquello me había llevado a darme cuenta, aunque a regañadientes, de que los comentarios de Amy tan solo habían reflejado las mismas verdades que yo había señalado sobre el solapamiento entre el Medio Oeste y la cultura blanca. Y, ya fuera que yo hubiese adoptado algunos de esos gustos y hábitos por la necesidad de integrarme o porque, sin más, me gustaban los pantalones de yoga y el *heavy metal*, tal vez no fuese tan ofensivo que ella hubiese asumido que no compartiría rasgos culturales con gente que había crecido en otro sitio.

Sin embargo, nada de todo aquello era fácil de explicar a mis amigas, que eran muy blancas y muy del Medio Oeste.

—No sé si dije que fuese «perfecta» —comenté, reculando—. Dije que su programa musical me encajaba y que el campus era bonito. Tan solo quiero asegurarme de explorar todas mis opciones.

Era demasiado vergonzoso admitir que ninguna otra universidad me había contestado en las semanas siguientes, lo que limitaba mis opciones a volver a enfrentarme a Gang o a vivir a la sombra de Wendy durante los dos años siguientes. Ambas seguían resultándome mucho más atractivas que admitir que, durante la época del instituto, había pasado horas y horas en clases avanzadas y ensayando con el violín solo para acabar en Northern Iowa como todos los demás estudiantes de Pine Grove. Me estaba quedando sin opciones y sin tiempo, por no mencionar que a mis padres se les estaba agotando la paciencia. Me había costado una barbaridad explicarles por qué tenía dudas con respecto a aceptar la oferta de Washington, y tan solo conseguí disipar sus sospechas al alegar que quería visitar a Wendy antes de tomar ninguna decisión.

Si hubieran prestado un mínimo de atención a cualquier cosa que hubiera dicho en el pasado, el hecho de que estuviera intentando ganar tiempo les tendría que haber parecido una señal de alarma de inmediato. Me costaba no sentir una punzada de tristeza ante la idea de que mis amigas pudieran percatarse de inmediato de aquello que a mis padres no les importaba lo suficiente como para darse cuenta. Sin embargo, aquel no era el mejor momento para confesar que todo mi futuro estaba a una sacudida de colapsar por completo.

—Northwestern es una de las mejores universidades del país —comenté con primor, imitando el mismo lenguaje que utilizaba mi madre siempre que fingía que no estaba presumiendo delante de otros padres.

—Siempre ha sido una de las mejores universidades del país —señaló Candace con énfasis.

—Supongo que me he dado cuenta de que sería una tontería no tenerla en cuenta siquiera. Después de todo, ya me han aceptado. Además —añadí—, si voy allí, tan solo estaré a unas horas de vosotras. Incluso puedo venir para ayudar a Candace a animarte en los partidos.

Le dediqué una sonrisa maliciosa a Liz, que soltó algo que estaba a medio camino entre una carcajada y un gruñido.

—Antes tengo que entrar en el equipo. Llamé a Northern Iowa y me dijeron que las pruebas para los atletas sin beca se celebrarán cuando haya empezado el curso, pero que, si no lo consigo, también tienen equipos internos y esas cosas.

—¿Y qué me decís del alojamiento? —pregunté—. ¿Vais a intentar conseguir una habitación para las dos?

Sentí una punzada de envidia ante la idea de que las dos se divirtieran juntas mientras yo estaba ocupada entrevistando a candidatas para que ocuparan el puesto de Nueva Mejor Amiga como si fuera el personaje trágico de algún *reality*.

Con respecto a personas que conociera en el campus, en aquel momento, mis opciones se reducían a Amy o a Wendy. Ahí se iba mi idea de reinventarme en la universidad.

Candace se removió en su asiento, incómoda. Empezó a dar vueltas a sus patatas sobre la bandeja, evitando mirarnos a los ojos tanto a Liz como a mí.

—En realidad, no sé si voy a ir —dijo, más para su comida que para nosotras.

—¿Qué quieres decir? —preguntamos Liz y yo a la vez. Después, nos miramos, sorprendidas, y exclamamos «Bis, bis, ¡chispas!» a la vez.

—¿Sigues pensando en Eau Claire? —le pregunté, esperanzada, haciendo referencia a la universidad de Wisconsin que había estado barajando antes de empezar a salir con Dominic.

Negó con la cabeza.

—No, es solo que no me va demasiado todo eso de la universidad.

A Liz se le desencajó la mandíbula, revelando un bocado de sándwich de atún a medio masticar. Yo intenté repetidamente soltar algún tipo de respuesta, pero no me salía ningún sonido.

Desde luego, en el pasado, a Candace le había interesado «todo eso de la universidad», tal como lo había llamado. El verano anterior había hecho dos cursos en el centro formativo superior de Kirkwood que le daban créditos tanto para el instituto como para la universidad. Lo había hecho como forma de adelantarse un poco sin tener que asumir la pesada carga de las clases avanzadas durante el resto del curso.

—No todo el mundo tiene que asistir a la universidad, ¿sabes? —comentó a la defensiva—. A mucha gente le va bien sin ella. Además —añadió, antes de que ninguna de las dos pudiera hablar—, es cara. La gente se gradúa con unas deudas enormes y sin trabajo. Yo ya tengo un trabajo y ninguna deuda.

—Te metiste en ese trabajo para ahorrar para la universidad —dije tras haber encontrado al fin la voz.

—Bueno, ahora puedo emplearlo para algo más... útil —farfulló.

—¿Como qué?

Liz también se había recuperado. Sentada a mi lado, las dos formábamos un poderoso escuadrón inquisitorial contra el ataque de nuestra amiga al sentido común.

—Como un piso para Dom y para mí.

—¿Me estás tomando el pelo? —chilló Liz.

—¿Vas a renunciar a la universidad por él? —exclamé yo al mismo tiempo.

Cualquier rastro de vergüenza que Candace hubiera podido sentir había desaparecido. Se había erguido todo lo que había podido, que no era mucho, y mostraba una postura altiva.

—No voy a renunciar por él. Lo hago por mí.

—Solo que, por casualidad, a él le beneficia que no te vayas y no rompas con él cuando descubras que ahí fuera hay cosas mucho mejores —le espeté.

—Ninguna de las dos ha ocultado jamás lo que piensa sobre mi novio, pero es mi decisión y no necesito que me juzguéis por ella.

—Entonces, ¿por qué te has molestado en contárnosla? —masculló Liz.

—Porque pensaba que erais mis amigas —replicó ella. Se le encendió el rostro por la ira y se levantó para marcharse—, y las amigas de verdad no se juzgan las unas a las otras.

—Eso no es cierto. Nos juzgamos de continuo, solo que, de normal, las demás solo lo hacemos en nuestras cabezas.

Lo había dicho de forma irónica, medio bromeando sobre el hecho de que ella debía de ser la última en criticar a alguien por juzgar a los demás, dada la actitud de «decir las cosas como son» que mostraba ante todo.

—Gracias por decir la verdad al fin —me dijo con frialdad. Sus ojos azules se clavaron en los míos un instante antes de dar media vuelta y salir de la cafetería.

Me pasé el resto del día reflexionando sobre la enorme declaración de Candace. ¿Cómo podía tirar todo su futuro por la borda por un chico? Tenía ganas de vomitar, pero a la vez me sentía triunfal al ver validada la opinión instintiva que había tenido sobre Dom. De todos modos, ¿a qué clase de tipo de veintitrés años le interesaba una chica de instituto?

Tenía la mente centrada en todo menos en el ensayo de Literatura Inglesa que se suponía que tenía que estar escribiendo, pero me di cuenta de algo tan de golpe que estuve a punto de atragantarme: estaba haciendo lo mismo que Candace. No estaba dejando de lado del todo la universidad, pero había tachado de mi lista un lugar al que había estado desesperada por ir y todo por culpa de un tipo. ¿Por qué había pensado que Gang era mejor que Dom? ¿Porque estaba bueno? ¿Porque era extranjero y era refinado? Podía fingir todo lo que quisiera que Gang no había sido consciente de que estaba en el instituto, pero la cuestión era que, probablemente, ni siquiera le había importado. Me había deslumbrado y me había halagado tanto el mero hecho de que hubiera demostrado interés en mí que me había mostrado más que dispuesta a hacer lo que él quisiera sin necesidad de que me presionara.

No podía creerme que no me hubiera dado cuenta antes. «A Dom le gusta cuando llevo el pelo suelto». «A Dom solo le gusta ver películas de miedo». «Dom dice que lo mejor para los dos es que trabajemos en el mismo turno». Candace se había dejado llevar mientras intentaba ser la persona que él veía en ella, algo con lo que, desde luego, podía identificarme. Quizás resultase más fácil dejar que una persona con confianza dictara nuestra narrativa en lugar de tener que luchar para forjar la nuestra propia. Y eso, suponiendo que supiéramos siquiera el tipo de persona que queríamos ser.

En cuanto sonó la campana para anunciar el final del día, salí corriendo al pasillo y me dirigí a la taquilla de Candace, que estaba guardando sus cosas para marcharse.

—Tengo algo que decirte —jadeé. Me había quedado sin aire por el esfuerzo de correr un total de quince metros. A veces me sorprendía que Liz y yo nos hubiéramos hecho amigas.

Antes de que pudiera interrumpirme, le conté toda la historia de Gang. Le relaté cada detalle espeluznante, incluida la parte en la que había estado husmeando en sus cajones después de que nos hubiéramos acostado juntos con la esperanza de conseguir alguna pista de cómo hacer que se interesara todavía más en mí. Fue humillante, pero valdría la pena si conseguía que viera que estábamos reaccionando de una manera muy similar.

—«Que sus sueños no eclipsen tu carrera. Él es estupendo, pero no es el sol. Tú, sí» —concluí, usando una cita de la única serie que sabía que podría convencerla. Habíamos visto juntas cada uno de los episodios de *Anatomía de Grey*; incluso habíamos superado el punto en el que tendríamos que haberlo dejado—. Debería darse cuenta de que mereces el futuro que habías planeado —insistí.

Ella no respondió, pero cerró la taquilla con cuidado y se colgó la mochila de un hombro sin tan siquiera mirarme.

—Llego tarde al trabajo.

La seguí por el pasillo y a través de la puerta trasera para llegar al aparcamiento.

—¿Eso es todo? —pregunté—. ¿No vas a reaccionar a nada de lo que te he dicho?

Se sacó una bufanda del bolsillo y empezó a envolverse en ella. Se cubrió el cuello y la mitad del rostro hasta que lo único que se veía era el diminuto pendiente y un par de ojos azules y redondos.

—Siento que hayas tenido una experiencia tan mala en Washington. —Su voz amortiguada sonaba seria, casi formal—. Sin embargo, pudiste elegir qué hacer, y yo también puedo. Solo porque tú te arrepientas, no quiere decir que yo vaya a hacerlo. Esto no es un rollo de una noche. Dom y yo estamos construyendo una vida juntos. No es lo mismo.

—¿Qué vida? —estallé—. ¡Tienes dieciocho años! ¡Ni siquiera nos hemos graduado todavía del instituto! ¿O lo has olvidado porque el dichoso Dom ha decidido que te saltes cinco años de tu vida para que acabes exactamente en el mismo sitio que él?

Candace me atravesó con una mirada fría. Sus ojos tan apenas asomaban por encima de la bufanda.

—¿Y cuál es ese sitio?

—Uno en el que no necesitas un título universitario.

Me miró de arriba abajo, poco a poco, y pronunció las siguientes palabras de una en una, como si, con cuidado y desde cierta altura, estuviera volviendo a meter unas Pringles en su tubo.

—Para ser alguien que se pasa tanto tiempo quejándose de cómo sus padres quieren controlar su vida, desde luego, no pierdes tiempo en hacer lo mismo con tus amigas. El resto del mundo puede no estar de acuerdo contigo, ¿sabes?

—¡No soy yo la que te está diciendo lo que tienes que hacer! Estoy intentando ayudarte. ¡Tú misma dijiste que era lo que querías!

—Es obvio que ya no es así.

—¿De verdad es tan obvio? —insistí—. Porque soy tu mejor amiga y a mí no me parece obvio que estés convencida.

Candace sacó de su bolso un enorme manojo de llaves. Mientras rebuscaba entre ellas la llave del coche, el llavero demasiado grande que le habíamos regalado Liz y yo por su decimosexto cumpleaños se balanceaba adelante y atrás. Cuando al fin encontró la que buscaba, la apuntó en mi dirección como si quisiera evitar que me acercara más a ella.

—Si tengo que convencerte, tal vez no seas mi mejor amiga —espetó mientras se subía al coche.

Cerró la puerta con un golpe y salió disparada del aparcamiento.

CAPÍTULO VEINTIOCHO

Las siguientes semanas, mi relación con Candace resultó incómoda; una mezcla de tensas conversaciones intrascendentes y de pura elusión. A la hora de la comida, Liz revoloteaba entre nosotras y sus compañeras del equipo de fútbol, lo que significaba que nos dejaba solas casi siempre. Había empezado a comer con Rhys y sus amigos de forma casi regular solo para evitar otro almuerzo masticando en silencio y buscando temas neutrales de los que hablar que no nos recordaran a Dom, mis padres o cualquier cosa que tuviera que ver con la universidad.

¿Era así como iba a morir nuestra amistad? Siempre había sabido que era imposible mantenerse unido con todas las amistades del instituto, sobre todo si se tomaban caminos diferentes como, por ejemplo, que uno se mudase solo a la otra punta del país a un lugar en el que a las únicas personas a las que conocía ni siquiera les gustaba. El corazón me dolía cada vez que pensaba en ello.

Sin embargo, siempre había creído que Candace y yo seguiríamos siendo amigas. Nos parecíamos demasiado como para dejar de serlo solo por hacernos mayores. Se suponía que ella era mi persona. Sin embargo, fue Rhys, y no Candace, el que me mandó

252

un mensaje deseándome suerte y que me lo pasara bien el día que iba a salir de camino hacia Northwestern.

Llegué cuando todavía había luz en el exterior. El enorme aparcamiento subterráneo me resultó fácil de encontrar gracias a las muy detalladas instrucciones de Wendy. Ver un rostro familiar y a mi hermana saludándome de forma entusiasta con la mano hizo que me inundara el alivio tras un viaje de varias horas ocupado con nada más que mis pensamientos torturados sobre todo lo que había hecho mal hasta entonces. Salí disparada del coche y la abracé con fuerza. La parte superior de su espesa melena me hizo cosquillas en la nariz.

Era evidente que el abrazo la tomó por sorpresa y, mientras la estrechaba, se le escapó un suave «¡oh!» de la garganta. Se separó con cuidado y se alisó el exterior de su abrigo largo como si se le hubiera arrugado.

—Así que ahora te gusta dar abrazos… Eso es una novedad.

Me encogí de hombros con alegría.

—Te acostumbrarás.

Se colgó del hombro mi bolsa de viaje y a mí me dejó cargar con el estuche del violín. Después, comenzamos a atravesar el extenso campus.

—¿Esto es todo lo que te has traído? ¿Cómo ha ido el viaje?

Volví a encogerme de hombros y me rodeé el cuerpo con los brazos para evitar que las ráfagas de viento que no dejaban de soplar me atravesaran.

—Solo voy a estar aquí dos días. Y el viaje ha ido bien. Demasiada música country para mi gusto, pero no ha sido horrible. Probablemente, la próxima vez me traiga un adaptador Bluetooth.

—No me puedo creer que de verdad hayas venido conduciendo —dijo, sacudiendo la cabeza—. Venir en avión es mucho más fácil.

—Bueno, el director musical dijo que no tenía presupuesto suficiente para un vuelo, así que mamá le pidió que, en su lugar, le reembolsara el kilometraje —repliqué.

—¡Cierra el pico!

Me lanzó una mirada acusadora, como si pudiera inventarme algo tan vergonzoso.

—Te lo juro. Le dije a mamá que no querría comprar la vaca si la leche tenía que venir conduciendo hasta aquí prácticamente gratis.

Aquello hizo que Wendy soltara un bufido.

—Bueno, Jeff es un auténtico tacaño. Me sorprende que mamá fuera capaz de negociar con él siquiera. ¿Te he contado que ha puesto un límite a la cantidad de colofonia que cada estudiante puede pedir por año? Como si estuviéramos acaparándolo con desesperación para alguna otra cosa. Hablé con él sobre tu beca y, aunque jura que no puede ofrecerte tanto dinero como a mí, conseguí que sacara algo de dinero de otras partes del presupuesto. Cubrirá más bien los gastos de manutención que de matrícula porque era más fácil manipular eso que tener que pasar por el tesorero de la universidad. De todos modos, debería ser suficiente para que mamá y papá estén satisfechos.

Con el viento golpeándome el rostro, ladeé la cabeza, confusa, y fruncí los labios.

—No... No sabía que estuvieses hablando con él sobre mi oferta. Ni siquiera he hecho la audición todavía.

Levanté el estuche que llevaba como para reiterar mi argumento. Wendy soltó una risita.

—Soy la violinista principal y tú eres mi hermana. Si yo digo que puedes tocar en esta orquesta, Jeff va a creerme. No hacen falta más pruebas.

—¿De verdad? ¿Así de fácil?

Me sentí tanto halagada como molesta. Después de lo mucho que se había metido conmigo cuando éramos pequeñas por el hecho de ser mucho mejor que yo, al menos me resultó un poco agradable pensar que creía que era lo bastante buena como para tocar en una de las mejores universidades. Sin embargo, si de verdad creía en mí, ¿por qué no me dejaba hacer la audición?

Se encogió de hombros.

—Le prometí que las dos nos graduaríamos en Música. —Contempló mis ojos abiertos de par en par y, antes de que pudiera responder, desestimó mis preocupaciones con un gesto de la mano—. No pasa nada; voy a seguir estudiando Biología. De todos modos, ya estaba haciendo una especialización en Música, así que solo es cuestión de añadir unas pocas asignaturas. En serio —añadió, después de echar otro vistazo a mi rostro lleno de dudas.

—A mamá y a papá les va a encantar la idea —masculé.

Para todo el tiempo, esfuerzo y dinero que habían destinado a convertirnos en violinistas de máximo nivel, en realidad, mis padres no querían que nos dedicáramos a la música en ningún sentido significativo. Tan solo se trataba de algo que hacían todos los padres asiáticos: sus hijos tocaban el piano o el violín y, de vez en cuando, algún otro instrumento de cuerda. Ese era el motivo por el cual, a pesar de que no tenía ningún compañero de clase asiático, las competiciones de violín estaban compuestas sobre todo por niños asiáticos. Éramos como los tejanos con el fútbol americano o los niños blancos ricos y las escuelas privadas: en cierto sentido, tocar el piano o el violín estaba arraigado en nuestra cultura.

Probablemente, esto ocurría porque aprender a tocar un instrumento requería altos niveles de disciplina y concentración, habilidades que podían transferirse con facilidad a cualquier otro aspecto de la vida como, por ejemplo, la facultad de medicina. Y, para los padres asiáticos, no había mejor manera de presumir que tener un hijo que fuese un músico a nivel de concierto que hubiese asistido a la universidad de forma gratuita y que, además, fuese médico.

Si mi hermana escuchó mi comentario sobre nuestros padres, no contestó. Estiró los brazos al frente mientras caminábamos, inmune al frío gracias a un grueso abrigo de plumas. A su lado, yo no dejaba de temblar y, cada pocos pasos, el viento hacía que el pelo se me pegara a la cara.

—Bueno, aquí estamos —dijo—. Será mejor que empecemos la visita de camino a la residencia.

Wendy me miró, esperando que estuviera sorprendida, emocionada o algo así, pero lo único que conseguí hacer fue gruñir y hacer un gesto con la cabeza mientras me apartaba un mechón de pelo que se me había metido en la boca.

—Ah, sí, el aire —comentó ella—. Al final, te acostumbras. Solo tienes que recogerte el pelo. —Se quitó una goma de la muñeca y me la tendió—. Bueno, hay dos campus: uno aquí y otro a veinte kilómetros, en Chicago. Hay una lanzadera entre ambos. Este campus tiene noventa y siete hectáreas y tenemos tres bibliotecas...

—Sí, yo también he leído la página web, gracias.

Me miró con el ceño fruncido.

—Qué maleducada. Si tan experta eres, puedes hacer el resto tú sola.

Se adelantó haciendo aspavientos y con la barbilla levantada de manera poco natural, como si eso la hiciera parecer más alta. Aceleré el paso para alcanzarla.

—No seas tonta; tan solo digo que esperaba que me contaras lo que piensas tú del campus y la universidad. No necesito la versión oficial.

Wendy volvió a fruncir el ceño. Las cejas le dibujaban un gesto de concentración.

—¿Que qué pienso yo de la universidad? No lo sé; está bien. Es una buena universidad.

La miré fijamente, expectante.

—¿Eso es todo?

—Bueno, podemos echarle un vistazo al departamento de Cerámica ahora que te gustan ese tipo de cosas.

Le di un empujón con la cadera y la saqué del camino hacia la hierba cubierta de nieve. Se rio histéricamente antes de intentar empujarme hacia atrás sin éxito. Después, volvió a salirse del camino ella sola.

—Te lo merecías —jadeó, dándose al fin por vencida en su intento por agredirme—. Todavía no sé en qué estabas pensando.

¿Cómo conseguiste sacar un sobresaliente en esa clase? Eres una artista terrible.

—Gracias —contesté con frialdad—. Fui llorándole a la profesora y le dije que eso estropearía mi nota media para la universidad, así que se sintió mal y me la cambió. Dijo que me daba esa nota por el esfuerzo.

Wendy se rio todavía más fuerte.

—¡No puede ser!

—¡Tuve que hacerlo! Tampoco es que importe; no pienso volver a apuntarme a una asignatura artística en toda mi vida.

Mi hermana sacudió la cabeza mientras esbozaba una sonrisa.

—Siempre supe que, todas aquellas veces en que les llorabas a mamá y papá sobre lo mala que era contigo, estabas fingiendo.

—¡Pero sí que eras mala conmigo! —protesté—. ¡Tengo una moradura permanente en el lugar en el que solías pegarme! Te juro que era como si supieras cómo darme siempre exactamente en el mismo lugar.

Me froté la parte superior del brazo. Tenía el recuerdo de los nudillos huesudos de Wendy haciendo contacto con él grabado en la memoria.

Ella volvió a encogerse de hombros.

—¿Qué más da? Yo tengo una cicatriz en el ombligo de cuando me mordiste y no me oyes quejándome.

—¡Tenía seis años!

—Exacto.

Abrió de un tirón la puerta de la residencia, nos condujo hasta el ascensor, abrió de golpe la puerta de su habitación y soltó mi bolsa de viaje en el suelo.

—¡Tachán!

Entré en el dormitorio, que, en lugar de una habitación de residencia parecía el modelo de muestra de una habitación de residencia. A diferencia de la de Amy, que había estado cómodamente repleta de fotografías brillantes, alfombras y cojines, la de Wendy estaba limpia y ordenada a niveles casi patológicos. Tenía la cama elevada y, bajo ella, había un escritorio. En el otro lado de la pequeña habitación había una mini nevera con un microondas encima. En un rincón había un aspirador alargado como el que nuestro dentista solía tener en su consulta, que había resultado más hogareña que aquel dormitorio.

—¿No echas en falta tener una compañera de habitación? —le pregunté mientras giraba sobre mí misma para hacerme una imagen mental de lo vacía y sin decorar que estaba aquella estancia.

—No. Tuve una el año pasado y no dejaba de pasarse horas al teléfono con su novio todas las noches. «Te echo de menos». «No, yo sí que te echo de menos». Puaj. No pienso volver a pasar por eso.

Pensé en cómo Liz y yo poníamos los ojos en blanco cada vez que Candace hablaba por teléfono con Dom e intercambiaban el mismo tipo de frases cursis. Al oírlo en boca de Wendy, me resultó mucho más mezquino de lo que había esperado y sentí una punzada de culpabilidad en el estómago.

—Tal vez lo eche de menos —dije—. Estoy segura de que es muy duro marcharte a la universidad y dejar atrás a tu novio y, aun así, lo hizo.

Mi hermana me dedicó una mirada escéptica.

—Si lo único que iba a hacer era ir llorando por las esquinas porque lo echaba de menos, que no hubiera venido. Rompe con él y pasa página o vuelve a casa. No es tan difícil. Algunos tenemos cosas más importantes de las que preocuparnos.

Aquella era la famosa base de toma de decisiones de Wendy: sí o no; blanco o negro. No había cabida para las dudas o la ambigüedad. A pesar de que no conocía a su anterior compañera, sentí una oleada de compasión hacia ella.

—Supongo que ella también estará más contenta sin tener que convivir con una persona tan crítica —dije—. Solo porque tú nunca hayas salido con un chico, no quiere decir que...

—Dejó la universidad. Al acabar el curso, volvió a casa para estar con él —replicó mi hermana de forma inexpresiva—. ¿Algo más?

Cerré la boca con fuerza. Mi teoría se había ido al garete.

—¿Cuál es el plan para esta noche? —pregunté con alegría, uniendo las manos—. ¿Qué vamos a cenar? ¿Dónde voy a dormir?

Wendy frunció el ceño.

—¿Ya tienes hambre? Vas a dormir en el suelo. No te has traído saco de dormir ni nada, así que tendré que ver si alguien puede prestarte algo.

Se le daba muy bien decir cosas que te hacían sentir culpable sin necesidad de depender de un tono de voz dramático para transmitir lo que quería decir.

—No me dijiste que trajera nada para dormir —repliqué, a la defensiva—. Supuse que dormiría en la cama, contigo.

—No pasa nada —contestó ella, restándole importancia—. Ya me encargaré de ello. No te quites el abrigo; voy a llevarte a mi cafetería favorita, que está al otro lado del campus.

—¿Qué tipo de comida sirven?

Mi hermana frunció el ceño.

—No sé; comida que es comestible. ¿No decías que tenías hambre?

—Lo siento, doña Arroz y Judías, no sabía que ahora tuvieras una actitud tan abierta ante la comida.

Ella puso los ojos en blanco.

—Da igual. Bien, iremos al centro de Evanston. Allí, hay un sitio de comida coreana que me gusta mucho.

—Eso es —dije, animándola y dándole un codazo—. ¿Ves? Eso es algo que no ha salido directamente de la página web.

—Eres irritante —replicó con un suspiro.

—Ten cuidado o volveré a abrazarte —bromeé mientras abría los brazos de par en par.

Ella volvió a poner los ojos en blanco, pero, mientras salíamos por la puerta y recorríamos el campus, estuvo sonriendo. La gente abrigada y los árboles cubiertos de nieve me recordaron mucho al sitio del que acababa de llegar.

CAPÍTULO VEINTINUEVE

A la mañana siguiente, abrí los ojos y dejé escapar un bostezo largo e indulgente que casi me rompe la mandíbula. Me sentía como si hubiese estado durmiendo una semana entera, pero, al mismo tiempo, estaba cansada por haber tenido que hacerlo sobre aquel suelo duro y con una moqueta fina. Sabía que no tendría que haberme quedado despierta tanto tiempo después de que Wendy hubiese apagado las luces, pero también hubiera sido imposible que me durmiera a las diez y media como ella.

Incluso desde mi lugar en el suelo, podía ver que la cama de mi hermana estaba perfectamente hecha, así que saqué el teléfono de debajo de la almohada y casi lo tiré al suelo cuando vi qué hora era. Ya había pasado el mediodía y tenía un mensaje de Wendy diciéndome que la llamara cuando me despertara al fin.

Para cuando regresó a la residencia, conseguí estar vestida y preparada. Me puse uno de los abrigos de sobra de mi hermana sobre la sudadera. Una vez más, no había metido suficiente ropa en la maleta para una visita universitaria. Solo que, en aquella ocasión, en lugar de vestidos y zapatos de tacón, lo que necesitaba eran capas térmicas y ropa de invierno adecuada. No es que en Iowa no hiciese frío, pero, cuando lo hacía, éramos lo bastante listos como para no ir andando a todas partes.

—¿Dónde has estado? —le pregunté en cuando atravesó la puerta.

Alzó la mirada, como si estuviera rememorando lo que había hecho durante la mañana.

—Veamos... Me he levantado sobre las siete, he desayunado, he ido un rato a la biblioteca para trabajar en un ensayo que tengo que entregar la semana que viene, he asistido a un ensayo y, después, he quedado con unas amigas en una cafetería. Y, ahora, he vuelto.

Había hecho en una sola mañana más de lo que yo hacía en todo un día.

—¿Por qué te has levantado a las siete? —Aquello fue lo único que conseguí decir.

—Siempre lo hago; pero sé que a ti te gusta dormir hasta tarde, así que no he querido despertarte.

Una vez más, la sensación de estar tanto agradecida como molesta tiraba de mí en diferentes direcciones. Sí que odiaba levantarme temprano, pero empezaba a sentirme como si la estuviera molestando.

—Pero ya ha pasado la mitad del día y no hemos hecho nada. ¿No crees que me hubiera venido bien ver cómo son vuestros ensayos? —le pregunté.

En primer lugar, me había dejado sin audición y, ahora, sin ensayo. Ni siquiera había conocido a nadie más de la orquesta. En Washington, a aquellas alturas, ya había visitado el edificio del departamento de música y había conocido a la mitad de los músicos. Si no fuera por la preferencia de mi hermana por la eficiencia, sospecharía que me estaba ocultando de todo el departamento a propósito. Tal como estaban las cosas, era probable que ella creyese que me estaba haciendo un favor, como si no necesitase ver las cosas con mis propios ojos porque, para todos los demás, su palabra era sagrada.

Se encogió de hombros con indiferencia.

—No es más que un ensayo. No es que no sepas cómo funcionan. Venga; si estás lista, podemos ir a que comas algo. —Observó mi ropa con ojo crítico y añadió—: No vas a necesitar el abrigo.

Me arrebujé todavía más en él.

—Sí que voy a necesitarlo. Ayer casi me congelo.

Los ojos de Wendy titilaron, divertidos.

—Muy bien, como tú quieras.

Volvimos a bajar en el ascensor y doblamos una esquina. Frente a nosotras, había una cafetería enorme. Mi hermana estalló en carcajadas y levantó las manos para que las gafas no se le cayeran de la nariz mientras observaba cómo me daba cuenta de que ni siquiera necesitábamos salir del edificio.

—Muy graciosa. Podrías habérmelo dicho —espeté.

Me negué a quitarme el abrigo a pesar de que estaba empezando a sudar bajo las capas de ropa.

—¿Y perderme tu reacción? Ni en broma.

Pagó por la comida para ambas y nos sentamos. El local estaba lleno, pero no demasiado masificado. Tras la última visita guiada que había hecho, no podía evitar darme cuenta de que, en cuestiones de diversidad, aquella universidad iba a la zaga de la otra, y no solo con respecto a otros asiáticos. Tal vez se tratase solo de que, básicamente, todos los amigos de Amy habían sido chinos y, por lo tanto, eso me había dado una visión sesgada de la universidad, pero pasear por el campus en Washington me había ofrecido una sensación inmediata de fraternidad que todavía tenía que sentir en Northwestern.

Sin embargo, resultó que, en realidad, no habían sentido fraternidad conmigo. Tal vez fuese a estar mejor en un sitio en el que todavía se me considerara lo bastante perteneciente a una minoría como para que nadie lo cuestionara. Después de todo, seguíamos estando en el Medio Oeste y sabía cómo relacionarme con la gente de allí, se parecieran a mí en el aspecto físico o no. Desde luego, eran demasiado educados como para decirme a la cara que no era lo bastante asiática.

Me giré hacia Wendy, que estaba cortando con cuidado una pieza de pollo en trozos perfectos e idénticos.

—¿Qué plan tenemos para hoy? —le pregunté—. Bueno, para lo que queda de hoy, ya que me has dejado pasarme la mitad del día durmiendo.

Me pareció ver que se ponía rígida y que los músculos de la mandíbula se le tensaban un poco.

—No tenemos ningún plan. Lo que te apetezca hacer y ya está.

Mmmmm. Estaba claro que pasaba algo. A Wendy le encantaba hacer planes; le gustaba tanto que, durante el instituto, incluso tenía una agenda diaria en papel a pesar de que también se ponía recordatorios en el teléfono móvil.

—Muy bien, estupendo —dije con entusiasmo fingido para contrarrestar su incomodidad repentina—. En tal caso, ¿por qué no salimos a correr desnudas?

Wendy abrió los ojos de par en par y, durante un instante, las gafas se los agrandaron todavía más.

—Muy graciosa —masculló mientras recuperaba la compostura.

—Has dicho que podíamos hacer lo que quisiera.

—Solo lo haces para molestarme.

Las risas y las bromas de diez minutos antes se habían esfumado de la sala y la Wendy divertida y relajada había sido sustituida por la gemela a la que conocía mejor: la Wendy impaciente e irritable con facilidad.

Volví a centrarme en mi plato y pasamos el resto de la comida en silencio. El aire que nos rodeaba estaba salpicado con los sonidos de otras personas hablando y pasándoselo bien. Mientras terminábamos, recogíamos todo y tirábamos la basura, supuse que había pasado el tiempo suficiente para que su humor mejorara, así que le pregunté:

—No, en serio, ¿qué plan tenemos para hoy?

Ella explotó y alzó las manos en el aire, exasperada.

—¡Ya te lo he dicho! No tengo un plan. ¿Es que tengo que pensar yo en todo?

Di un paso atrás, muy consciente del daño que esos nudillos podían causar en un impacto.

—Supongo que pensé que, dado que tú eres la que estudia aquí, tenía sentido que fueras la que supiera qué hacer.

—Así que pensaste que podías aparecer por aquí sin más y que yo me encargaría de todo como hago siempre, ¿no? —Estaba inclinándose hacia mí con una mirada asesina. ¿Qué demonios estaba pasando? Sin embargo, no había terminado—. Siempre ha sido así. Para ti, todo es una broma. ¡Ni siquiera planificaste la visita hasta que casi era demasiado tarde! ¡Así que he sido yo la que ha tenido que esforzarse para asegurarse de que quedaba una plaza libre para ti!

Incómoda, mire a nuestro alrededor y a los estudiantes que pasaban a nuestro lado con miradas curiosas. Sin embargo, Wendy no parecía darse cuenta de su presencia, pues tenía el rostro enrojecido por la ira y los ojos fijos en mí.

—Deberíamos salir del pasillo —sugerí.

Estiré el brazo para, al menos, conducirla hacia la puerta, hacia una pared o hacia cualquier sitio en el que no estuviéramos en medio de una vía de paso principal. Ella apartó el brazo de golpe, como si hubiera intentado quemárselo.

—Me da igual que me oiga la gente —me espetó—. Ni siquiera los conoces. De todos modos, ¿qué más te da lo que piensen? A ti te da igual lo que piensen los demás. No te importa nada que no seas tú misma. Estoy harta de ayudarte.

Mi deseo de evitar una confrontación pública con mi hermana se resquebrajó y una ira violenta estalló en mi interior.

—¿Que no me importa nada más que yo? ¿Estás de broma? ¿Te estás escuchando siquiera? —Hablé en voz alta; mucho más que Wendy. Desde luego, aquello demostraría si, tal como aseguraba, no le importaba que la gente nos escuchara de verdad—.

Nadie te ha pedido que te entrometieras en mis asuntos. ¿Crees que quiero que estés coordinando mi futuro a mis espaldas? Has estado planificándolo todo para que ni siquiera tenga que hacer una audición. ¿Por qué? ¿Acaso pensabas que no podría lograrlo sin tu ayuda? Estás tan convencida de que eres la mártir en esta situación que ni siquiera eres capaz de admitir que te infliges el daño tú solita.

Wendy se subió las gafas por la nariz chata con tanta fuerza que chocaron contra su frente y se le volvieron a bajar.

—¿Que me inflijo el daño yo misma? —chilló. Una carcajada hueca de incredulidad resonó en el pasillo—. ¿Por qué no les preguntas a mamá y a papá todas las cosas que he tenido que hacer por ti a lo largo de todos estos años? ¿Por qué dejamos de hacer patinaje sobre hielo? Ah, porque tú no dejabas de quejarte y no soportabas el frío, así que ambas tuvimos que dejarlo. «No sería justo para June, Wendy» —dijo, imitando muy bien la voz de nuestra madre—. ¿Y qué me dices de cuando decidiste que odiabas el violín y te negaste a tocar en tus clases? El profesor se negó a darnos clases a las dos y fui yo la que tuvo que aguantar un sermón sobre mantenerte a raya —continuó—. ¡Incluso todo esto del viaje! ¿Crees que quiero que vengas aquí? ¡Esta es mi universidad! ¡He sido yo la que me he ganado el derecho a estudiar aquí! No te querían, pero mamá me pidió que hablara con Jeff, así que lo hice porque soy una persona responsable. ¡Pero a ti te da igual! ¡Tú apareces sin más y esperas que te lo den todo en bandeja como siempre han hecho! ¡No eres más que una cría!

Aquellas palabras me dolieron y me trajeron a la memoria el recuerdo de Gang repitiendo exactamente lo mismo sobre mí.

«Es una cría. Nada serio».

—Por si no te has dado cuenta, llevas fuera los dos últimos años y la vida me ha ido perfectamente. No gracias a ti —repliqué con una voz demasiado temblorosa.

—Ah, sí, perfectamente —espetó—. ¿No estuviste a punto de quedarte embarazada hacer un par de meses?

265

Sin darme cuenta, cerré las manos en puños. El corazón me palpitaba con fuerza contra los oídos y los ojos me escocían por las lágrimas. No podía creerme que me estuviera echando eso en cara en aquel momento. Solo que, en realidad, sí podía. Así era ella y siempre sería así. El hecho de que hubiera creído, aunque solo hubiera sido por un instante, que podía confiar en que no fuera el tipo de persona que había sido era tan solo culpa mía.

—Que te jodan, Wendy.

Mi hermana abrió los ojos de par en par y me miró con la boca abierta durante un instante, como si no pudiera creerse que de verdad le hubiera dicho aquello. Le devolví la mirada, negándome a pestañear e instando a mis lágrimas a que permanecieran en mis ojos y no se derramaran.

Sin mediar palabra, giró sobre sí misma y salió fuera pisando con fuerza. El golpe de la puerta al abrirse y cerrarse resonó por todo el pasillo.

CAPÍTULO TREINTA

Equipada tan solo con mi teléfono y un abrigo grueso, mis únicas opciones eran sentarme a esperar que regresara o vagar por el campus. Dado que estaba demasiado alterada como para quedarme sentada, opté por la segunda opción.

Hacía tanto frío y viento como el día anterior, pero estaba tan alterada mientras recorría los diferentes caminos que tan apenas lo notaba. ¿Cómo se atrevía a acusarme de ser egoísta? Ella, que absorbía cada rastro de tiempo y energía de nuestros padres y que dominaba los planes de todos los fines de semana con sus actividades extraescolares y cada conversación con sus planes y opiniones. La familia Chu al completo giraba en torno a ella y el hecho de que, aun así, consiguiera verse a sí misma como la víctima de todo ello tan solo demostraba lo egocéntrica que era.

Jadeando, me abrí paso a través de los terrenos de la universidad, pasé frente a edificios enormes y zonas en las que la nieve estaba intacta, esquivé a los grupos de estudiantes y me alejé de cualquiera que pareciera estar divirtiéndose. Caminé y caminé, rodeando los jardines hasta llegar a la orilla del lago que, en medio de aquel tiempo frío y ventoso, estaba prácticamente desierto. Dirigí la vista al agua, cuya superficie estaba congelada y cubierta de nieve como si fuera la promesa de un camino despejado hasta las siluetas resplandecientes de los edificios de Chicago que se veían en la distancia.

Aquel lago era como una metáfora de toda mi vida: ofrecía la ilusión de un camino que seguir hacia delante cuando, de hecho, lo más probable era que, si ponía un pie dentro, se resquebrajara y me abandonara a una muerte helada. Aunque a Wendy no le importaría. Seguramente, señalaría que ella podría haberlo atravesado sin ningún problema y que era culpa mía por no haber usado botas de nieve o algo así.

¿Por qué se había molestado siquiera en conseguirme una plaza si, en realidad, no quería que estudiase allí? No entendía por qué pondría en riesgo su reputación por mí, sobre todo, si mi potencial era tan limitado que quería evitar que hiciese una audición.

Pensé en las otras cosas que había comentado como lo de que nos habían echado tanto de las clases de patinaje como de las de violín por mí. ¿De verdad era culpa mía que se hubiera visto obligada a abandonar ambas cosas? Yo no era la adulta que había tomado aquellas decisiones. Si nuestros padres hubieran estado dispuestos a dejarnos dedicarnos a nuestros propios intereses, puede que nada de todo aquello hubiese ocurrido.

Pero, ¿qué cosas me interesaban? En realidad, más allá de cotillear con Candace y Liz o de coquetear con los chicos que me gustaban, no tenía ninguna afición. Y en aquel momento, ni siquiera me hablaba con Candace. Había canalizado tantísima energía en oponerme a cualquier cosa que mis padres me dijeran que tenía que hacer que jamás me había tomado el tiempo de averiguar qué era lo que preferiría estar haciendo en su lugar. Wendy había sido la que había elegido el violín, el patinaje artístico, el consejo estudiantil y aquella organización con la que había ido a Nicaragua. De algún modo, había nacido sabiendo con exactitud lo que quería lograr y los pasos que tenía que dar para lograrlo. Mientras tanto, yo me había visto arrastrada tras ella, ofreciendo resistencia a cada paso que dábamos. No era de extrañar que me viera como una carga.

Tal vez, tal como solía decir mi madre, sí que estuviera «dé guò qiě guò», es decir: «dando tumbos por la vida sin ninguna ambición». No tenía ni idea de qué quería conseguir en la vida, con mi familia o con mis relaciones sentimentales. Lo único que sabía hacer con cierto nivel de seguridad era actuar como si nada me importase demasiado; como si mi limitado éxito se debiese al talento y no al hecho de haberme dejado la piel en el asador; como si, en cierto sentido, fuese mejor que la gente te envidiase por tener un talento natural que permitir que supieran que te habías esforzado para alcanzar unos logros tan insignificantes. Después de todo, mis padres me habían obligado a cumplir los mismos requisitos de ensayos que a mi hermana y, aun así, no había conseguido igualar su éxito. ¿Y si me hubiese esforzado más y hubiese acabado con los mismos resultados?

Me aterraba la idea de desear, de perseguir algo con entusiasmo y acabar viéndome fracasar. Me había ocurrido con Rhys: mi humillación tras el fin de semana del cumpleaños de Liz había sido tan profunda que había preferido romper con él antes que admitir que lo único que quería era importarle. Lo había vuelto a hacer con Gang: me había negado a encararme con él con respecto al asunto de su novia con la esperanza de que mi actitud indiferente pudiera demostrar lo mucho que valía la pena en realidad. Como si fuese posible avergonzar a los desvergonzados.

Cada vez que fracasaba, fingía que la situación no me importaba para que me doliera menos; como si pudiera construir un muro en torno a mi tristeza que evitase que otros pudieran consolarme y descubrir lo débil que era en realidad; como si, al demostrarles a los demás que estaba bien, fuese a estarlo de verdad. Porque ¿quién era yo sino la persona que los demás pensaban que era?

Una ráfaga de viento sopló desde el agua y me subió el cuello del abrigo prestado. El frío fue un claro recordatorio de que, por muy preparada que pudiera parecer, en el interior, me estaba congelando. Tenía que ser algo más que mi mera apariencia, más de lo que creía que tenía que ser. El único problema era que ya no tenía ni idea de cómo identificar lo que era real y lo que no era más que una fachada.

Todo parecía estar mezclado: mis sentimientos con respecto a la universidad, la música, mi familia e incluso los chicos de mi vida. Además, cada decisión que había tomado para llegar hasta aquel punto tan solo había servido para oscurecer todavía más el camino a seguir. Le había dedicado al violín un esfuerzo mínimo solo para descubrir que de verdad me gustaba y que estaba atrapada con unas opciones limitadas para poder seguir tocándolo de forma significativa. Había encontrado una universidad que tenía el potencial de ser una muy buena opción para mí, pero solo si conseguía tragarme el orgullo y enfrentarme a las dos personas que me habían humillado. Y, finalmente, había maldecido a la única persona que seguía intentando ayudarme incluso a costa de su propia felicidad.

Metí las manos en las profundidades de los bolsillos de mi abrigo y comencé a caminar más rápido para entrar en calor. Aunque seguía sin estar segura de qué era lo que quería, al menos sí sabía lo que no quería: no quería dejar que otra persona decidiera por mí. Tal vez hubiera sido un poco dramática cuando había escrito mi ensayo para la solicitud de Northwestern, titulado «Romper las ollas y hundir los barcos», pero escoger universidad era una decisión muy importante; una que, de hecho, afectaría al resto de mi vida, así que no podía dejar que la tomaran mis padres, Gang, o incluso Wendy.

Solté un gran suspiro, pensando en las cosas que nos habíamos dicho. Ambas nos habíamos marchado echas una furia sin dejar claro cómo encontrarnos una vez que nos hubiéramos calmado. Sin embargo, eso es lo que pasa con las hermanas: que siguen ahí para ti aunque te odien. Como era de esperar, mientras me abría paso entre el laberinto de edificios, la divisé en el horizonte, abrigada y apoyada en la pared exterior de su residencia, escudriñando los terrenos, buscándome con la mirada.

No nos dijimos gran cosa de camino a su habitación, más allá del comentario casi arrepentido de que su cuarteto tenía una actuación aquella noche y que podía asistir si quería. Era una especie de evento para hacer contactos, pero habría comida. Asentí y me vestí sin preguntarle nada, pues no quería tener que pedirle que me prestara ropa para la ocasión. El resultado fue el de dos chicas extrañamente desparejadas: ella iba ataviada con un vestido negro que llegaba hasta el suelo y yo con una sudadera corta y unos vaqueros de talle alto. Al menos, había tomado nota de algunos de los trucos de maquillaje de Amy. Me pinté los labios de un tono ciruela oscuro para parecer más arreglada y le lancé un beso a mi reflejo. «A todas las asiáticas les queda bien el ciruela oscuro», me había dicho. Supongo que había decidido que era lo bastante asiática para eso.

De camino al recinto, Wendy me hizo un resumen de lo que podía esperar y de lo que duraría el evento. También me dio sus llaves por si quería marcharme antes.

—Tan solo asegúrate de mandarme un mensaje si vas a ir a algún otro sitio que no sea la habitación para poder recuperarlas cuando acabe —me dijo.

No sabía dónde pensaba que podría ir, pero asentí, obediente, y me las metí en el bolsillo.

En el interior del edificio hacía demasiado calor a causa de la multitud de cuerpos y, en cuanto hube dado dos pasos hacia dentro, ya me había quitado el abrigo y me lo había colgado del brazo. Con cuidado de no golpear a nadie, seguí a Wendy mientras serpenteábamos entre grupos de gente y mesas altas cubiertas por mantelería morada. Tras presentarme a toda prisa al resto de miembros del cuarteto, mi hermana se marchó y me quedé sola.

Decidí apostarme en la parte trasera, cerca de las puertas por las que salían los aperitivos, para poder ser la primera en tomarlos. Comer tenía el beneficio añadido de mantener ocupadas mis manos ociosas y hacer que no fuese tan evidente que no estaba allí para hacer contactos. Como si no fuese obvio gracias a mi conjunto de vaqueros y sudadera en comparación con el uniforme de todos los demás, que llevaban pantalones de vestir y camisas que no les quedaban bien. Por algún motivo, en los cien años que habían pasado desde que se había permitido que las mujeres trabajaran en las oficinas, nadie había solucionado de forma adecuada el problema de las tetas.

Poco a poco, la habitación empezaba a estar tan caldeada que resultaba incómodo, así que me bajé la cremallera de la sudadera y agarré un vaso de refresco medio caliente de la bandeja de un camarero que pasaba por allí. Probablemente, hacer una parada en el exterior, en medio del frío, hubiera sido estupendo, pero no quería arriesgarme a que Wendy me viera marcharme. Tal como solía ocurrir siempre, habíamos llegado a una especie de tregua llena de tensión en la que cualquier paso en falso podría estropearlo todo. No pensaba ser la responsable de que ocurriera algo así.

—Pues he estado leyendo *El arte de la guerra* de Sun Tzu.

Me giré y me encontré con un tipo blanco apoyado en mi mesa. Con la mano, sujetaba un vaso de Sprite como si fuera una copa de whisky.

—Me alegro por ti —contesté, aunque mi tono indicaba que no era así.

—De verdad, es un texto interesante —continuó, decidido a pesar de mi falta de interés—. Hoy en día, se considera una lectura básica incluso para los que estudian Administración de Empresas. ¿Lo has leído?

Uffff. Era de ese tipo de personas. Por alguna extraña razón, había todo un grupo de personas a las que les gustaba mencionar su interés por cosas asiáticas aleatorias como forma de romper el hielo en una conversación: las artes marciales, el pad thai, el anime o el Mortal Kombat. En una ocasión, el dentista nos preguntó a Wendy y a mí si les habíamos ocultado sus enfermedades a nuestros abuelos como en la película *The Farewell*.

Di un paso hacia un lado, fingiendo que no había escuchado su pregunta, lo que hizo que tuviera a Wendy en mi campo de visión. Tenía un gesto fiero de concentración que le dejaba unos surcos profundos entre las cejas, como si estuviera intentando intimidar a las páginas de la partitura para que se dieran la vuelta ellas solas. Sin embargo, aquel era el gesto que ponía siempre que le gustaba mucho lo que fuera que estuviese haciendo, aunque solo fuese algo tan sencillo como ver una película. Cuando yo disfrutaba, me relajaba, pero Wendy se volvía más intensa. A nivel inconsciente, era como si yo ya lo hubiera sabido, porque solía gastarle bromas para que se animara. Ella siempre lo había interpretado como una señal de que yo no podía tomarme nada en serio.

Volví a mirarla y, por primera vez, me pareció verla con claridad. Cierto, estaba resentida por lo mucho que me presionaban mis padres para que siguiera sus pasos, pero gran parte del motivo por el que había podido evitar tener que cumplir realmente sus expectativas tenía que ver con el hecho de que ella ya había cosechado suficientes éxitos por las dos. A pesar de que había recibido ofertas de diez universidades diferentes, mis padres habían señalado Northwestern de inmediato como la opción principal. Era imposible saber si, en realidad, Wendy la había escogido por sí misma o para complacerlos a ellos. Tal vez ni siquiera ella misma lo supiera.

Pensé en cómo había llamado a nuestra madre desde Washington, desesperada por que le diera el sello de aprobación al campus de la universidad, y en lo decepcionada que me había sentido cuando no lo había hecho. Y a pesar de la vergüenza que había pasado cuando había querido cotillear sobre Gang, en el fondo, me había complacido que se mostrara tan interesada. No podía evitar preguntarme si parte de mi fascinación con él se había debido a aquello. Tal vez mi deseo por conseguir la aprobación de mis padres era tan profundo que, de forma inconsciente, estaba afectando todas mis decisiones, incluidas las que tenían que ver con los chicos que me gustaban.

Otro asunto más que tendría que resolver en mi búsqueda de la autorrealización.

Mientras tanto, mi falta de respuesta al tipo con el fetiche por los asiáticos no le había disuadido lo más mínimo y estaba exponiendo sus pensamientos con el entusiasmo y la extensión de una ópera de Wagner. Al menos, ya no necesitaba fingir ser educada. Si iba a empezar a trazar unos límites claros entre lo que quería y lo que creía que otros esperaban de mí, aquel era un buen momento para empezar.

—Pero ¿lo has leído en el idioma original? —le pregunté, interrumpiéndolo en medio de un pasaje especialmente largo sobre cómo calcular las intenciones de otros cuando estás recorriendo un territorio hostil—. Porque buena parte del significado se pierde en la traducción, ¿no te parece?

Mientras se apresuraba a buscar una respuesta, me alejé de él de forma despreocupada, tomé una mini quiche y me la metí en la boca para evitar soltar una carcajada. Sin embargo, a pesar de todo, su mensaje me había calado, porque me di cuenta de que así era como había tratado todo aquel viaje: como si Wendy fuese mi enemiga y estuviésemos en su terreno. Había asimilado la narrativa que nuestros padres habían creado para nosotras y estaba contemplando mi vida solamente a través de la perspectiva de si estaba o no copiando a Wendy. Ni siquiera me había parado a preguntarme si no era posible que, de forma natural, ambas compartiéramos algún deseo.

Me quedaban menos de veinticuatro horas allí. Si iba a tomarme en serio lo de empezar desde cero e intentar evaluar las cosas por mí misma, tenía que empezar ya. Tendría que haber empezado nada más llegar allí.

Miré en torno a la habitación y contemplé los rostros de la gente. Dibujaban sonrisas demasiado grandes y asentían con la cabeza con demasiado vigor. No era la posición ideal desde la que juzgar, pero, al menos, allí podía contar con que todo el mundo pudiera darme algún tipo de respuesta a mis preguntas. Por ejemplo: ¿qué más tenía que ofrecer aquella universidad más allá de su nombre? Porque por muy tentador que fuese regocijarme en el hecho de que me hubiesen aceptado en una universidad que entraba en la lista de centros soñados de la mayoría de la gente, nunca le había dado demasiada importancia a todo el asunto del estatus. Tan solo quería un lugar en el que pudiera ser yo misma.

Me metí un último canapé en la boca, me limpié las manos con una servilleta morada de coctel y me lancé hacia la marabunta de gente, decidida a dedicarle a la tarea un esfuerzo tan genuino como fuese capaz. No podía emocionarme a voluntad y por arte de magia, pero me juré que aquel recién descubierto entusiasmo duraría al menos hasta el final del evento.

CAPÍTULO TREINTA Y UNO

Esperé hasta la mañana siguiente antes de intentar ningún tipo de comunicación real con Wendy. Después de que acabara el evento de la noche anterior, había parecido exhausta, y yo había usado su cansancio como excusa para acobardarme. A ninguna de las dos se nos había dado nunca demasiado bien el tipo de conversación que necesitábamos mantener con desesperación, pero no quería volver a casa con los viejos resentimientos todavía pendiendo entre nosotras. Había pasado las últimas semanas sin mantener nada más que interacciones incómodas con mi mejor amiga porque ninguna de las dos quería reconocer que tal vez nos hubiéramos dicho cosas feas que no podíamos retirar y no quería ser responsable de hacerle lo mismo a mi hermana. Así que, después de una breve reunión con Jeff, el director musical, Wendy me acompañó hasta mi coche para que emprendiera el viaje de vuelta y, entonces, le solté de golpe:

—Gracias por tu ayuda a la hora de organizar este viaje. Me lo he pasado muy bien.

Decir que lo había «pasado muy bien» tal vez fuese exagerar un poco, sobre todo teniendo en cuenta que nos habíamos peleado y que la consecuencia de dicha discusión había sido que casi había acabado congelada. Sin embargo, la universidad me había gustado bastante más de lo que había esperado y, además, Northwestern era lo bastante grande como para que, si acababa estudiando allí y resultaba que algunas de las dos seguía necesitando más espacio, pudiera concebir la idea de limitar el cruce de nuestros caminos a las actividades relacionadas con la orquesta.

Wendy pareció sorprendida ante mi repentino arrebato de gratitud, pero en general pareció complacida.

—No ha sido para tanto —contestó con decisión—. Me gusta planificar cosas.

—Lo sé, pero no tenías por qué hacerlo. Y tampoco tenías por qué cargar con mi bolsa, pero te lo agradezco.

Tuve que obligarme a pronunciar aquellas palabras, pues rara vez nos decíamos cumplidos sin al menos un atisbo de sarcasmo. Aun así, me sentí orgullosa de mí misma por pronunciarlas.

Ella jugueteó con la correa de mi bolsa, que llevaba colgada del hombro. La retorció varias veces antes de darse por vencida y cambiársela al otro hombro.

—Ha estado bien tenerte aquí —dijo—. Y, de verdad, esta es una buena universidad.

—Anoche recibí como cuatro ofertas para conocer a un «buen amigo» de alguien que toca con la Filarmónica de Chicago o que aparece en algún musical de Broadway.

Mi broma relajó un poco el ambiente. Wendy puso los ojos en blanco.

—Tienes razón; la gente que asiste a esos eventos para hacer contactos puede resultar bastante irritante con la tendencia a dejar caer nombres conocidos aquí y allá, pero se supone que uno de los beneficios de estudiar aquí es la posibilidad de hacer esos contactos. Tendrías que haberles dicho que estás considerando entrar a la facultad de medicina. Así, al menos tal vez podrían haber hecho algo útil por ti. He estado intentando encontrar a las personas adecuadas para que me escriban las cartas de recomendación para mi solicitud.

Wendy ya tenía en marcha más planes para los dos siguientes años que yo para el otoño próximo. Me tragué la burbuja pequeña y familiar de resentimiento que se había abierto paso hasta la superficie.

—Bien por ti —dije, esperando que mis palabras sonaran genuinas y no sarcásticas—. No creo que la medicina sea para mí. En realidad, no sé qué es lo que quiero; solo tengo que pensar en algo antes de darles la noticia a mamá y a papá.

Era evidente que mi hermana estaba asimilando aquella nueva información y, probablemente, también estaba pensando que, una vez más, estaba haciendo lo que yo quería y no lo que se esperaba de mí. Sin embargo, en lugar de mostrarse irritada al respecto, se encogió un poco de hombros y se subió las gafas por la nariz.

—Bueno, no es que tengas que escoger la carrera durante el primer año. No digas nada del asunto mientras te quitas de encima las asignaturas generales y ya está. Estoy segura de que encontrarás una solución.

Reprimí una sonrisa para que no pensara que me estaba riendo de ella. Sabía que aquella era su manera de disculparse y, tanto si creía en mí como si no, el mero hecho de decirme que era así era el mejor cumplido que podría haberme hecho.

Era gracioso: me había enfurecido que Gang me hubiese mentido sobre el hecho de tener novia, pero, al mismo tiempo, deseaba que mi propia familia se tomara la molestia de mentirme, al menos a veces, tal como acababa de hacer Wendy. Y, aun así, había escogido escapar de la manera brutal en la que mi familia decía la verdad a base de tener dos mejores amigas que no hacían otra cosa más que decirme la verdad de continuo sin ningún tipo de filtros.

Sin embargo, tal como había demostrado mi pelea con Candace, a veces, la gente tan solo quería que te pusieras de su parte y eso exactamente era lo que Wendy estaba haciendo por mí en aquel momento.

Volví a rodearla con los brazos y, en aquella ocasión, intentó devolverme el abrazo con los brazos pegados a los costados y las manos dándome palmaditas en la espalda.

—Gracias —le dije.

Me quitó el estuche del violín y lo colocó junto a la bolsa de viaje en el maletero como si fuera una madre preparando con cuidado el equipaje de sus hijos para un viaje por carretera. Aunque se había quejado de ello, sabía que una parte de mi hermana siempre disfrutaría de ser ella la que cuidara de mí. Sencillamente, había algunas cosas a las que los hermanos mayores no estaban dispuestos a renunciar.

—Mándame un mensaje cuando llegues a casa para saber que has llegado bien —me dijo justo antes de que arrancara y me marchara.

El viaje de vuelta a casa pasó mucho más rápido que el trayecto de ida y, antes de darme cuenta, ya había cruzado la frontera del estado y había regresado a Iowa. Había pasado el tiempo evaluando las críticas que Wendy me había hecho sobre el hecho de que tan solo pensaba en mí misma. Durante nuestra pelea, Candace me había dicho algo similar. ¿Acaso era posible que toda mi vida fuese uno de esos mensajes de Reddit titulados «¿Soy una gilipollas?» en el que, de hecho, sí era una gilipollas?

Le había hecho a Candace lo mismo que mis padres me habían hecho a mí: imponerle una única narrativa sobre cómo debería de ser su futuro. Mi amiga tenía razón: no todo el mundo tenía que ir a la universidad. Además, sin la ventaja de las becas o de unos padres que te hubieran entrenado toda tu vida para conseguirlas, la universidad sí que tenía un precio prohibitivo, sobre todo para la mayoría de los adolescentes de Pine Grove. Aunque quisiera algo más para ella, no era asunto mío conseguirlo. Tenía que dejar de decirme a mí misma que estaba presionándola por su propio bien y empezar a recordarme que todas las buenas intenciones del mundo no compensarían el hecho de que le había hecho daño al insultar a su novio. Incluso aunque siguiera pensando que se lo merecía. Se suponía que las mejores amigas debían apoyarse y ella siempre me había dado su apoyo. Por no mencionar que tampoco es que yo tuviera un gran historial a la hora de tomar decisiones.

Comprobé la hora. Todavía debería estar en el trabajo.

Desde la autopista, tomé un desvío rápido y enseguida llegué al aparcamiento del túnel de lavado. La puerta del local tintineó cuando la abrí y solté un suspiro de alivio cuando vi a Candace detrás del mostrador, vestida con el muy detestado polo naranja que le hacía ponerse la empresa.

—Hola —me dijo con el ceño fruncido, confundida—. ¿Qué haces aquí? Nunca lavas el coche en el túnel.

Era cierto. Mis padres jamás se permitirían derrochar dinero en algo tan innecesario como un túnel de lavado, sobre todo cuando, tal como me había explicado mi madre en una ocasión, el agua de la manguera tan solo costaba unos centavos.

—Hace poco me he dado cuenta de que no tengo una afición más allá del violín —le dije a mi amiga tras echar un vistazo rápido a la tienda y asegurarme de que no estaba interrumpiendo a ningún cliente de verdad. Por suerte, el local estaba vacío—. Y eso no es tanto una afición como, más bien, una actividad obligatoria. Al menos, la mayor parte del tiempo. —Me estaba desviando del tema—. He ido a visitar a Wendy este fin de semana —proseguí mientras me abría paso entre los pasillos de caramelos y otros artículos que la empresa esperaba que los clientes comprasen de forma impulsiva mientras esperaban a que el coche estuviera limpio—. Y resulta que tiene más vida que yo. Bueno, no digo que sea necesariamente una vida que yo desee, pero hay cosas que de verdad disfruta. Así que he supuesto que yo podría aficionarme a algo como... No sé, coleccionar sellos. O convertirme en *influencer* o algo así. Mis habilidades para bailar sin moverme del sitio son bastante buenas. —Sacudí los hombros un par de veces para demostrarlo. Su rostro permaneció inusualmente estoico—. Había pensado que podrías unirte a mí —añadí.

Ella arqueó una ceja.

—¿A coleccionar sellos?

Me encogí de hombros.

—Había pensado meterme a la Cienciología. Ya sabes, por Tom. Pero no creo que fueran a aceptarme porque no entiendo del todo qué es un «thetán». Además, vi un documental sobre cómo hacían que los miembros que no se comportaban limpiasen los suelos con cepillos de dientes, y ambas sabemos que yo acabaría siendo una de esas.

Era obvio que Candace estaba intentando reprimir una carcajada. Lo sabía por la fuerza con la que se estaba mordiendo el labio inferior y por cómo tenía los brazos cruzados frente al pecho con ímpetu. Sin embargo, no la soltó. Solté un suspiro y levanté las manos, desesperada.

—Muy bien, escúchame: no se me da bien pedir disculpas, ¿de acuerdo? Sé que es así. ¿Puede terminar ya esta situación entre nosotras?

Mi amiga arrugó la nariz y ladeó la cabeza.

—No es mi culpa que nadie te enseñara a hacerlo, pero me debes una disculpa en condiciones, no lo que quiera que haya sido eso.

—¿De verdad vas a obligarme a hacerlo?

—Sí.

—Sabes que me siento mal por lo que pasó. ¿Por qué tengo que repetirlo una y otra vez?

—Considéralo una forma de practicar. Estoy segura de que, en el futuro, con esa bocaza que tienes, tendrás que disculparte con muchas personas. —Chasqueó los dedos—. ¡Vamos, venga!

—Muy bien, pero, una vez que lo haga, ¿podremos buscar una afición? Porque de verdad creo que si tuviera una podría haber evitado esta crisis del cuarto de vida en la que mi único escape ha sido también aquello que, básicamente, me causa todo el estrés.

—Una crisis del cuarto de vida ocurre cuando tienes veinticinco años.

—Entonces, ¿cómo la llamas cuando tienes dieciocho? —pregunté—. ¿«Crisis del quinto de vida»? ¿Cuánto es dieciocho por cinco?

—Me estás dando largas.

—Muy bien, de acuerdo. Dame un segundo.

Candace nunca antes me había llamado la atención por mis mierdas con tanta dureza. No me gustaba, a pesar de que me lo merecía.

Me aclaré la garganta antes de extender un brazo frente a mí, llevarme la otra mano al pecho y echar la cabeza hacia atrás de forma dramática como si fuese una actriz shakespeariana.

—Queridísima Candace: mi rosa, mi caramelito, mi alma gemela del tamaño de una pinta. He actuado de la forma más atroz y tan solo puedo suplicar que me perdones. Por favor, oh, refulgente, pues no puedo vivir sin tu compañía. Tú me completas.

Incliné la cabeza e hice una floritura con la mano para indicar que había terminado mi discurso.

Silencio.

Alcé la vista. Candace seguía mirándome fijamente con un gesto poco impresionado y los brazos cruzados sobre el pecho. Resoplé.

—Lo siento. De verdad. Fui una persona crítica y horrible con respecto a tus decisiones. Me comporté como una verdadera Owen Hunt. Te necesito. Eres mi persona, y yo tendría que haber sido la tuya. No volverá a ocurrir.

Aquella no era una disculpa que fuese a funcionar con todo el mundo, pero, tal como había dicho, Candace era mi persona. Y si había algo que nos unía, era el amor y el odio mutuo que sentíamos por Anatomía de Grey. Además, me parecía poético disculparme usando la misma serie que había usado para instigar la discusión. Tan solo esperaba que apreciara mi intento de ser sincera. Me estaba esforzando de verdad.

Su rostro se relajó.

—Dios, Owen es lo peor —asintió—. Y, ahora: ¿qué demonios quiere decir eso de «refulgente»?

—No está mal, ¿eh? Era la palabra del día del diccionario el viernes. Cuando Wendy se fue a dormir, estaba aburrida, así que empecé a mirar cosas en internet.

Mi amiga sacudió la cabeza.

—Dios santo, Juje, sí que necesitas una afición.

—¿Significa eso que te apuntas? ¿Aunque escoja algo aleatorio como observar pájaros o algo así? Ya sabes que todos los años hay un concurso para ver quién puede divisar más tipos de pájaros...

—Cállate. Cállate. —Fingió enjugarse una lágrima, totalmente metida en el papel de la esposa de Jerry Maguire—. Ya me tenías con el hola.

CAPÍTULO TREINTA Y DOS

Pasé las siguientes semanas enterrada bajo una avalancha de exámenes de las clases avanzadas y de rechazos educados de las últimas universidades de mi hoja de cálculo. Como no había recibido más ofertas de becas de los directores de música, no me había molestado en presentar más solicitudes. Aunque seguía pensando que la exigencia de mis padres de que me dieran una beca completa era ridícula (después de todo, no éramos jugadoras de fútbol americano), no estaba dispuesta a arriesgarme a que me echaran de la familia y me cargara con un montón de préstamos solo para poder mudarme a Maryland o algo por el estilo. Además, volvía a disfrutar de verdad de tocar el violín. Ni siquiera me sentí mal cuando volví a quedar tercera en mi último torneo del circuito juvenil. El hecho de tener dos opciones universitarias consistentes hacía que me sintiera optimista sobre el futuro. Incluso a pesar de que todavía no había decidido en cuál estudiaría.

Había intentado crear otra hoja de cálculo con los pros y los contras de cada uno de los centros, pero era imposible calcular de forma apropiada algo que se reducía básicamente a una sensación. Según las clasificaciones, claro que Northwestern era una universidad «mejor», pero a mí nunca me había interesado todo eso. ¿Cómo se suponía que iba a evaluar los diferentes programas de cada centro si todavía no tenía ni idea de qué quería estudiar? ¿Quería el escrutinio que se daba en las clases con pocos alumnos o preferiría fundirme entre un grupo con cientos de personas dentro de un aula magna? Y, en realidad, ¿cuánto me importaba si estaba rodeada o no de personas que se parecieran a mí a nivel físico?

Al final, acabé dándome por vencida en el intento de tomar una decisión de manera lógica y recé para que ocurriera un milagro. Les prometí a mis padres, que cada vez estaban más impacientes, que tendría todo resuelto cuando llegase el momento de la graduación. Sin embargo, incluso eso me sorprendió con la rapidez de una señora asiática de mediana edad pidiendo la cuenta de la cena y, antes de que me diera cuenta, iba vestida de gala y estaba haciéndome fotografías en casa de Candace.

Nunca me había considerado del tipo de persona a la que le gustan los bailes del instituto, pero ¡sorpresa, sorpresa!: Liz estaba desesperada por ir al baile de graduación. Dijo algo sobre los últimos recuerdos del instituto y la emoción de ir a comprar el vestido. Las tres habíamos decidido ir juntas para evitar que Liz y yo tuviéramos que pasar por el suplicio de encontrar una cita. Me pareció bien. Seguíamos fingiendo que todo aquel asunto de «Dom le ha dicho a Candace que no necesita ir a la universidad» no había ocurrido y que de verdad había sido ella la que había tomado la decisión por sí sola, pero aun así había decidido que el baile sería más divertido si íbamos las tres solas.

Había convencido a mis padres de que me dejaran quedarme a dormir en casa de Liz, lo que significaba que iba a quedarme en la habitación que el «padre moderno» de mi amiga había reservado para nosotras en el hotel donde se celebraba el baile. Así que, tras una breve parada para dejar nuestras bolsas con el equipaje para pasar la noche, volvimos abajo y nos dirigimos al exterior del salón de baile C. Allí, junto a una mesa repleta de leis hawaianos de plástico barato, nos dio la bienvenida un cartel que rezaba: «Mahalo, clase de último curso de Pine Grove».

—Puaj —masculé.

—A mí me parecen adorables —dijo Liz mientras pasaba un dedo por las guirnaldas de flores—. Mira, esta azul pega con mi vestido.

—Es solo que, cuando leí que los panfletos decían «tema tropical», pensé que se referían a flamencos de plástico y palmeras, no a... esto.

Arrugué la nariz en señal de disgusto.

—¿Es que lo hawaiano no es tropical?

—Sí, pero también es una cultura muy específica —dije—. En plan... Es como celebrar un baile de graduación con temática mexicana y, al entrar, entregarle a todo el mundo un sombrero.

Todo aquello me recordó a la vez en la que Savannah, para su decimoctavo cumpleaños, se había tatuado su nombre con kanjis. En aquel momento, no había sabido muy bien por qué me había molestado, pero el último año me había ayudado a darme cuenta de cuántas veces había dejado pasar cosas sin decir nada, como si hubiera aceptado aquellas microagresiones como parte de la vida en lugar de verlas como algo que merecía ser señalado.

Liz frunció los labios, pensativa.

—No me lo había planteado de ese modo.

Candace, por el contrario, ya había agarrado tres leis.

—Esto es lo que les dan a los turistas cuando llegan a Hawái, así que me parece que no debería de haber ningún problema. No es como si hubiéramos aparecido todos vestidos con faldas hawaianas y sujetadores hechos con cocos. Aunque, que conste en acta: yo estaría espectacular con esa ropa.

—Yo no quiero —le dije—. Puedes ponerte el mío si quieres.

Se encogió de hombros y se puso una segunda guirnalda mientras Liz todavía parecía estar asimilando la idea de que había estado a punto de incurrir en un acto de apropiación cultural.

—¡Candace, no te pongas eso! —le regañó Liz—. ¿No acabas de oír lo que ha dicho June? ¡Es ofensivo!

—Sí, ¿y no la has oído cuando ha dicho que le parecía bien si me ponía el suyo? Si no te gusta, no te lo pongas —contestó ella mientras se pasaba el tercer lei por la cabeza—. Deberíamos llevarnos alguno para la graduación. Las togas son muy aburridas.

Liz me miró en busca de apoyo.

—June, ¿puedes hacer que se los quite? A ti te hará caso.

—Vayamos dentro y ya está —dije con alegría, con la esperanza de no tener que contestar—. Ya que estamos aquí...

Por un lado, las justificaciones de Candace, que siempre decía cosas como «sí, esto está mal, pero no está tan mal como esta otra cosa, que es mucho peor», me resultaban irritantes, pero lo mismo me ocurría con la insistencia de Liz en que me convirtiera en una especie de profesora sobre el racismo cada vez que nos encontrábamos ante algo ofensivo. No es que yo fuese una experta en cultura hawaiana y, además, ambas eran más que capaces de buscar el tema en Google. En aquel momento, tan solo quería entrar al baile.

Antes de que pudieran seguir discutiendo, abrí las puertas del salón de baile C y me encontré ante una explosión de palmeras de papel, piñas hinchables y flores falsas demasiado grandes. A las sillas que habían preparado en un lateral de la sala para que la gente se sentara les habían puesto faldones de hierba y habían decorado la cabina del DJ como si fuese una cabaña tiki. Si no hubiese sido por el hiphop que atronaba desde los enormes altavoces que había a cada lado del escenario improvisado que había en el centro de la sala, todo aquello habría sido una fantasía isleña creíble, si bien llena de estereotipos.

Candace soltó un grito y, de inmediato, nos arrastró hasta la cola del fotomatón. A toda velocidad, rebuscó entre el atrezo disponible que había en una mesa repleta de gafas de sol gigantes, coronas llenas de purpurina y palos con bigotes para decidir quién se pondría cada cosa en nuestras fotografías. Al final, se decidió por cuatro cosas diferentes para cada una de nosotras y nos dio instrucciones de cómo cambiar rápidamente de disfraz entre cada una de las tomas. Estaba dedicada en cuerpo y alma a que tuviéramos las mejores fotografías posibles.

Cuando terminamos, el fotógrafo imprimió una tira con nuestras instantáneas y Candace la dobló y se la metió en el sujetador para repartirlas después.

—¿Qué pasa? No iba a cargar con un bolso toda la noche —le dijo a Liz, que tenía un gesto horrorizado.

—¡Las podrías haber llevado a nuestra habitación!

Candace se encogió de hombros. Después, se subió el vestido sin tirantes de un tirón y llenó el suelo con una nube de purpurina.

—Así tenemos más tiempo para bailar y estar juntas. ¡Vamos!

Sin esperarnos a ninguna de las dos, se lanzó al centro de la pista de baile. Liz, que era lo bastante alta como para ver por encima de la mayoría de la gente, me guio hasta ella. La zona de baile estaba abarrotada de cuerpos, de gente agitándose y gritando las letras censuradas cada vez que la canción las omitía (gente a la que, en cuatro años, jamás había oído decir una palabrota y que, en aquel momento, gritaban la palabra que empieza por «j» desde la seguridad de la multitud). Era como estar en medio de un *mosh pit* mucho menos violento de lo esperado y en el que la gente iba muy arreglada.

Poco después estábamos sudorosas, sedientas y cubiertas de la purpurina que salía disparada del pelo de Candace cada vez que sacudía la cabeza. Liz se señaló la garganta y graznó: «¡Agua!», así que nos abrimos paso hasta una mesa repleta de vasos de cartón y jarras de agua con hielo. Mientras me bebía de un trago el cuarto vaso o algo así, vi a Grayson, Rhys, Tommy y Drew entrando al baile.

—¡Ya era hora de que aparecierais! —les gritó Candace mientras agitaba el brazo como una loca para llamar su atención y que vinieran hacia nosotras.

Grayson se quitó las gafas de sol que llevaba en la cabeza y buscó un lugar donde dejarlas. Se sacó varios objetos de diferentes bolsillos (una petaca, el vapeador y la cartera) antes de decidir colocárselas en la parte trasera de la cabeza. Por qué llevaba gafas de sol tan tarde era otra cuestión, pero probablemente, los ojos inyectados en sangre fueran una buena respuesta.

—¿Nos habéis echado de menos? —dijo Rhys mientras me miraba a los ojos. Después, esbozó una sonrisa de oreja a oreja.

—Llegáis tan tarde que me sorprende que os hayan dejado entrar siquiera —comentó Liz mientras les lanzaba una mirada evaluadora a cada uno de ellos. Se acercó un poco más a Grayson y olisqueó el aire. Después arrugó la nariz—. Pensaba que habían dicho que iban a cachear a la gente a la entrada.

Tommy le lanzó una sonrisa presumida. Cada uno de sus hoyuelos era más profundo que toda su personalidad.

—Estás hablando con el tipo que llevó al equipo de hockey del instituto a los estatales por primera vez en una década. ¿Crees que no van a hacer la vista gorda con un poco de maría?

—Vaya, no sabía que tenía ante mí al próximo Wayne Gretzky —dije con ironía—. En plan... Me sorprende que nadie te haya pedido un autógrafo todavía.

Él resopló.

—Cálmate, Covey. Te acuestas con un jugador de hockey y ya estás soltando nombres como si fueras una experta.

Quería soltarle una buena contestación, pero era cierto que solo conocía a Wayne Gretzky gracias a Brad. No pude evitar mirar a Rhys de reojo, pero, por suerte, parecía lo bastante embobado como para no estar demasiado centrado en la conversación. Por una vez, me sentí agradecida de su falta de atención. Era una tontería seguir sintiéndome rara cuando se mencionaba a Brad frente a él, pero no me gustaba llamar la atención más de lo necesario sobre el recordatorio de que, de algún modo, lo había dejado por otro chico.

Afortunadamente, Liz y su amor por las canciones de Taylor Swift distrajeron a todo el mundo cuando chilló con fuerza ante el cambio de música.

—¡Vamos! ¡Tenemos que ir a bailar!

Drew parecía querer hacer cualquier otra cosa antes que bailar y, por su parte, Tommy se estaba preparando para decir algo sobre la música que, con toda probabilidad, no fuese muy halagador. Sin embargo, Grayson respondió con un «¡Joder, sí!» muy entusiasta y tanto él como Rhys siguieron a mi amiga de vuelta a la refriega. Por un instante, los demás nos miramos los unos a los otros: éramos el cuarteto más extraño de todo el grupo.

Antes de que Candace pudiera reclamarlo, agarré la mano de Drew y lo arrastré a la pista de baile. Mi amiga nos siguió a regañadientes sin tan siquiera rozar a Tommy. A pesar de que todos habíamos ido a la fiesta sin citas a propósito, la música era demasiado lenta como para bailarla solos.

—Me siento como si estuviera en secundaria —bromeó Drew. Mientras bailábamos, nos separaba la largura de nuestros brazos y teníamos las manos apoyadas en los hombros del otro.

—En secundaria, nunca fui a un baile —confesé.

—¿De verdad?

—El único baile al que había asistido antes de este fue el de bienvenida del primer año, y solo porque Wendy me obligó, ya que ella había ayudado con la planificación.

Drew asintió.

—El año pasado fui al baile de Sadie Hawkins, pero solo porque no tenía que pedirle a nadie que viniera conmigo. En una ocasión, le pedí a una chica que viniera conmigo al baile de Navidad y ella me preguntó si podía conseguir que fuera Tommy el que se lo pidiera.

Hice una mueca.

—Ufff; eso tuvo que dolerte.

Él hizo un mohín.

—Y que lo digas… Pero me alegro de haber venido hoy. Ya sé que nunca solemos pasar tiempo juntos si no está Rhys, pero me alegro de que nos llevemos bien. Siento que seguimos siendo amigos a pesar de que no estemos tan unidos.

Me acerqué un poco más a él y le di un abrazo.

—Gracias, eso significa mucho para mí.

La canción terminó y me di la vuelta hacia el grupo, que había formado una especie de círculo. Sentí un codazo suave en las costillas y vi a Rhys sonriéndome, con los ojos caídos y soñolientos.

—Tú y Drew acabáis de disfrutar de un momento especial, ¿eh?

Su voz sonaba grave y arrastraba un poco las palabras.

—Puede ser. ¿Estás celoso?

Lo dije en broma, pero, para mi sorpresa, Rhys contestó:

—Puede ser.

El estómago me dio un vuelco, como si acabara de saltarme el último escalón de una escalera. Por la mente me corría una retahíla de preguntas: «¿Estamos coqueteando? ¿Por qué está coqueteando conmigo? ¿Deberíamos estar coqueteando?». Pero, antes de poder pensar en una respuesta sensata para ninguna de ellas, me lancé temerariamente hacia él.

Rebusqué en el interior del bolsillo de su americana y saqué una petaca de la que le había visto beber antes. Tras echar un vistazo rápido en busca de algún adulto, di un trago. El licor humeante me causó un ataque de tos.

Él me agarró de la muñeca y tiró de mí hacia él. Con la otra mano, me arrebató la petaca.

—¿Ves? Eso es lo que te pasa cuando les quitas sus pertenencias a otras personas —gruñó.

Con la mano todavía rodeándome con fuerza la muñeca, dio un trago a aquella bebida que sabía como a leña quemada líquida.

El corazón se me había acelerado bastante, tal vez por el alcohol o tal vez porque, en aquel momento, estaba tan cerca de él que podía percibir su familiar aroma amaderado con una nota de aquel licor con especias.

Nos miramos fijamente durante un segundo (o podrían haber sido diez minutos, era incapaz de saberlo) antes de que nos interrumpiera la voz descarada de Tommy.

—Jesús, vosotros dos otra vez, no. Pensaba que habíais pasado página.

Las mejillas se me encendieron mientras me apartaba de Rhys, fingiendo que estaba muy ocupada retocándome el peinado con la esperanza de que todos apartaran la vista de mí.

—Hablando de pasar página... —dijo Candace en voz muy alta, como si pudiera reiniciar una conversación si hablaba lo bastante fuerte—. ¿Habéis decidido todos dónde vais a ir el año que viene?

Liz miró alrededor, confusa.

—¿Vamos a hablar de eso ahora mismo? ¿Aquí?

—Es solo que tengo muchas ganas de conocer los planes a largo plazo de todos —contestó. Sus palabras iban dirigidas a mí a propósito y también iban acompañadas de una mirada fulminante.

Sabía lo que pretendía. Durante los últimos dos meses, había evitado de forma obvia tener que hablar del futuro, pero, de pronto, sacaba el tema en medio de una pista de baile. Era evidente que se trataba de un recordatorio de que me estaba quedando sin tiempo para decidir dónde iba a estudiar y que no debería malgastar mi energía mental en Rhys. Recibí el mensaje. Alto y claro.

Pero eso no significaba que tuviera que gustarme.

—¿Por qué no empiezas tú? —le dije, con la sonrisa más dulce que pude dibujar.

—Voy a ir a Kirkwood —dijo, mencionando aquel centro formativo superior que estaba cerca de Pine Grove.

Sentí cómo la sonrisa falsa se me desprendía del rostro y era reemplazada por un gesto de asombro.

—¿Qué? ¿Cuándo lo has decidido?

Se encogió de hombros, como si no tuviera importancia.

—Se me ocurrió que tenía que pensar en lo que era mejor para mi futuro; tal como hacemos todos —añadió con cierto énfasis.

Me sentí tan orgullosa de ella que podría haber estallado. Ni siquiera me importaba que no estuviera siendo demasiado sutil en aquel momento.

Ajeno a la conversación silenciosa que estaba ocurriendo entre nosotras, Drew intervino el siguiente.

—Gray, Rhys y yo vamos a ir a Northern Iowa, pero creo que Rhys va a seguir viviendo en casa. —Se volvió hacia su amigo—. ¿Verdad?

Él asintió, pero antes de que pudiera hacer ninguna otra pregunta, Liz exclamó:

—¡Yo también voy a ir a Northern Iowa!

Tommy soltó un bufido.

—Yo me largo de aquí. Ya he firmado con North Dakota para jugar allí el año que viene.

—¿Y qué pasa con Iowa? —preguntó Drew—. ¿No te habían hecho una oferta también?

—Bah, que le den a Iowa. Además, están en la División II de la Asociación Nacional Deportiva Universitaria.

Así que Tommy iba a ser la única otra persona del grupo que iba a marcharse. Y, además, con una beca... ¿quién lo habría adivinado?

Rechazó con un gesto de la mano todas las felicitaciones, alegando que no estaba ni lo bastante borracho ni lo bastante colocado.

—Rhys está siendo un capullo y no quiere compartir su whisky, así que déjame tu vapeador, Grayson.

Puaj, whisky. No era de extrañar que todavía tuviera la garganta ardiendo por el trago que había dado.

Grayson se cubrió la americana con un brazo en un gesto protector.

—No te voy a dejar una mierda, rubito. Puedes volver a la habitación a por el tuyo. Siempre estás presumiendo de lo en forma que estás, así que, si tan atlético eres, déjate el culo corriendo para ir a buscarlo.

—Rhys lo hará por mí —dijo Tommy. Con la cabeza, hizo un gesto hacia su amigo, que estaba empezando a balancearse un poco con la mirada fija en algún punto distante—. Todavía me debe una por haberle salvado el culo. Aunque no me haga ni caso —añadió, dando énfasis a cada palabra mientras pasaba la mirada fulminante entre Rhys y yo.

¿Qué demonios significaba aquello?

—Pero, si lo mandas a él, acabará quedándose dormido. Es lo que hace siempre —se quejó Drew.

—Oíd, vaya quien vaya, ¿podéis traer un poco de hierba también para nosotras? —preguntó Candace en tono distraído. Tenía la mirada fija en el teléfono. Era probable que estuviera mandándole mensajes a Dom.

Liz pareció escandalizada.

—¿Desde cuándo fumas?

Ella se encogió de hombros.

—No lo hago muy a menudo, pero no me opongo a ello. Es más rápido que emborracharse.

—Yo no pienso hacerlo —declaró Liz, como si todos hubiéramos intentado presionarla para fumar.

—¿Qué se supone que tengo que buscar? —preguntó Rhys, aturdido y ajeno al hecho de que llevaba dos minutos de retraso en la conversación.

Grayson sacudió la cabeza.

—Llévate a June contigo, colega. Ella sabrá lo que tiene que hacer.

Candace apartó la mirada del teléfono de golpe y le lanzó una mirada asesina a Grayson.

—No, June no debería acompañarlo. Necesitamos que se quede aquí, ¿verdad, Liz? —dijo, dándole un codazo a la susodicha.

—¡Ay! —exclamó nuestra amiga mientras se frotaba el lugar en el que había recibido el golpe.

—No pasa nada —le aseguró Grayson—. No es más que un viaje en ascensor.

—No te preocupes, es probable que Covey se aburra y lo abandone antes de llegar a la habitación siquiera —intervino Tommy.

—¿Tienes algún problema conmigo? —pregunté—. En plan… Más allá del hecho de que soy asiática y tú eres un racista.

Llevaba meses aguantándome aquella acusación y me sentí estupendamente al decirla en voz alta. Tommy resopló.

—¿Por qué? ¿Por lo de llamarte «Covey»? No tiene nada que ver con el hecho de que seas asiática. ¿Es que no has visto la película?

—No sé qué está pasando, pero, sea lo que sea, ¿podéis daros prisa para que podamos volver al baile? —preguntó Liz—. June, si vas a ir, hazlo ya.

Ese era todo el permiso que necesitaba para hacerlo. Agarré la mano de Rhys y lo arrastré fuera del salón mientras decía:

—¡Volvemos en cinco minutos!

A nuestras espaldas, Tommy gritó:

—¡Sabremos lo que estáis haciendo si no es así!

CAPÍTULO TREINTA Y TRES

Rhys permaneció en silencio durante todo el rato que estuvimos en el ascensor. El único sonido que se producía entre nosotros era el del indicador de los diferentes pisos mientras subíamos cada vez más arriba. Estaba apoyado contra la pared plateada, con la cabeza echada hacia atrás y los ojos cerrados. Sus pestañas largas y oscuras contrastaban con su piel pálida. Con la americana del traje abierta, la camisa blanca desabrochada y un poco arrugada, y los largos y brazos y piernas cruzados, parecía uno de esos modelos editoriales de alta costura demasiado delgados. Además, la luz fluorescente le resaltaba los rasgos demacrados.

Lo miré fijamente, dándole vueltas en la cabeza a lo que Tommy acababa de decir. Había insinuado que, en cierto sentido, yo era un error del que había salvado a Rhys. ¿Cuándo? ¿En noviembre, cuando me había visto con Brad? ¿O estaba hablando de algo más reciente?

Siempre había supuesto que me llamaba «Covey» por mi aspecto físico. Sin embargo, si me acababa de decir la verdad, eso significaba que me parecía al personaje en algún otro sentido. ¿En ser ingenua? Tal vez. ¿En ser demasiado dramática? Eso era más probable. Pero ninguna de esas cosas parecían tan terribles como para que alguien necesitase ser rescatado de ellas.

El ascensor emitió un pitido y las puertas se abrieron. Rhys se tomó un instante antes de abrir los ojos y salir del cubículo.

—¿A dónde vamos? —preguntó—. ¡Ah, sí! A la habitación; a dormir.

—A dormir, no. A buscar suministros —le corregí mientras lo apartaba de la pared por la que estaba pasando la mano en busca de estabilidad. Llegamos a la puerta de su habitación y extendía la mano—. La llave.

—Puedo hacerlo; puedo hacerlo yo —insistió. Sacó la tarjeta de apertura e intentó varias veces meterla en la ranura sin éxito—. Muy bien: no puedo hacerlo —admitió mientras me la tendía con una mano temblorosa.

—Muy amable por tu parte admitir al fin que soy mejor que tú —bromeé.

Abrí la puerta en el primer intento y la empujé para entrar dentro. Una lamparita que había en el escritorio iluminaba un poco la estancia. Tanto por el escritorio como por la parte superior de la cómoda había esparcidas latas estrujadas de cerveza. Al menos ahora sabía cómo era posible que estuviera tan borracho. De todos modos, el porqué de que fuera el único en semejante estado era otra cuestión.

Encendí la luz del techo y rebusqué el vapeador en la bolsa de hockey de Tommy. Lo encontré sin demasiados problemas y, entonces, centré mi atención en adivinar cuál sería la mejor manera de colar más alcohol en el baile.

—¿Os queda algo más que no sea whisky? —pregunté. Me di la vuelta y me encontré a Rhys tumbado en la cama. Había lanzado los zapatos y la americana en direcciones opuestas—. ¡Oye!

Abrió un ojo, adormilado.

—Solo voy a tumbarme un minuto. Volveré a levantarme, te lo prometo. Pero, antes, apaga la luz; brilla demasiado. —Se pasó un brazo sobre los ojos para protegerlos.

—Venga, es hora de levantarse —dije. Me acerqué hasta él y tiré de uno de sus brazos para intentar levantarlo—. En plan... Tenemos que volver o todos van a preguntarse por qué estamos tardando tanto.

Y con «preguntarse», quería decir «suponer». Tommy incluso nos lo había avisado.

Rhys gruñó.

—Me da igual lo que piensen. Vamos a quedarnos tumbados un momento...

Continué tirando de su brazo sin éxito.

—Voy a dejarte aquí —le advertí—. Entonces, vendrá Grayson, te cargará en el hombro y te llevará de vuelta como el tonto flacucho que eres.

Con una repentina muestra de fuerza, tiró de mí y me arrastró a la cama. Solté un gritito cuando choqué contra su cuerpo, rodé por encima de él y acabé en el hueco que quedaba vacío a su lado.

—Entonces, tendré que mantenerte aquí conmigo mientras pueda —dijo.

El corazón me palpitó con fuerza de nuevo, tal como había ocurrido cuando habíamos estado tan cerca el uno del otro en la pista de baile. Tenía la mente confusa por el olor a pino y caléndulas. Por un instante, regresé a aquel lugar en el que el tiempo permanecía quieto, solo que, en aquella ocasión, estaba mirándolo a los ojos en lugar de contemplar el techo.

—Al final, tendremos que marcharnos —señalé—, ¿verdad?

Me sonrió. Fue una sonrisa de oreja a oreja, aunque adormilada. Le costaba mantener los párpados abiertos.

—Quiero que escuches algo; una canción. Después, podemos marcharnos.

Mi curiosidad superó al enfado que sentía ante todo el tiempo que llevábamos ya allí arriba. Volví a dejarme caer sobre el almohadón mientras él tecleaba en su teléfono en busca de lo que fuera que planeara reproducir.

Al fin, empezaron a sonar las primeras notas. Era una melodía lenta y melancólica, algo totalmente diferente a lo que solía escuchar. No dijo nada y dejó que el sonsonete quejumbroso de aquella canción que hablaba de tristeza y de distancia llenase el espacio que nos separaba mientras su pecho subía y bajaba, respirando de forma ruidosa.

Escuchar música siempre había sido algo propio de Rhys, pero de normal siempre me decía por qué quería que escuchara una canción. Sin embargo, seguía sin saber por qué me había puesto aquella.

La canción terminó y el silencio se prolongó varios segundos mientras los dos esperábamos a que el otro dijese algo. Cualquier rastro del coqueteo o de las bromas de antes había desaparecido y, en su lugar, en mi estómago se desplegaba la nostalgia. Sin embargo, no tenía sentido que me sintiera nostálgica por una canción que nunca antes había escuchado.

—Vuelve a ponerla —le dije en voz baja. Todavía no estaba preparada para que se acabara aquel momento.

No sabía qué esperaba encontrar en ella, o en él, o en mí misma, pero la música tenía la capacidad de metérsete bajo la piel y había algo en aquella canción que hacía que quisiera no hacer nada más que quedarme allí tumbada, escuchándola de nuevo.

Rhys pulsó el botón de reproducir y la canción empezó de nuevo. La letra mencionaba chubasqueros, llamadas de teléfono, viajes de avión y quemaduras solares como si estuviera hablando del Pacífico Noroeste. De pronto, lo supe. Lo había sabido desde el momento en el que había llegado allí, solo que me había permitido distraerme con otras cosas. Tras toda una vida escuchando que no era lo bastante buena por mí misma, había empezado a creer a todos aquellos que me habían dicho lo mismo. Pero, a pesar de Gang, de Amy o incluso de mi familia, la única vez que me había sentido inequívocamente buena, había sido tocando para una audiencia de dos personas en aquella sala de ensayos diminuta. Y, allí, no había habido nadie para ayudarme.

Tal vez fuese capaz de replicar aquella sensación o tal vez no. Lo que sí sabía es que nunca la conseguiría si me quedaba anclada en la misma vida que siempre había tenido.

—Voy a estudiar en Washington —dije.

Lo dije en voz tan baja que ni siquiera estuve segura de si Rhys me había oído. Sin embargo, tras una larga pausa, murmuró:

—Mil setecientas veinticuatro millas.

—¿Qué?

—Mil setecientas veinticuatro millas —repitió con la voz espesa y vaga—. Sé que la canción dice «tres mil quinientas millas», pero está mal; vas a estar a mil setecientas veinticuatro millas de distancia.

Me quedé en silencio, aturdida y preguntándome cómo y por qué sabía con tanta exactitud cuánta distancia había hasta mi universidad cuando ni siquiera había decidido que iba a estudiar allí hasta dos minutos antes. Él lo había sabido. De algún modo, lo había sabido; había sido consciente de que me marcharía antes que yo.

No iba a ir a Northwestern; no iba a estar a un viaje en coche de distancia. Iba a estar casi en la otra punta del país; a mil setecientas veinticuatro millas de distancia.

Un sentimiento de tristeza se abrió paso en mis entrañas y se asentó en mi pecho con fuerza, como si estuviera atrapada bajo un millar de mantas pesadas. Debería haberme sentido feliz; tras meses de estar enfadada y preocupada por aquella decisión, ya la había tomado. Sin embargo, allí tumbada, al fin me golpeó todo el impacto de lo que significaba marcharme de casa. Iba a dejarlo atrás a él, a mis amigos, a mi familia... a todas las personas que hacían que mi hogar fuese mi hogar. Estaría muy lejos, fuera de su alcance, empezando de cero. Sin contactos y sin amistades, tan solo llamadas y chubasqueros. A mil setecientas veinticuatro millas de distancia.

Tal vez, después de todo, no fuese Lara Jean Covey. Tal vez fuese Margot y estuviese a punto de dejar atrás a esa persona ante la que me había permitido llorar; esa persona a la que había buscado cuando había sido incapaz de tomar una decisión y que me había dado espacio para pensar en lugar de presionarme; esa persona que me había sujetado la mano, que nunca me la había soltado el primero y que, algún día, podría arreglar una casa para que viviéramos en ella; esa persona con la que las cosas nunca se habían terminado del todo.

Llevaba siete meses intentando adivinar lo que sentía por él y solo en aquel momento fui capaz de descifrar las palabras que llevaban todo el tiempo bailando en mi mente. Justo cuando acababa de decidir que iba a marcharme. Aun así, se las dije.

—Te quiero —susurré.

Esperé un momento para ver si reaccionaba, pero tan solo puede escuchar su respiración regular junto a mí. Sin esperar a que terminara la canción, salí de la cama en silencio, agarré el vapeador de Tommy y me escabullí por la puerta.

CAPÍTULO TREINTA Y CUATRO

El resto de la noche pasó rápido, sobre todo en cuanto Candace se colocó lo suficiente como para empezar a tener sueño. A Liz le molestó la situación, pero en parte, yo me sentí aliviada de tener una excusa para llevar a Candace a la habitación y echarme a dormir mientras Liz se quedaba con algunas de sus amigas del equipo de vóleibol. Sin embargo, la forma en que me desperté no fue la más ideal.

El aire acondicionado había rebajado la temperatura de la habitación más o menos al nivel de la de un congelador de carne, sentía la garganta como si hubiera tragado arena, Candace me estaba clavando con fuerza el codo en el pecho y la mayor parte de la colcha la cubría a ella y solo a ella. Liz, por el contrario, estaba cómodamente estirada en la otra cama doble, enterrada bajo una pila de almohadones blanditos y blancos.

Tras echar un vistazo rápido a las bolsas de mis amigas, no encontré ningún tipo de líquido, así que me puse una sudadera y me dirigí al vestíbulo de recepción en busca de un poco de agua que no tuviera que beber del lavabo de un baño. No pensaba pagar cuatro dólares por una de las botellas del mini frigorífico. Por algún motivo, los hoteles baratos siempre te lo daban todo gratis, mientras que, en aquellos más elegantes, tenías que pagar por todo.

Vagué por el vestíbulo, frotándome los ojos a conciencia por si se me había corrido el rímel, hasta que, cerca del mostrador de recepción, encontré una jarra de agua con dos tristes rodajas de limón flotando a la deriva sobre unos pocos cubitos de hielo medio derretidos. Me serví un vaso y me lo bebí de un trago mientras escuchaba cómo, en el mostrador, una mujer intentaba que le hicieran una devolución parcial a base de quejarse.

—No he podido dormir en toda la noche. ¡Ha sido como un circo! —exclamó, tomándose muchas molestias para mostrarle las ojeras que tenía al recepcionista, que no parecía demasiado interesado.

—Sí, señora, anoche celebramos una graduación y una boda —intentó explicarle con educación el empleado.

Al escuchar la palabra «circo», lo que había ocurrido en la habitación de Rhys la noche anterior volvió a ocupar mi mente. Habían pasado muchas cosas y, aun así, no sabía qué significaba ninguna de ellas. Le mandé un mensaje breve y, después, escapé del aire viciado del vestíbulo al fresco y primaveral del exterior.

El sol brillaba demasiado como para que me diera de forma directa, pero si me cubría los ojos con un brazo, resultaba lo bastante soportable como para sentarme en un banco de madera desde el que se veía la ordinaria panorámica del aparcamiento. El cielo siempre nublado y la llovizna del Pacífico Noroeste supondrían un cambio, sobre todo en días como aquel. Al menos, me libraría de los meses de nieve. La primavera era la única estación medianamente estable en Iowa. El verano era caluroso hasta límites insoportables y el otoño podía convertirse en un invierno prematuro en cualquier momento. Aun así, iba a tener que invertir en unas botas de agua más ligeras.

Tan solo llevaba allí sentada unos minutos cuando, a mi espalda, volvieron a abrirse las puertas. Al darme la vuelta, me encontré con Rhys, que iba desaliñado y tenía los ojos soñolientos.

—Hola —dijo con voz ronca mientras levantaba un brazo para protegerse los ojos del sol brillante—. He recibido tu mensaje. ¿Qué haces aquí?

—Disfrutando de las vistas, como es evidente —contesté mientras señalaba las hileras de coches aparcados unos al lado de los otros.

Llevaba el cabello más despeinado de lo habitual y los rizos oscuros le caían por la frente, suavizando sus rasgos angulares incluso a pesar de que estaba entrecerrando los ojos para contemplar el horizonte.

—¿Sigo borracho o las únicas vistas son las del aparcamiento?

—Sigues borracho. Está claro que eso es el océano.

Rhys soltó una carcajada y se sentó en el banco, junto a mí. En su rostro, el sueño seguía siendo visible. Llevaba la barbilla cubierta por una pelusilla oscura, marcas de las sábanas sobre la piel pálida y el vello de los brazos erizado. Pero, estando tan cerca, el inconfundible olor amaderado de su colonia inundó el aire y la sensación familiar de querer estar más cerca de él (la tentación de estar juntos en una habitación débilmente iluminada sin nada más que hacer que mirar el techo) estuvo a punto de sobreponerse a mi cerebro privado de sueño y hacer que me tumbase allí mismo con la cabeza en su regazo.

Sin embargo, habían ocurrido muchas cosas en las últimas veinticuatro horas, y retomar las cosas desde donde las habíamos dejado siete meses atrás no era una opción. Aquello no era una película de Tom Cruise y, desde luego, yo no era Emily Blunt.

—No pretendía que te levantaras en cuanto te he mandado el mensaje —me disculpé—. Siento haberte despertado.

—No pasa nada. Creo que, de todos modos, he dormido un poco más que los demás.

Me sonrió. Era ahora o nunca.

—Tengo que hacerte una pregunta —dije. Junté las manos con fuerza para evitar empezar a juguetear con ellas.

—Parece algo serio.

—No lo es —me apresuré a decir—. Bueno, supongo que un poco. No lo sé. Tal vez sí.

Sin darme cuenta, me estaba retorciendo las manos y Rhys les lanzó una mirada.

—Suéltalo ya antes de que te dé un ataque al corazón.

—¿Por qué me pusiste esa canción anoche? —espeté.

Rhys hizo una pausa. Entrecerró un ojo como si intentara recordar.

—¿Qué canción?

El corazón me dio un vuelco. Era imposible que no recordara toda aquella interacción entre nosotros. Había estado mareado y somnoliento, pero no lo bastante borracho como para perder el conocimiento.

—La... La canción. No sé cómo se llama. Hablaba de chubasqueros y algo de tres mil millas. La pusiste anoche, en tu habitación.

Las palabras me salieron a trompicones, reflejando unos pensamientos coherentes a duras penas.

Rhys se encogió de hombros, desconcertado.

Dios santo... Me había puesto muy nerviosa intentando averiguar cómo contarle que iba a marcharme y él ni siquiera recordaba que lo había hecho.

—Bien, entonces supongo que no importa. Mantuvimos una conversación y te dije que iba a ir a la universidad en Washington, pero no recuerdas todo lo demás, así que...

Me puse en pie, tanto irritada como avergonzada de haber convertido todo aquello en semejante drama.

—Espera —dijo él. Tenía la cabeza enterrada en una mano mientras se pasaba la otra por los rebeldes rizos oscuros—. Siéntate otra vez; sé de qué canción estás hablando.

—Entonces, me has mentido cuando has dicho que no te acordabas —dije mientras me sentaba en la punta más alejada del banco, lejos de él.

—No he mentido. Sencillamente, no he contestado.

—Gracias por la aclaración, me resulta muy útil —comenté con sarcasmo.

Nos quedamos mirando el aparcamiento. Un pájaro enorme pasó volando, subiendo y bajando sobre los coches mientras nos graznaba. Era como si supiera que estábamos teniendo problemas para comunicarnos y nos estuviera chillando que acabáramos de una vez.

—¿Por qué me pusiste esa canción? —pregunté, intentándolo de nuevo.

—Es una buena canción —contestó él.

—Eso no es una respuesta.

—Sí que es una respuesta.

Suspiré, exasperada.

—De acuerdo, pero no es una respuesta a la pregunta que te he hecho.

—¿Cómo lo sabes? —preguntó, arqueando una ceja.

Volví a ponerme de pie.

—¿No quieres hablar de ello? Pues no hablaremos de ello.

—¿Y tú quieres hablar de ello? —me retó. En ese instante, estaba totalmente despierto y había dejado de evitar mirarme a los ojos—. Hablemos.

—Responde a mi pregunta.

—Responde tú primero a la mía. ¿Por qué has decidido que vas a estudiar en Washington?

Fruncí las cejas.

—¿Qué?

—Ah, ¿ahora vas a fingir que no me entiendes? Pensaba que ese era mi papel…

—Entiendo la pregunta —contesté con un atisbo de enfado—, pero no viene a cuento.

—Pensaba que estábamos hablando sobre lo que había ocurrido anoche. Así que… Anoche, en mi habitación, ¿decidiste que ibas a ir a la universidad en Washington, sí o no?

De algún modo, se habían invertido las tornas y era yo la que estaba sufriendo el interrogatorio.

—Así es —contesté, dubitativa.

—Muy bien... ¿Por qué?

Me tomé un momento antes de contestar. Todavía no había elaborado una lista con los motivos; eso lo haría más tarde, antes de tener que presentarles la decisión a mis padres. Y a Wendy. Ay, Dios, iba a tener que decirle a Wendy que todos sus esfuerzos habían sido para nada.

—Porque... Porque... —Mi cerebro funcionaba a toda velocidad mientras intentaba recordar todas las cosas que la anoche anterior habían tenido sentido—. Porque me hizo sentirme bien.

Rhys arqueó las cejas con incredulidad.

—¿Esa es tu respuesta? ¿Que te hizo sentirte bien?

—¡No tengo por qué explicártelo!

Se inclinó hacia delante con las manos unidas y los codos apoyados en las rodillas. Totalmente tranquilo y totalmente irritante.

—Entonces, ¿de qué se supone que va esta conversación?

Volví a dejarme caer sobre el banco.

—¡Dios! Eres tan molesto...

No dijo nada, pero cambió de posición y las tablas de madera crujieron bajo nosotros.

—Sé que Northwestern es mejor universidad —comencé a decir—. Sé que, si usamos la lógica, es la mejor opción. Está en una posición más alta en las clasificaciones universitarias, lo que daría más prestigio a cualquier solicitud para un programa de postgraduado que decidiera presentar. Estaría cerca de casa y podría visitar a mis amigos con mayor facilidad. Tendría a Wendy de apoyo y haría felices a mis padres. —Taché de la lista todos los puntos de la columna de pros—. Tengo una imagen muy clara de cómo sería mi futuro si estudiara allí.

—¿Pero...?

—Pero no quiero que mi futuro esté ya planeado. Quiero tener la oportunidad de hacer las cosas por mí misma, de explorar. Quiero estar en un sitio que sea mío; en un sitio en el que quieran que esté.

Era difícil explicar que no se trataba de que tuviera el ego dañado por el hecho de que Wendy me hubiera tenido que conseguir la plaza, sino, más bien, de que quería que me vieran como la violinista que era. No iba a Washington a tocar porque tuviera que hacerlo, sino porque quería hacerlo. En cierto sentido, era el mejor resultado para todo el mundo. Wendy dispondría de su propio espacio sin tener que traicionar su sentido del deber, mis padres tendrían cuatro años más de material del que poder quejarse y yo obtendría lo que siempre había querido: libertad.

Rhys sacudió la cabeza y un sonido de irritación se le escapó de la garganta.

—Sabía que te mudarías allí, al culo del mundo, en cuanto recibiste la oferta. ¿Quieres saber por qué lo sabía? —No esperó a que le diera una respuesta—. Porque eres así. Te olvidas de cualquiera o de cualquier cosa que pueda estar esperándote, incluso aunque sea la mejor opción: vas donde quieres porque, en ese momento, te hace sentirte bien.

—¿Qué demonios...?

Me sorprendió tanto aquel arrebato tan repentino que tan apenas pude pronunciar palabra.

—Adelante, niégalo.

Empecé a darle vueltas a la cabeza, intentando encontrar una respuesta coherente a las acusaciones que acababa de hacerme Rhys. Había sido todo tan repentino que tan apenas podía creerme que lo hubiera dicho siquiera.

—No tienes ni idea de lo difícil que ha sido para mí todo esto —dije.

Probablemente, había pasado más tiempo agonizando por tener que tomar aquella decisión que el que había empleado en todas las demás solicitudes universitarias juntas.

—Tan difícil que tomaste la decisión en un segundo y por un sentimiento.

Su desdén era evidente.

—Según tú, ya sabías que iba a ocurrir, así que supongo que no fue cosa de un segundo, ¿no? —repliqué. Eso hizo que se callara—. Entonces, ¿de eso iba la canción? —le pregunté. Estaba tan alterada que me había envalentonado—. ¿De demostrarme lo inteligente y lógico que eres para poder regañarme por tomar lo que consideras una mala decisión? ¿Para poder gritarme por marcharme? ¿Por qué no podías habérmelo preguntado sin más?

Él resopló y volvió a enterrar la cabeza en las manos.

—Olvídalo. Olvida que he dicho nada.

—No es algo difícil de hacer, dado que, de todos modos, tan apenas dices nada nunca —masculle.

Ante aquella indirecta, alzó la cabeza de golpe, como si quisiera decir algo. Pero, después, pareció pensárselo mejor. Se limitó a sacudir la cabeza de nuevo y volvió a hundir los hombros, adoptando su habitual postura encorvada.

—No, no, oigamos lo que tienes que decir —lo incité—. ¿O debería ir a buscar unos chupitos, ya que al parecer, tan solo eres capaz de hablar conmigo cuando estás borracho?

—¿Por eso anoche pensaste que podías decirme que me querías? ¿Porque pensaste que no me acordaría?

Abrí los ojos de par en par y mi voz se vio reducida a un gemido muy débil.

—Pensaba que estabas dormido.

—Entonces, ¿no lo dijiste en serio? —preguntó.

Mierda. ¿Qué se suponía que debía contestar a aquello? Me mordí los labios mientras barajaba mis opciones. Desde luego, no podía negarlo y, aunque en aquel momento quería estrangularle, en realidad, tampoco quería negarlo. Aquellas palabras habían sido muchísimo más valientes que cualquier cosa que él me hubiera dicho jamás.

Alcé la barbilla, desafiante.

—Lo dije en serio. ¿Y qué?

Las mejillas sonrojadas de Rhys se encendieron de indignación.

—¿Qué clase de persona le dice eso a alguien y, después, hace las maletas y se marcha?

—No es como si fuera a marcharme mañana mismo.

—No, es cierto, tienes razón. Es mucho mejor alargar esto todo el verano y que sea entonces cuando te marches.

Su sarcasmo era tan hiriente que, por un instante, casi me sentí culpable. Sin embargo, no tenía ningún motivo para sentirme así. Había admitido mis sentimientos, algo que él no había hecho jamás en siete malditos meses. Mientras tanto, estaba ahí sentado, hablando de nosotros como si hubiera un «nosotros» cuando, en realidad, no lo había. Sin contar con cómo había actuado mientras habíamos estado juntos de verdad, desde entonces, había tenido un par de ocasiones en las que fácilmente podría haber hecho... algo. ¿O es que me había imaginado lo íntimo que había sido que nos tomáramos de la mano mientras yacíamos el uno al lado del otro?

Empecé a hablar, dubitativa.

—Rompimos hace meses...

—Más o menos cuando conociste a Brad, ¿no?

Ufff. Me clavé los dientes en el labio inferior mientras me golpeaba toda la fuerza de aquel comentario.

—Eso ha estado fuera de lugar. Lo siento —se disculpó él mientras se daba tirones del cabello, nervioso.

—No; me lo merecía.

Rhys siguió mesándose el pelo mientras yo me miraba las manos fijamente. Era gracioso: antes, inquieta ante la idea de aquella conversación, las había agitado y me las había retorcido; sin embargo, en aquel momento, las tenía quietas del todo. Tenía una única oportunidad de mantener aquella conversación, así que no podía desperdiciarla estando nerviosa por lo que tenía que decir.

—Sé que es probable que sea demasiado tarde para disculparme, pero no me gustó la forma en que rompimos. Siento que ocurriera tal como lo hizo. —Todavía no había dominado el arte de la disculpa, pero aun así creo que mostré una mejora notable. Antes de que pudiera decir nada, seguí adelante—. Puedes pensar que es una estupidez que tome decisiones basándome en mis sentimientos, pero esos mismos sentimientos son lo que me hicieron ir a tu habitación y decir aquello que fingiste no oír. Así que, sí, no siempre he sido muy buena persona contigo y estoy segura de que te he hecho daño de maneras que nunca me contarás, pero lo que no voy a hacer es pedir disculpas por querer estar con alguien que sea capaz de expresar sus sentimientos; alguien que sea capaz de decirme que me quiere tener en su vida.

Rhys tenía la vista agachada y golpeaba con los pies una mancha del suelo que no existía. Esperé a que dijera algo, cualquier cosa, pero siguió mirando al suelo, sin decir nada.

Como si aquel no fuese el problema principal...

Contemplé sus hombros encorvados y sus largos brazos, que tenía enroscados sobre las rodillas, dibujando el contorno de una puerta de la luna. Siempre me habían encantado esas distintivas puertas circulares y su origen chino siempre me hacía sentir una oleada de orgullo; como si los miembros del pueblo chino hubiesen sido los arquitectos con clase y estilo originales y los europeos solo fuesen unos farsantes con aires de superioridad.

Las puertas de la luna eran especiales; se requería cierto nivel de conocimiento para crearlas y bastante paciencia para construirlas. Eran muestras de excelencia. Y, por mucho que odiase los estándares hipercríticos de mis padres, no se equivocaban al querer excelencia en sus vidas. O, al menos, que la gente se esforzase al máximo para lograr esa excelencia.

Me había engañado a mí misma al creer que Rhys era Noah Calhoum de *El diario de Noah* y que estaba trabajando entre bastidores, esperando con paciencia a que yo me diera cuenta de que era el amor de mi vida. Solo que me había equivocado por completo. Nunca habría arreglado una casa para mí. Nunca me habría escrito cartas. Ni siquiera era capaz de decirme aquellas dos malditas palabras.

—Merezco estar con alguien que se esfuerce —dije, sin más.

Alzó la mirada y, por un instante, pareció que iba a decir algo. Pero volvió a agachar la cabeza, satisfecho con centrar toda su atención en los hierbajos que crecían entre las grietas del pavimento.

No me sorprendió, pero, aun así, me resultó decepcionante. Si aquello hubiese ocurrido al comienzo del curso, tal vez habría interiorizado la situación como un reflejo de mi fracaso personal en lugar de verla por lo que de verdad era: algo que ya no era problema mío. Al menos, ahora podría dejar de preguntarme «¿Y sí...?».

Me puse en pie y me tomé unos segundos más para sacudirme la parte trasera de los pantalones. Después, atravesé las puertas correderas y entré en el vestíbulo del hotel con su aire viciado. Rhys no dijo ni una sola palabra.

CAPÍTULO TREINTA Y CINCO

Lo primero que hice cuando llegué a casa fue ir directa a la ducha. Subí tanto la temperatura del agua que estuve a punto de que me saliera una erupción en la piel por el calor. Solo había pasado la mitad del día, pero yo ya me había quedado sin energía emocional, lo cual no auguraba nada bueno para la conversación que iba a tener que mantener con mis padres en torno a la decisión que había tomado.

Quería que su opinión al respecto (o sobre cualquier asunto en realidad) no me importase, pero no sabía si eso sería posible en algún momento. Probablemente, mi madre seguiría intentando impresionar a mi ahma si no hubiera muerto hace años. Tendría que conformarme con aferrarme a mi plan sin importar cuál fuese su reacción.

Pasé los últimos minutos de la ducha practicando mi gesto de seriedad, que era el que más se parecía al de concentración de Wendy. Era como si no pudieran creerse nada de lo que decía si me mostraba demasiado feliz al respecto, así que siempre me esforzaba por parecer taciturna cuando había algo que de verdad deseaba.

La oportunidad llegó antes de lo esperado, pues mi madre irrumpió en el baño justo cuando estaba saliendo de la ducha con la toalla cubriéndome el cuerpo de cualquier manera.

—¡Privacidad! —grité mientras me cubría con la toalla con más fuerza.

—Bueno, no has cerrado la puerta con pestillo —contestó, haciendo caso omiso de mis quejas mientras se entretenía en revisar los armarios.

Wendy siempre había insistido en que no era necesario cerrar la puerta con pestillo mientras nos duchábamos porque compartíamos el baño y, así, la otra persona podía usar el inodoro o el lavabo sin tener que esperar. Tenía tan interiorizado el hábito de dejar la puerta abierta que, hasta aquel momento, ni siquiera me había dado cuenta de que seguía teniéndolo en cuenta.

—Has llegado a casa más tarde de lo esperado —dijo mientras seguía rebuscando en los armarios. Al final, triunfal, encontró una caja de bastoncillos de algodón—. No te olvides de que hoy todavía tienes que ensayar.

Claro. Porque un baile que, literalmente, solo ocurría una vez en la vida, no era excusa para tomarse un día libre. Podría estar medio muerta, sumida en un coma y conectada a máquinas que indicasen que seguía con vida a base de pitidos, y mi madre subiría la cama mecánica del hospital para que pudiera incorporarme y ensayar. ¿Qué más daba que ya no tuviera ninguna competición para la que prepararme?

—No dejes que papá te vea usando uno de esos —le advertí mientras se limpiaba uno de los oídos con un bastoncillo. Después lo tiró a la basura y sacó otro.

Si yo había tenido que soportar innumerables sermones sobre los peligros de usar aquellos bastoncillos de algodón en los oídos, al menos podía usar aquella oportunidad para recordarle a mi madre que ella también tomaba decisiones imprudentes de vez en cuando.

Soltó un resoplido burlón.

—Papá no me da miedo. Si a él no le gustan, que no los use.

Sin embargo, cubrió con cuidado los bastoncillos que había desechado con papel higiénico y volvió a guardar la caja en el armario. Tenía serias dudas de que, solo porque mi madre fuese el tipo de persona que cotillea en la basura, mi padre fuese a tener los mismos instintos, pero me hacía gracia pensar en las formas en las que ella hacía cosas a sus espaldas como una adolescente.

Se dio la vuelta y me miró largo y tendido. Después, me puso los pulgares en la cara y empezó a frotar las manchas de rímel que tenía bajo los ojos y que no se iban.

—Pareces cansada. Demasiado maquillaje. ¿Quieres la crema desmaquillante de Ponds?

Le aparté la mano y descarté la idea de que su forma de actuar se pareciera a la mía. Yo les ocultaba cosas por necesidad, ella le ocultaba cosas a mi padre porque le resultaba más fácil hacerlo.

—Estoy bien. ¿Puedo tener un poco de intimidad?

—¡Aiya! ¿Qué intimidad? ¿Crees que tienes algo que ocultar?

—No, mamá, es solo que, a algunas personas no les gusta estar desnudas frente a su madre. Eso no hace que yo sea la rara en esta situación.

—No eres desnuda. ¡Llevas una toalla!

Reprimí un suspiro. Podía convertir cualquier cosa en una pelea solo por demostrar que tenía razón.

Supuse que bien podría terminar con la conversación de una vez. Al menos, en tal caso, no tendría que enfrentarme a mis dos padres a la vez. Tal vez no me sometiera al tercer grado si la pillaba desprevenida.

—Oye, necesito enviar un cheque esta semana para el depósito de mi alojamiento —dije sin darle mucha importancia, como si ya hubiéramos estado discutiendo el asunto.

Alzó la vista de inmediato al oír la mención a la universidad y estuvo a punto de romperse la mano mientras intentaba sacarse el teléfono móvil del bolsillo.

—Llamaré a Wendy para que vaya a pagarlo por ti.

Me aclaré la garganta, incómoda.

—No voy a estudiar en Northwestern.

Intenté erguirme y parecer todo lo segura de mí misma posible, lo cual resultaba difícil cuando solo estabas cubierta por una toalla. Mi madre me clavó su mirada distintiva mientras fruncía la comisura de los labios.

—Has decidido esto sola. Así, sin más.

Me removí, molesta.

—Bueno, es evidente que lo he pensado mucho. No es que acabe de decidirlo ahora mismo. Si quieres, puedo ir a buscar la lista de motivos.

Me miró fijamente, sin pestañear, como si me estuviera retando a derrumbarme y confesar que, de hecho, no había confeccionado una lista de motivos concretos más allá del hecho de que estudiar allí iba a hacerme muy feliz. En la mente de mi madre, la felicidad personal no ocupaba una posición privilegiada en la lista de motivos para cualquier cosa.

—Lo que papá y yo pensemos no importa; solo importas tú, así que lo has decidido sola.

Lo dijo con tanta naturalidad que parecía que fuese absurdo que mi opinión tuviese más importancia que la suya.

—Habéis dejado muy claro lo que pensáis —contesté mientras presionaba los brazos contra los laterales de la toalla en un intento por permanecer calmada—. Si no hubieras intentado hacerme sentir culpable, tal vez podría haber tomado la decisión antes.

—¿Yo? —dijo, señalándose a sí misma—. ¿Crees que yo te quiero hacer sentir culpable? ¿El hecho de que quiera lo mejor para ti te hace sentir culpable?

—No se trata de que quieras o no lo mejor para mí y lo sabes.

Mi madre fingió inocencia.

—No; no lo sé. No sé por qué siempre eres enfadada y por qué me culpas de todo. ¿No te gusta tu vida? Bien, entonces, cámbiala. Múdate a Washington. No me importa.

Sacudió la mano en mi dirección, como si ya me estuviera despachando desde la puerta.

—¿Ves? Actúas como si no te importara, pero vas a pasarte todo el verano haciendo comentarios pasivo agresivos sobre cómo mi universidad no es tan buena como la de Wendy.

—Es que tu universidad está peor que la de Wendy. ¿Por qué fingir que no?

Solté un sonido de exasperación. A la mierda lo de mantener la calma.

—¿Qué problema tienes? ¿Disfrutas siendo lo más mala posible con tus propias hijas? ¿Te causa algún tipo de alegría enfermiza ver cuántas cosas negativas puedes decirme antes de que me haga añicos? ¿Es eso lo que quieres?

La voz se me quebró y las lágrimas empezaron a hacer que me escocieran los ojos. Primero Rhys y, ahora, mi madre. Era como si hubiera quitado todos los muros que había erigido para mantenerme a salvo y las palabras me salieran a borbotones de la boca como si fueran sirope de arce cayendo de una botella cuya boca fuese demasiado grande, dejándolo todo cubierto por una masa pringosa.

Mi madre chasqueó la lengua en señal de desaprobación y sacudió un dedo frente a mí como si fuese un perro mal entrenado.

—¡Aiya...! Qué dramática. No eres de porcelana, no vas a hacerte añicos. En Taiwán decimos: «mà shì ài». «Regañar es mostrar amor». ¿Quieres que te acaricie la cabeza y te diga: «Ay, buen trabajo por intentarlo»? Así, nunca se aprende, nunca se mejora.

—¿Eso es lo que crees que estás haciendo? —chillé—. ¿Crees que me estás haciendo mejor? Así que admites que nunca llegará el momento en el que me digas «bien hecho» por algo. Nada de lo que haga será nunca suficiente. Pero, por algún motivo, tu principal preocupación es asegurarte de que no me vuelva autocomplaciente al experimentar ningún tipo de felicidad jamás. Dios no quiera que me muestres el menor atisbo de cariño en toda la vida. Estoy segura de que eso no me va a dejar ningún tipo de herida para el resto de mi vida.

Mi madre pestañeó varias veces, como si lo que acababa de decir le hubiera dolido. Su fachada, que de normal era impenetrable, se desvaneció un instante por el dolor y yo sentí una breve punzada de arrepentimiento.

—«Jīn wú zú chì, rén wú wán rén». «No hay oro puro ni persona perfecta». Lo hacemos lo mejor que podemos. Siento que no esté suficiente para ti.

Se encogió de hombros y, mientras salía del baño, me pareció mucho más mayor y encorvada que antes.

Hacía rato que el vapor de la ducha había desaparecido, así que tan solo me quedaba mirarme a mí misma en el espejo. ¿Quién sería si tuviera unos padres diferentes? ¿Sería más feliz?

El criticismo constante de mis padres me afectaba de modos que acababa de empezar a comprender por completo. Si me hubiera sentido más querida y aceptada en casa, tal vez no habría pasado tanto tiempo intentando encontrar esa sensación en otros lugares. Sus estándares imposibles hacían que estuviera desesperada por complacer a todo el mundo menos a mí misma y que ocultara mi dolor para preservar la ficción de que todo iba bien de modo que no volvieran a rechazarme. Los chinos lo llamaban «dǎpò ményá wǎng dù lǐ yàn», es decir, «tragarse un diente caído tras un golpe».

Al mismo tiempo, era imposible negar que mis padres eran un factor clave de mi éxito. Si ellos no me hubieran estado presionando para que me esforzara más, probablemente no habría desarrollado las habilidades necesarias para conseguir la beca que me habían ofrecido. Habían escogido el violín por mí, habían establecido e instaurado mis hábitos de ensayo y habían inculcado en mí una comprensión inquebrantable de lo que era posible si te esforzabas lo suficiente. Además, tal como había señalado Wendy hacía poco, me habían dado más control sobre mi futuro del que le habían dado nunca a ella.

Pensé en aquel proverbio que le había citado a Amy y en el descubrimiento de lo que de verdad significaba. «Shù yù jìng ér fēng bù zhǐ, zǐ yù yàng ér qīn bú dài», me había dicho ella. «El árbol quiere paz, pero el viento no se detiene. Los hijos quieren cuidar de sus padres, pero los padres no esperan». Los proverbios chinos eran muy graciosos. La mayor parte del tiempo eran innecesariamente poéticos y mi madre los empleaba como si fuese una dramaturga exagerada cuando hubiese bastado con un «preferiría que hicieras esto». Sin embargo, de vez en cuando, su impacto me tomaba por sorpresa.

Siempre me había imaginado a mí misma como el árbol de ese proverbio: retorcido de forma extraña y creciendo de medio lado tras décadas de fuertes vientos. Me había felicitado a mí misma por sobrevivir al viento constante que eran la presión y las expectativas de mis padres, solo que, al final, había resultado que lo había malinterpretado del todo. Me había pasado años sufriendo bajo una idea errónea de la verdadera división cultural entre nosotros: yo quería paz, mientras que ellos solo querían cuidar de mí antes de que ya no pudieran seguir haciéndolo, incluso aunque su idea de lo que era «cuidar» de mí fuese equivocada.

Ante semejante revelación, mis sentimientos ya no eran de ira o culpabilidad. Tal como había dicho Amy, para mí las cosas eran diferentes gracias al lugar en el que había crecido y, probablemente, nunca entendería a mis padres a causa del lugar en el que habían crecido ellos. Podía pasarme el resto de la vida esperando que cambiaran su forma de hacer las cosas para que pudieran mostrarme su apoyo de mejor manera, o podía escoger sentirme agradecida por las pequeñas maneras en las que ya lo hacían, empezando por el hecho de que iban a permitirme mudarme a la otra punta del país, lejos de ellos, en unos pocos meses.

Me cambié de ropa con rapidez y fui a buscar a mi madre, que estaba fuera, arrancando hierbajos del jardín con el mismo ceño fruncido y la misma mirada intensa que se le ponía a Wendy cuando estaba concentrada. No era de extrañar que se entendieran la una a la otra tan bien.

Me senté a su lado y observé cómo arrancaba de forma metódica una mala hierba tras otra, sacudía el exceso de tierra de las raíces y las apilaba en el cubo que tenía junto a ella. Ni siquiera en esto iba a malgastar un solo céntimo.

Permanecimos en silencio mientras arrancaba, sacudía y descartaba una y otra vez. Al final, habló.

—La señora Kim me ha contado que su hija Ashley, la que no tiene la piel demasiado bien, va a estudiar en una universidad llamada «Smith» —comentó con la mirada todavía fija en la tierra que había frente a ella—. En Massachusetts. Le pregunté por qué no va al MIT, pero ella me dijo que está una buena universidad. Supongo que lo bastante buena para los coreanos.

Suspiré. Ni siquiera cuando estaba intentando ser agradable podía ser agradable sin más. Tal vez, después de todo, Liz estuviese en lo cierto y tuviese la responsabilidad de decir algo al respecto. Tal vez no a todo el mundo, pero al menos a la gente con la que tenía cierta influencia. De lo contrario, seguiría diciendo cosas como aquella.

—Smith es una buena universidad para todo el mundo, mamá. No solo para los coreanos.

—Solo quiero decir…

—Sé lo que quieres decir —la interrumpí. Después, con más gentileza, añadí—: Y espero que no pienses que no pasa nada si alguien te dice que mi universidad es «lo bastante buena» para los taiwaneses.

Frunció el ceño, pero al menos pareció estar pensándolo.

—¿Tu universidad está mejor que la suya? —me preguntó, esperanzada.

Me incliné hacia ella y la rodeé con los brazos.

—Gracias —dije mientras estrechaba sus hombros huesudos—. Por todo.

Me dio una palmadita en la espalda con el dorso de un guante de jardinería antes de separarse de mí.

—No te olvides de ensayar hoy. No queremos que en tu nueva universidad se sientan decepcionados cuando llegues allí.

CAPÍTULO TREINTA Y SEIS

Tras el baile de graduación, tan solo quedaban unas pocas semanas para el final del curso. Pero, dado que las admisiones universitarias ya estaban resueltas y los trabajos para una vez que se acabara el instituto a la espera, o ambas cosas, todos los alumnos de último curso parecían arrastrarse colectivamente hacia la línea de meta al ritmo de *Spiegel im Spiegel* de Arvo Pärt, una pieza musical tan letárgica que podías echarte una cabezada entre nota y nota y no perderte nada.

Todo el mundo parecía estar centrado en tan solo dos cosas: la graduación y la posterior fiesta que se celebraría en la granja de alguien a las afueras del pueblo. Si había algo que se sabía hacer bien en Pine Grove era organizar una fiesta. Ya había preparado a mis padres, diciéndoles que pasaríamos la noche en la cabaña del padre de Liz. Ya ni siquiera me sentía culpable por mentir; había aceptado que siempre tendríamos el tipo de relación que requeriría que yo les ocultase ciertas cosas y que era probable que ellos también prefirieran que fuese así. Por muy entrometida y «preocupada» que se mostrase siempre mi madre, en realidad, nunca me preguntaba por nada cuya respuesta real no quisiera conocer.

Las cosas habían mejorado un poco desde que le había contado mi decisión, aunque, principalmente, había sido porque había intentado dejar de permitir que sus comentarios me afectaran. Había seguido haciendo comentarios de pasada sobre cómo Northwestern era mucho más prestigiosa y cómo nadie había oído hablar de mi universidad, pero me había recordado a mí misma que eso significaba que, al menos, estaba hablando de mí con sus amigas. Además, por mucho que se quejara, sabía que jamás les contaría algo que pudiera dejar su forma de educar en no muy buena posición.

—Una semana más —suspiró Candace mientras se dejaba caer de nuevo sobre el reposabrazos del sofá de microfibra verde de mis padres. Levantó la cabeza, le quitó el protector de plástico, volvió a apoyar la cabeza y lanzó el protector al suelo.

—Que mi madre no te vea haciendo eso o te gritará —le advertí—. No puede dejar que la gente disfrute o use los muebles en condiciones. Podrían devaluarse.

Una consecuencia graciosa de la profesión de mi madre era que siempre estaba calculando la devaluación de cualquier bien considerable sin importar si tenía intención de venderlo o no. La puerta del lado del copiloto de su coche ni siquiera se abría en condiciones y no podías conducirlo a más de cien kilómetros por hora, pero insistía en que no era necesario comprar otro porque, al parecer, los coches nuevos perdían hasta un veinte por ciento de su valor en cuanto los sacabas del concesionario.

—A la señora Chu jamás se le ocurriría gritarme —contestó mi amiga mientras se removía hasta encontrar una posición cómoda. Los pies le llegaban casi hasta el reposabrazos del otro extremo de aquel compacto sofá de dos plazas—. Soy su favorita porque soy la hija bajita que nunca tuvo. Tú no lo entenderías; somos espíritus afines.

Sentada a mi lado en el sofá grande, Liz resopló, burlona.

—¡Ja! Buena suerte. Me encantaría ver cómo intentas sobrevivir en esta casa con todo ese asunto de los espíritus afines.

Candace giró el cuello y sus ojos se posaron sobre el conjunto de trofeos brillantes y dorados que había sobre la repisa de la chimenea.

—Ah, claro; se me había olvidado todo ese asunto de los logros. Da igual: estoy bien como estoy. —Soltó una risita y agitó los dedos de los pies mientras se hundía un poco más en el sofá, como si fuese un topo—. Despertadme cuando llegue la hora de mi fiesta de graduación.

—¡Oye! ¡Mi fiesta es antes! —exclamó Liz.

—De acuerdo… Despiértame cuando llegue la hora de tu fiesta de graduación.

Ambas se enzarzaron en una conversación más detallada sobre la comida que pensaban servir en sus fiestas y sobre cómo pensaban gastar el dinero que habían recibido como regalo. Mientras tanto, yo intenté parecer interesada y emocionada. Por supuesto, mis padres no entendían por qué alguien celebraría una fiesta por haber superado algo que tenía un listón tan bajo como la educación obligatoria y, mucho menos, que recibieras dinero por ello. «Podrás pedir dinero cuando te cases», me había dicho mi madre.

Wendy entró en la habitación. Había regresado a casa la semana anterior para pasar el verano.

—A mamá le va a dar un ataque si ve que tus amigas han quitado los protectores de plástico de los muebles —dijo, apartando la vista del teléfono.

Liz le lanzó a Candace una mirada triunfal y esta hizo un mohín antes de estirarse hacia el suelo para alcanzar la funda que había tirado a un lado.

—¿Qué hacéis, chicas? —preguntó mi hermana.

—Solo estábamos hablando de la graduación de la semana que viene —contestó Liz. Después, centró su atención en Candace y en mí—. Va a ser muy raro no teneros conmigo en Northern Iowa el año que viene.

—Tendrás a Rhys y a los chicos —comentó Candace.

—Tendrás a medio Pine Grove —añadí yo.

—Rhys… ¿Rhys? —Wendy repitió el nombre con los ojos fijos en el techo mientras buscaba en su mente un recuerdo asociado a aquel nombre—. ¿No solías salir con él o algo así?

Me encogí de hombros ante la pregunta.

—Algo así. Fue hace mucho tiempo.

—Ay, espera, ¡ya me acuerdo! —Los ojos se le iluminaron al acordarse—. ¡Es el chico que te gustaba! Pensaba que me habías dicho que no le interesabas.

A pesar de todos los avances que Wendy y yo habíamos hecho en nuestra relación, todavía no habíamos superado el obstáculo de no humillarnos la una a la otra en frente de otras personas.

Me aclaré la garganta e intenté que mi voz sonara lo más digna posible.

—En realidad, fuiste tú la que se inventó eso. Hiciste un comentario muy grosero diciendo que no era lo bastante guay como para gustarle, lo cual no era cierto, ya que sí que estuvimos saliendo juntos. Además, fui yo la que cortó con él. Dos veces.

Mi hermana me miró fijamente mientras las gafas de color carey se le deslizaban por la nariz.

—Ay, Dios mío, ¿todavía estás enfadada por eso? ¡Fue una broma!

Liz y Candace intercambiaron una mirada incómoda. Era evidente que no querían que aquello les pillara en medio. Sin embargo, no podía permitir que Wendy se fuera de rositas como si nada ante algo tan incendiario, sobre todo cuando me había causado tanta angustia meses atrás.

—Qué conveniente —contesté con soltura—. Y, no, no estoy enfadada, pero, de normal, las bromas son graciosas y aquella no lo fue.

Mi hermana frunció el ceño y arrugó las comisuras de los labios.

—Muy bien. Jesús… Me doy cuenta de cuándo no se me quiere en un sitio.

Se marchó de la habitación y la tensión se relajó. Liz soltó una especie de risita nerviosa.

—Eso ha sido incómodo —dijo, pasando la mirada entre Candace y yo a toda velocidad, como si estuviera esperando a que alguna de las dos dijera algo.

—Bien por ti —me dijo Candace mientras una sonrisa se apoderaba de su rostro—. A veces, Wendy puede ser un poco cabrona.

—Oye, es mi hermana; solo yo puedo decir cosas así de ella —le advertí—. Además —añadí con alegría—, se está esforzando. En el pasado habría seguido insistiendo. Puede que algún día acabe reconociendo que se equivoca con algo.

Liz se limitó a sacudir la cabeza, pero Candace asintió como si entendiera de lo que estaba hablando.

—¿Ves? A mí me pasa lo mismo con Dom. Sé que no es perfecto, pero se está esforzando. Ha sido muy comprensivo con todo el asunto de que vaya a Kirkwood y esas cosas. Incluso vino conmigo cuando fui a matricularme. Así que, pasito a pasito.

Tuve que morderme la lengua en un sentido literal para evitar señalar que Wendy había nacido en mi familia y, por lo tanto, tenía que aprender a lidiar con ella sí o sí. Por el contrario, ella estaba en una relación voluntaria con un tipo al que acababa de alabar por dejar que fuese a la universidad. Pero, tal como había dicho ella misma: pasito a pasito.

Liz juntó las manos. Su mirada indicaba que quería dejar aquella conversación de una vez.

—Vamos a Dairy Queen. Creo que, ahora mismo, a todas nos vendría bien un helado.

Candace se levantó del sofá.

—Bien, pero solo si nos prometes que no vas a contarnos otra vez cómo aprendiste a hacer el remolino de la parte superior cuando trabajabas allí.

—¡El secreto está en la muñeca! —exclamó Liz mientras salía corriendo de la habitación y Candace le lanzaba un cojín.

Para cuando llegó el miércoles siguiente, había empezado a hacer un calor abrasador, lo cual suponía que la experiencia de la graduación iba a ser menos emocionante de lo que todos habíamos esperado. Para empezar, nos reunieron en el exterior, en el campo de fútbol americano. Allí, había filas y filas de sillas de plástico poco estables cociéndose bajo el sol mientras nuestros padres estaban apiñados en las gradas como si fueran aficionados demasiado bien vestidos. Por otor lado, nos ordenaron por orden alfabético porque, incluso después de cuatro años en el mismo instituto, los de administración no querían cargar con la responsabilidad de tener que saberse nuestros nombres de memoria.

Eso significaba que en lugar de estar sentada con mis amigas, quedé atrapada entre Chelsey Chelsea, cuyos padres habían cometido un crimen de odio al ponerle semejante nombre, y Dan Coolie y su implacable olor corporal, que se magnificaba gracias al calor sofocante de la tarde. A la izquierda de Chelsey estaba Rhys. Su toga era ridículamente corta y el endeble dobladillo le llegaba casi hasta las rodillas, que le sobresalían tanto que casi tocaban la silla que tenía frente a él. Llevaba el pelo despeinado y salvaje, como siempre, y los rizos oscuros se le despegaban de la cabeza en todas direcciones. Sin embargo, por debajo de la toga roja asomaban un par de puños blancos y unos pantalones negros de vestir. Era probable que su madre hubiera insistido en que se arreglara. Desde luego, mi madre sí que había opinado sobre mi atuendo. Le preocupaba que los pantalones cortos que había escogido no fuesen adecuados para la ocasión por su largura a pesar de que nadie podría verlos y de que, probablemente, me daría un golpe de calor si me ponía algo más de ropa.

Tuvimos que soportar como un millar de discursos, ninguno de los cuales fue inspirador o destacable siquiera, aunque la directora Blackburn no dejó de acentuar la sílaba incorrecta en la palabra «graduados». No dejaba de repetir «gra-du-a-dós». Oí una serie de chasquidos suaves y, cuando me di la vuelta, descubrí que Rhys estaba intentando llamar mi atención con un brazo largo extendido sobre el respaldo del asiento de Chelsey Chelsea. Deletreó con los labios la palabra «graduados», dibujando la «o» de forma exagerada. Tuve que cubrirme la boca para evitar reírme a carcajada limpia.

Y, por un instante, me sentí tal como lo había hecho en el pasado. La emoción de la vida que estaba dejando atrás me inundó de nuevo: las bromas internas, nuestras peleas en broma y la sensación de seguridad tan intensa que me aportaba. La nostalgia se apoderó de mí, magnificando todo lo que iba a dejar de lado. Rhys estudiaría en Northern Iowa y compartiría todas esas cosas con otra persona; con alguna otra chica que no le exigiera tanto.

Sin embargo, yo también era libre para encontrar las mismas cosas con otra persona. Además, me negaba a dejarme impresionar por el listón tan bajo que suponía no ser un gilipollas. El simple hecho de que hubiera sido el mejor de mis tres chicos no significaba que fuera una buena opción por derecho propio. Tal vez a él le parecía bien conformarse porque no sabía cómo pedir más, pero a mí no. Ya no.

Definitivamente, estaba haciendo lo correcto.

Volví a centrar mi atención en la directora Blackburn que, en aquel momento, estaba advirtiendo a los adultos de que guardaran sus aplausos hasta que todos los estudiantes hubiéramos recibido el diploma. Fue un esfuerzo fútil, ya que, en cuanto dijeron el nombre del primer graduado, se produjo una erupción de vítores y aplausos. Toda la ceremonia fue así: los nombres tan apenas se oían por encima de los gritos y de un ritmo continuo de aplausos.

Al final, una hora después, se acabó. Cuatro años de instituto se habían esfumado así, sin más.

Cualquier atisbo de tristeza que pudiera sentir por el paso del tiempo desapareció de mi mente cuando, en su lugar, un zumbido de emoción me recorrió las extremidades. ¡Había terminado! ¡Terminado de verdad! A pesar del tiempo que había pasado preparándome para aquel momento, la realidad me tomó desprevenida.

Fui directa hacia mi familia, sorteando los grupos de padres llorando que habían inundado el campo para entregarles enormes ramos de flores y abrazos llorosos a sus graduados. Por otro lado, mis padres me dedicaron un gesto con la cabeza y una sencilla felicitación por haber completado aquella obligación. Después, me recordaron los cuatro años que me quedaban por delante. Para ellos, el diploma del instituto no era un logro mayor que el de secundaria o el de primaria; tan solo era un paso que se esperaba que tomara en mi camino hacia el título en Medicina.

—¡Felicidades! —me dijo Wendy, que me sorprendió al darme un pequeño abrazo. Después, me susurró al oído—: Sé que mamá y papá actúan como si no fuese nada importante, pero esto es un hito en tu vida y mereces celebrarlo.

—¡Lo hemos conseguido! —gritó Candace a mis espaldas con tanta fuerza y con una voz tan gutural que vi cómo mi madre hacía una mueca.

Liz levantó el puño al aire.

—¡Somos libres!

Me separé de Wendy y las tres nos pusimos a dar saltos sobre la hierba con los brazos entrelazados y las togas sin abrochar, flotando tras nosotras como si fueran capas.

—¡Pine Grove! ¡Pine Grove! ¡Pine Grove!

Aquel cántico que se escuchaba por todas partes a nuestro alrededor era contagioso.

Cuando nos calmamos y terminamos de hacernos un millón de fotos con cualquiera que quisiéramos seguir recordando un año después, mis amigas saludaron a mis padres, que les ofrecieron una felicitación mucho más cálida que la que había recibido yo.

—Chicas, esta noche venid a casa —les dijo mi madre con un tono de voz que indicaba que más que una invitación era una directriz—. Prepararé cena para todos.

Mis amigas me miraron, nerviosas. Aquel era un gesto muy amable por parte de mi madre, sobre todo teniendo en cuenta la poca importancia que le daba a todo aquel asunto, pero nosotras teníamos un horario que mantener. Ninguna de nosotras quería llegar tarde a la zona de acampada y descubrir que todos los mejores sitios estaban ocupados. Era posible que aquella fuese a ser mi última gran fiesta en Pine Grove.

Wendy intervino.

—Probablemente, deberían marcharse antes de eso para que no sea demasiado tarde cuando lleguen a la cabaña, ¿no te parece?

Me quedé aturdida al ver a Wendy saliendo al rescate, pero volví a dirigir mi atención a la conversación que nos ocupaba.

—¡Ah! ¡Sí, cierto! Será mucho más seguro si sigue habiendo luz durante el viaje —dije, con mucha más pasión de la necesaria.

Mi hermana puso los ojos en blanco ante mi falta de sutileza.

Como mi madre estaba centrada en Wendy y en mí, mis amigas escaparon hacia la muchedumbre antes de que pudieran forzarlas a venir a casa. Habían visto en primera fila lo insistente que podía llegar a ser mi madre cuando quería alimentar a alguien.

Ella puso los ojos en blanco e hizo un gesto para que me marchara.

—Sí, sí, claro, marchaos. Asegúrate de comer algo antes de conducir. No es seguro conducir con el estómago vacío.

Le di un beso en la mejilla, pero mi padre rechazó el suyo con un gesto de la cabeza.

—Volveré mañana.

Antes de que me diera la vuelta para alejarme, mi madre frunció el ceño.

—¡Aiya! Sigues llevando esos pantalones cortos. Abróchate la toga para que nadie los vea. Ya sabes, no queremos que la gente piense que das la leche gratis.

Arqueó las cejas en un gesto insinuante.

—Sí, mamá, no queremos que la gente me confunda con una vaca y vaya buscando las ubres.

Sacudió la cabeza en señal de desaprobación, pero el atisbo de una sonrisa asomaba a su rostro.

—¡Con esos pantalones cortos, tal vez las encuentren!

FIN

AGRADECIMIENTOS

En una ocasión, una adulta intentó hacer que me despidieran del trabajo por hacer una lista de nombres usando comas en lugar de viñetas, así que, para mí, es imposible escribir unos agradecimientos (es inevitable que contengan una lista de nombres) sin pensar en aquello. Suzanne, estés donde estés, espero que estas comas te persigan.

En primer lugar, tengo que darle las gracias a mi madre. Sobre todo porque insistió en ello (en realidad, quería que le dedicara el libro), pero también porque siempre ha respondido a mis llamadas para preguntarle por los proverbios chinos que aparecen en este libro. Gracias por ayudarme, rù mù sān fēn.

Tengo una gran deuda de gratitud con mi agente, Kiana Nguyen. Sin su amor ofrecido con mano dura y su insistencia en que, sencillamente, borrara todo mi libro y empezara de cero, *Mis chicos* nunca habría llegado a publicarse. Gracias por darme el empujón que necesitaba. Ahora soy una despiadada asesina de frases favoritas y me descubro a mí misma borrando de antemano la palabra que empieza por «j» de mis manuscritos.

También estaré eternamente agradecida a mi editora, Ashley Hearn, que conectó con este libro desde el principio. Que alguien entienda tu historia es la sensación más gratificante del mundo. Gracias por ayudarme a hacer que este libro sea su mejor versión (y también por, al parecer, ser la única persona del mundo editorial que se adhiere a las fechas de entrega). Espero que todo escritor encuentre a alguien que, muy amablemente, escriba «LOL» en los márgenes ante cada una de sus bromas.

Gracias al resto del equipo de Peachtree, sobre todo a Amy Brittain, Michelle Montague, Terry Borzumato-Greenberg y Adela Pons. Me encanta la cubierta, diseñada por Kelley Brady y con la ilustración de Fevik. También os doy las gracias por tener que soportar mis comentarios interminables sobre las botas de June.

Gracias a Beth Phelan y Brenda Drake por organizar el evento en el que me puse en contacto con mi agente y con otros escritores, que han hecho que esta aventura sea una celebración grupal. Mis personas favoritas de todo el mundo, también conocidas como aquellas personas que me inspiran a escribir y que evitan de forma activa que escriba prácticamente todos los días: Naz Kutub, Taj McCoy, Robin Wasley, Traci-Anne Canada, Gates Palissery, Pam Delupio, Tana M, Alaysia Jordan, Paul Ladipo y el médico de la casa y experto en asesinatos, Robin St Clare. No podría haber hecho esto sin todos vosotros, aunque tampoco habría querido. Que cada uno de nuestros Pauls llegue a ver el día de su lanzamiento.

Para Anitha, mi sufrida compañera y lectora beta, que es la lectora más rápida del mundo y, como por arte de magia, está disponible a todas horas a pesar de su apretada agenda. Algún día, espero haber escrito tantos libros como tú.

Gracias al escuadrón «yay», que sufrió el infierno de los envíos a editoriales conmigo: Steph, J. Elle, Ana, Graci, Sonora Reyes y Adele Yeung. Os doy las gracias por vuestros consejos y vuestras muestras de compasión. Estoy impaciente por ver todos nuestros nombres impresos. Y, aunque ya he mencionado a estas personas, tengo que ofrecer una dosis adicional de agradecimiento a mi grupo habitual de Zoom: Naz, TA y Sonora. Gracias por obligarme a escribir a pesar de que, técnicamente, se supone que debería sentir una motivación natural. Veros las caras hizo que la cuarentena por el COVID fuese mucho más soportable, a pesar de que tuviéramos que escuchar todos los días lo que Naz estaba preparando para comer.

Les debo una cantidad inconmensurable de gracias a mis primeras lectoras, Joan Minninger y Kristen Pfleger, por el entusiasmo con el que leísteis este batiburrillo de palabras que junté y al que llamé libro antes de saber cómo debía de ser un libro y por los comentarios de ánimos que me hicisteis de todos modos. Vuestro apoyo marcó la diferencia. Para todos los escritores con los que intercambié primeros borradores: siento mucho no haber sabido cómo ser una lectora beta en condiciones, así como el hecho de que, probablemente, os ofrecí comentarios que no servían para nada. Gracias por el tiempo que le dedicasteis a mi manuscrito y, si queréis regresar y obtener el informe de una lectora beta de verdad, por favor, hacedlo. Me siento muy culpable y os juro que ahora ya sé lo que tengo que hacer.

Becca, Ruby y Alex: aunque puede que ya no seamos un grupo de zarigüeyas salvajes, me alegra mucho teneros a todas en mi vida. Para Rebecca, cuya sabiduría supera con creces la mía. Y para Kadijah: gracias por ser la única persona que estuvo de parte de Rhys desde el principio hasta el final. Tu optimismo es contagioso.

Gracias a todo mi equipo IRL: Kate Eschelback y Denise Donaldson, que, desde el principio, me dieron un espacio creativo en el que poder escribir este libro y que me llenan de una confianza inmerecida. Me he engordado cinco kilos gracias a la selección de quesos de nuestro grupo de escritura y no me arrepiento de nada.

Por último, gracias a mi familia por todo su apoyo. Sobre todo a mi marido por sus habilidades con el diseño y a mis hijos, que se sacrificaron con nobleza y tuvieron que ver una cantidad ingente de programas de televisión mientras yo escribía. Este libro es mi pluma de cisne, que ha venido de muy lejos.